Agatha Christie®

UM PRESSENTIMENTO FUNESTO

Tradução de BRUNO ALEXANDER

www.lpm.com.br

L&PM POCKET

Coleção **L&PM** POCKET, vol. 951

Texto de acordo com a nova ortografia.
Título original: *By the Pricking of My Thumbs*

Primeira edição na Coleção **L&PM** POCKET: junho de 2011
Esta reimpressão: março de 2020

Tradução: Bruno Alexander
Capa: www.juliejenkinsdesign.com © HarperCollins/Agatha Christie Ltd 2008
Preparação: Viviane Borba Barbosa
Revisão: Lívia Schleder de Borba

CIP-Brasil. Catalogação na Fonte
Sindicato Nacional dos Editores de Livros, RJ.

C479p

Christie, Agatha, 1890-1976
Um pressentimento funesto / Agatha Christie; tradução de Bruno Alexander. – Porto Alegre: L&PM, 2020.
256p. (Coleção L&PM POCKET; v. 951)

Tradução de: *By the Pricking of My Thumbs*
ISBN 978-85-254-2300-9

1. Romance inglês. I. Alexander, Bruno II. Título. III. Série.

11-2186. CDD: 823
CDU: 821.111-3

Rua Comendador Coruja, 314, loja 9 – Floresta – 90.220-180
Porto Alegre – RS – Brasil / Fone: 51.3225.5777

Pedidos & Depto. Comercial: vendas@lpm.com.br
Fale conosco: info@lpm.com.br
www.lpm.com.br

Impresso no Brasil
Verão de 2020

Agatha Christie
(1890-1976)

Agatha Christie é a autora mais publicada de todos os tempos, superada apenas por Shakespeare e pela Bíblia. Em uma carreira que durou mais de cinquenta anos, escreveu 66 romances de mistério, 163 contos, dezenove peças, uma série de poemas, dois livros autobiográficos, além de seis romances sob o pseudônimo de Mary Westmacott. Dois dos personagens que criou, o engenhoso detetive belga Hercule Poirot e a irrepreensível e implacável Miss Jane Marple, tornaram-se mundialmente famosos. Os livros da autora venderam mais de dois bilhões de exemplares em inglês, e sua obra foi traduzida para mais de cinquenta línguas. Grande parte da sua produção literária foi adaptada com sucesso para o teatro, o cinema e a tevê. *A ratoeira*, de sua autoria, é a peça que mais tempo ficou em cartaz, desde sua estreia, em Londres, em 1952. A autora colecionou diversos prêmios ainda em vida, e sua obra conquistou uma imensa legião de fãs. Ela é a única escritora de mistério a alcançar também fama internacional como dramaturga e foi a primeira pessoa a ser homenageada com o Grandmaster Award, em 1954, concedido pela prestigiosa associação Mystery Writers of America. Em 1971, recebeu o título de Dama da Ordem do Império Britânico.

Agatha Mary Clarissa Miller nasceu em 15 de setembro de 1890 em Torquay, Inglaterra. Seu pai, Frederick, era um americano extrovertido que trabalhava como corretor da Bolsa, e sua mãe, Clara, era uma inglesa tímida. Agatha, a caçula de três irmãos, estudou basicamente em casa, com tutores. Também teve aulas de canto e piano, mas devido ao temperamento introvertido não seguiu carreira artística. O pai de Agatha morreu quando ela tinha onze anos, o que a aproximou da mãe, com quem fez várias viagens. A paixão por conhecer o mundo acompanharia a escritora até o final da vida.

Em 1912, Agatha conheceu Archibald Christie, seu primeiro esposo, um aviador. Eles se casaram na véspera do Natal de 1914 e tiveram uma única filha, Rosalind, em 1919. A carreira literária de Agatha – uma fã dos livros de suspense do escritor inglês Graham Greene – começou depois que sua irmã a desafiou a escrever um romance. Passaram-se alguns anos até que o primeiro livro da escritora fosse publicado. *O misterioso caso de Styles* (1920), escrito próximo ao fim da Primeira Guerra Mundial, teve uma boa acolhida da crítica. Nesse romance aconteceu a primeira aparição de Hercule Poirot, o detetive que estava destinado a se tornar o personagem mais popular da ficção policial desde Sherlock Holmes. Protagonista de 33 romances e mais de cinquenta contos da autora, o detetive belga foi o único personagem a ter o obituário publicado pelo *The New York Times*.

Em 1926, dois acontecimentos marcaram a vida de Agatha Christie: a sua mãe morreu, e Archie a deixou por outra mulher. É dessa época também um dos fatos mais nebulosos da biografia da autora: logo depois da separação, ela ficou desaparecida durante onze dias. Entre as hipóteses figuram um surto de amnésia, um choque nervoso e até uma grande jogada publicitária. Também em 1926, a autora escreveu sua obra-prima, *O assassinato de Roger Ackroyd*. Este foi seu primeiro livro a ser adaptado para o teatro – sob o nome *Álibi* – e a fazer um estrondoso sucesso nos teatros ingleses. Em 1927, Miss Marple estreou como personagem no conto "O Clube das Terças-Feiras".

Em uma de suas viagens ao Oriente Médio, Agatha conheceu o arqueólogo Max Mallowan, com quem se casou em 1930. A escritora passou a acompanhar o marido em expedições arqueológicas e nessas viagens colheu material para seus livros, muitas vezes ambientados em cenários exóticos. Após uma carreira de sucesso, Agatha Christie morreu em 12 de janeiro de 1976.

Dedico este livro aos inúmeros leitores que me escrevem perguntando: "O que foi feito de Tommy e Tuppence? O que andam fazendo agora?". Saudações a todos. Espero que gostem de reencontrá-los, mais velhos, mas com o mesmo espírito indômito de sempre!

Agatha Christie

Sumário

Pelo comichar do meu polegar
Sei que deste lado vem vindo um malvado.

MACBETH

Parte I

Sunny Ridge

Capítulo I

Tia Ada

O sr. e a sra. Beresford estavam sentados à mesa do café. Formavam um casal convencional. Em toda a Inglaterra, centenas de casais idosos tomavam café da manhã naquele momento, assim como eles. O dia não tinha nada de especial. Era apenas mais um dia da semana. A chuva ameaçava cair, mas só ameaçava.

O sr. Beresford já fora ruivo. O vermelho ainda se fazia notar, mas a maior parte do cabelo havia adquirido aquele tom enferrujado dos ruivos de meia-idade. O cabelo da sra. Beresford já fora preto, bastante cheio e encaracolado. Agora o preto cedia lugar ao cinza, em alguns pontos. Era bonito. Já havia cogitado pintar o cabelo, mas chegou à conclusão de que gostava mais de si mesma do jeito que a natureza a fizera. Experimentou, sim, uma nova tonalidade de batom, para se reanimar.

Um casal maduro, agradável e comum, tomando seu café da manhã junto, diria um observador de fora. Se fosse jovem, acrescentaria: "Sem dúvida, um casal bastante simpático, mas muito parado, claro, como qualquer um da sua idade".

O sr. e a sra. Beresford, no entanto, ainda não haviam chegado a uma época da vida em que se considerassem velhos. Nem imaginavam que eles, assim como muitos outros, recebiam tal rótulo somente por causa da idade. Só de gente moça, evidentemente, mas isso os faria pensar, com certa indulgência, que os jovens não sabem nada da vida. Coitadinhos, estão sempre às voltas com provas, com a vida sexual, comprando roupas ou inventando moda no cabelo para chamar a atenção. Na opinião do sr. e da sra. Beresford, ambos se encontravam em pleno vigor. Gostavam de ser quem eram e amavam-se. Os dias transcorriam, sem grandes sobressaltos.

Tinham seus momentos, claro, como todo mundo. O sr. Beresford abriu uma carta, deu uma lida rápida e colocou-a sobre uma pequena pilha de cartas, à esquerda. Pegou, então, a próxima, mas não a abriu. Ficou com ela na mão, sem mirá-la. Tinha os olhos fixos na cesta de pães. Sua mulher o observou por algum tempo antes de dizer:

– O que houve, Tommy?

– O que houve? – repetiu Tommy, distraído. – O que houve?

– Foi o que eu perguntei – continuou a sra. Beresford.

– Não houve nada – respondeu Tommy. – Por quê?

– Você estava muito pensativo – afirmou Tuppence, num tom de acusação.

– Não estava não.

– Estava sim. O que aconteceu?

– Nada. O que poderia ter acontecido? – E acrescentou: – Recebi a conta do encanador.

– Ah – soltou Tuppence, com ar de entendida. – Mais do que esperava, imagino.

– Claro – confirmou Tommy –, como sempre.

– Não sei por que não fizemos treinamento para encanador – disse Tuppence. – Se você fosse encanador, eu seria sua ajudante, e estaríamos ganhando rios de dinheiro.

– Somos muito limitados, não vemos essas oportunidades.

– Era a conta do encanador que você estava vendo agora?

– Ah, não. Era só um pedido de doação.

– Delinquentes juvenis, integração racial?

– Não. Só outro lar de idosos que estão abrindo.

– Faz sentido – disse Tuppence –, mas não entendo por que esse olhar tão preocupado.

– Eu não estava pensando nisso.

– Tudo bem, mas no que você estava pensando?

– Essa história me fez lembrar uma coisa – comentou o sr. Beresford.

– O quê? – perguntou Tuppence. – Você sabe que vai acabar me dizendo.

– Nada importante. Só achei que talvez... Tudo bem, é a tia Ada.

– Ah, claro – disse Tuppence, compreendendo na hora. – Sim – falou em voz baixa, pensativa –, a tia Ada.

Seus olhares encontraram-se. A triste verdade é que hoje quase toda família que se preze tem esse problema denominado "tia Ada". Os nomes diferem – tia Amélia, tia Susan, tia Cathy, tia Joan. Podem ser avós, primas mais velhas e até tias-avós. O fato é que existem e representam um problema do qual não se pode escapar. É necessário pesquisar boas instituições de cuidado aos idosos e procurar saber tudo sobre esses lugares. Buscar recomendações de médicos, amigos, cada um com sua tia Ada, "que viveu feliz até o dia de sua morte" no asilo "The Laurels", em Bexhill, ou no "Happy Meadows", em Scarborough.

Foi-se o tempo em que tia Elisabeth, tia Ada e todas as outras tias viviam felizes na casa em que passaram décadas, sendo cuidadas por antigos criados fiéis, embora por vezes autoritários. Ambas as partes sentiam-se totalmente satisfeitas com a situação. Havia também os parentes malfadados, sobrinhas sem dinheiro, primas solteironas, sonsas, em busca de casa, comida e roupa lavada. Oferta e procura complementavam-se, e tudo andava bem. Hoje as coisas são diferentes.

No caso das tias Adas atuais, as soluções devem ser pensadas não só para uma senhora que, em virtude da artrite ou de alguma outra limitação reumática, esteja sujeita a cair da escada se a deixarem sozinha em casa, sofra de bronquite crônica ou arranje confusão com os vizinhos e insulte os comerciantes.

Infelizmente, as tias Adas dão muito mais trabalho do que o extremo oposto na escala de idade. As crianças ainda podem ser confiadas a pais adotivos, impingidas a parentes ou entregues a colégios apropriados, onde passem até as férias e haja a possibilidade de andar de pônei e acampar. De um modo geral, as crianças aceitam quase tudo o que se lhes impõe. No caso das tias Adas, a história é outra. A própria tia de Tuppence Beresford – sua tia-avó, Primrose – era uma encrenqueira de marca maior. Impossível agradá-la. Pouco tempo depois de ela ter sido colocada em uma instituição que lhe garantiria um bom lar e todas as comodidades para uma senhora de sua idade e de ter escrito cartas à sobrinha elogiando o lugar, chegava a notícia de que se retirara, indignada, sem deixar aviso.

"Impossível. Eu não conseguia ficar lá nem mais um minuto!"

No período de um ano, a tia Primrose entrara e saíra de onze instituições como aquela, e agora escrevia para contar que havia encontrado um rapaz muito simpático. "Um menino bastante dedicado. Perdeu a mãe na infância e precisa muito cuidar de alguém. Aluguei um apartamento, e ele está vindo morar comigo. Completamos um ao outro. Temos muitas afinidades. Você não precisa mais se preocupar, querida Prudence. Meu futuro está garantido. Vou encontrar meu advogado amanhã para resolver algumas questões legais quanto à herança, no caso de eu vir a falecer antes de Mervyn, o que, claro, seria perfeitamente natural, embora eu possa lhe dizer que, no momento, estou esbanjando saúde."

Tuppence correu para o norte (o incidente se deu em Aberdeen), mas a polícia chegou primeiro e prendeu o maravilhoso Mervyn, procurado há algum tempo por apropriação ilícita de dinheiro. Tia Primrose ficou indignada, afirmando que aquilo era perseguição. No entanto, após comparecer ao tribunal (em que Mervyn era julgado por 25 casos semelhantes), viu-se obrigada a mudar de opinião sobre seu *protégé*.

– Acho que devo ir ver a tia Ada – disse Tommy. – Faz tempo que não vou lá.

– Pois é – concordou Tuppence, sem entusiasmo. – Quanto tempo?

– Quase um ano, acho – ponderou Tommy.

– Mais do que isso – afirmou Tuppence. – Acho que faz mais de um ano.

– Nossa – exclamou Tommy –, como o tempo voa! Não dá para acreditar que já passou tanto tempo. Mas acho que você está certa – calculou. – É terrível como nos esquecemos, não é? Me sinto muito mal em relação a isso.

– Por quê? – perguntou Tuppence. – Mandamos várias coisas para ela e escrevemos cartas.

– Eu sei. Você é muito bondosa, Tuppence. Mesmo assim, às vezes ficamos sabendo de coisas preocupantes.

– Aquele livro pavoroso que pegamos na biblioteca – lembrou Tuppence. – Como sofriam aqueles pobres velhinhos!

– Acho que era verdade... exemplos da vida real.

– Sim – disse Tuppence –, deve haver lugares assim. E existem pessoas bastante infelizes, que não conseguem ser de outro jeito. Mas o que podemos fazer, Tommy?

– O mesmo que todo mundo: tomar as máximas precauções. Ser criterioso nas escolhas, investigar a fundo e fazer de tudo para que ela tenha um bom médico cuidando de sua saúde.

– Não poderia haver médico melhor do que o dr. Murray, concorda?

– Concordo – respondeu Tommy, com o olhar preocupado. – Murray é um grande sujeito. Gentil, paciente. Se houvesse algo errado, ele avisaria.

– Então? Você não precisa se preocupar – disse Tuppence. – Ela está com quantos anos?

– Tem 82 – respondeu Tommy. – Não, não. Acho que 83. – corrigiu. – Deve ser difícil sobreviver a todos os parentes e amigos.

– *Nós* é que sentimos isso – comentou Tuppence. – *Eles* não sentem.

– Não há como saber.

– Bem, a sua tia Ada não. Lembra do prazer dela nos contando o número de amigos que já tinha "enterrado"? No final, soltou esta: "Não acho que Amy Morgan vá durar mais de seis meses. Ela, que sempre dizia que eu era frágil, vai acabar batendo as botas antes de mim, muito antes". Parecia eufórica com a possibilidade.

– Mesmo assim – insistiu Tommy.

– Eu sei, eu sei – concordou Tuppence. – Mesmo assim você sente que é seu dever e que precisa ir.

– Não estou certo?

– Infelizmente está – admitiu Tuppence. – Totalmente certo. E eu vou com você – acrescentou, com certo tom de heroísmo na voz.

– Não – contestou Tommy. – Por que você iria? Ela não é sua tia. Vou eu.

– De jeito nenhum – protestou a sra. Beresford. – Também gosto de sofrer. Vamos sofrer juntos. Não vai ser muito agradável para você, para mim ou para a tia Ada, mas não há como evitar.

– Não, não quero que vá. Da última vez, ela foi muito grossa com você, lembra?

– Não ligo – afirmou Tuppence. – Talvez tenha sido o único momento agradável da visita para a coitada. Não guardo nenhum rancor em relação a ela.

– Você sempre foi boazinha com minha tia – reconheceu Tommy –, mesmo não gostando muito dela.

– Impossível gostar dela – disse Tuppence. – Quer saber? Acho que nunca gostaram.

– Não dá para não sentir pena das pessoas quando elas envelhecem – comentou Tommy.

– Eu não sinto – sentenciou Tuppence. – Não sou tão bom caráter quanto você.

– Você é mulher, é mais durona – disse Tommy.

– Talvez seja isso. Afinal de contas, o que nos resta é sermos realistas. O que quero dizer é que sinto muita pena de gente velha, doente, se for boa pessoa. Caso contrário, é diferente, concorda? Se alguém é detestável aos vinte anos, não melhora aos quarenta, piora aos sessenta e se transforma numa verdadeira peste aos oitenta, não vejo por que me daria pena, só porque envelheceu. No fundo, ninguém muda. Conheço alguns anjos que estão com setenta, oitenta anos. A sra. Beauchamp, Mary Carr e a avó do padeiro, a querida sra. Poplett, que costumava fazer a limpeza. Pessoas muito especiais. Eu faria qualquer coisa por elas.

– Tudo bem, tudo bem – disse Tommy –, seja realista. Mas se você quiser realmente ser generosa e vir comigo...

– Já disse que quero – interrompeu Tuppence. – Prometi ser fiel na alegria e na tristeza, e a tia Ada sem dúvida se encaixa à segunda categoria. Vamos de mãos dadas, com um buquê de flores, uma caixa de chocolate e talvez algumas revistas. Você pode ligar para a tal fulana e avisar que estamos indo.

– Que dia da semana que vem? Pode ser terça, se você puder – propôs Tommy.

– Pode ser – respondeu Tuppence. – Qual o nome mesmo da mulher? Não lembro... a diretora, supervisora ou sei lá o quê. Começa com P.

– Srta. Packard.

– Isso.

– Talvez seja diferente dessa vez.

– Diferente como?

– Não sei. Pode acontecer alguma coisa interessante.

– Um acidente de trem indo para lá – sugeriu Tuppence, com certo ânimo.

– Por que cargas d'água você gostaria de estar num acidente de trem?

– Não é que eu gostaria, mas...

– O quê?

– Seria uma aventura, não seria? Talvez pudéssemos salvar alguém ou ajudar de alguma forma. Fazer algo útil e ao mesmo tempo empolgante.

– Que ideia! – exclamou o sr. Beresford.

– Eu sei – concordou Tuppence. – Às vezes temos esse tipo de ideia.

Capítulo 2

A coitadinha era sua filha?

De que forma Sunny Ridge havia recebido esse nome é difícil dizer. O lugar não tinha nada de montanhoso. O terreno era plano, adequado para os idosos que moravam ali, com um jardim amplo, embora carecesse de atrativos especiais. A mansão, em estilo vitoriano, estava muito bem-conservada. Árvores frondosas, uma hera na parede lateral da casa e duas araucárias concediam ao cenário um ar exótico. Havia bancos espalhados em locais propícios para tomar sol, algumas espreguiçadeiras e uma varanda coberta, onde as velhinhas podiam descansar protegidas do vento leste.

Tommy tocou a campainha da porta da frente, sendo logo atendido, em companhia de Tuppence, por uma jovem de aparência fustigada, vestida com um avental de náilon. A moça levou-os a uma pequena sala de visitas.

– Vou avisar a srta. Packard, ela está esperando vocês. Já vai descer. Se incomodam de esperar um pouquinho? Preciso ver a sra. Carraway. Ela cismou de engolir o dedal de novo.

– Mas por que ela faz uma coisa dessas? – perguntou Tuppence, perplexa.

– Por diversão – explicou a ajudante, em poucas palavras. – É sempre a mesma história.

Assim que ela saiu da sala, Tuppence sentou-se.

– Não deve ser nada agradável engolir um dedal – comentou, pensativa. – Já imaginou um dedal descendo pela garganta?

Tommy e Tuppence não tiveram de esperar muito. A porta se abriu e a srta. Packard entrou, desculpando-se. Era uma senhora alta e ruiva, na faixa dos cinquenta anos, com um ar de autoconfiança que Tommy sempre admirou.

– Desculpem-me se o fiz esperar, sr. Beresford – disse. – Como vai, sra. Beresford? Que bom que a senhora também veio.

– Alguém engoliu alguma coisa, parece – comentou Tommy.

– A Marlene contou? Pois é. A sra. Carraway. Está sempre engolindo coisas. É complicado, sabe? Não temos como vigiá-los o tempo todo. Que as crianças façam isso, até entendo. Mas é um passatempo engraçado para uma mulher idosa, não acham? E o quadro piorou. Piora todos os anos. O mais curioso é que ela sai ilesa.

– Talvez o pai dela tenha sido engolidor de espadas – sugeriu Tuppence.

– É possível, sra. Beresford. Talvez isso explique muita coisa. – A srta. Packard continuou: – Contei para a srta. Fanshawe que o senhor viria, sr. Beresford. Não sei se ela entendeu muito bem. Nem sempre entende.

– Como ela tem passado?

– Está piorando rapidamente, receio – disse a srta. Packard, sem alterar a voz. – Nunca sabemos ao certo o quanto ela entende. Contei-lhe ontem à noite, e ela afirmou que eu estava equivocada, porque as aulas ainda não tinham acabado. Deve achar que o senhor ainda está na escola. As coitadinhas às vezes confundem tudo, principalmente no que se refere à questão do tempo. E hoje de manhã, quando lhe falei sobre sua visita, ela disse que era impossível, porque o senhor estava morto. É isso – disse a srta. Packard animada. – Espero que ela o reconheça.

– Como está a saúde dela? Na mesma?

– Bem, na medida do possível. Para ser franca, acho que lhe resta pouco tempo de vida. Não sofre, mas seu coração não melhorou. Na verdade, piorou bastante. Por isso, me parece importante o senhor saber, para estar preparado caso ela venha a falecer de repente. Para não ser um choque.

– Trouxemos flores para ela – anunciou Tuppence.

– E uma caixa de chocolate – completou Tommy.

– Muito gentil. Ela vai adorar. Vocês querem subir agora?

Tommy e Tuppence levantaram-se e seguiram a srta. Packard pela escada. Ao passarem por um dos quartos no andar de cima, a porta se abriu de repente e uma pequena senhora, de aproximadamente um metro e meio de altura, saiu gritando com a voz estridente: "Quero meu leite com chocolate. Quero meu leite com chocolate. Cadê a enfermeira Jane? Quero meu leite com chocolate".

Uma mulher vestida de enfermeira apareceu, vinda do quarto contíguo.

– Tudo bem, querida, tudo bem – disse para acalmá-la. – Você já tomou seu leite, vinte minutos atrás.

– Não tomei não, enfermeira. Isso não é verdade. Não tomei. Estou com sede.

– Posso lhe dar outra xícara, se quiser.

– Como vou tomar outra se ainda não tomei nenhuma?

Os três seguiram em frente, e a srta. Packard, após bater de leve numa porta no fim do corredor, abriu-a e entrou.

– Pronto, srta. Fanshawe – anunciou com alegria. – Seu sobrinho veio visitá-la. Isso não é ótimo?

Numa cama perto da janela, a velha senhora sentou-se, recostando-se nos travesseiros. Tinha o cabelo cinza, o rosto fino e enrugado, nariz longo e adunco e um ar geral de desaprovação. Tommy entrou.

– Oi, tia Ada – disse. – Como vai a senhora?

Tia Ada ignorou-o, dirigindo-se à srta. Packard.

– Que história é essa de trazer um cavalheiro ao quarto de uma senhora? – protestou. – Na minha época isso não era considerado de bom tom! Ainda mais dizendo que é meu sobrinho! Quem é ele? Um bombeiro ou o eletricista?

– Ora, ora, que modos são esses? – recriminou a srta. Packard, com docilidade.

– Sou seu sobrinho, Thomas Beresford – disse Tommy. Mostrou a caixa que trouxera. – Trouxe chocolates para a senhora.

– Você não vai me enrolar dessa forma – esbravejou tia Ada. – Conheço muito bem o seu tipo. É capaz de dizer qualquer coisa. Quem é essa mulher? – perguntou, encarando a sra. Beresford.

– Sou Prudence – respondeu a sra. Beresford. – Sua sobrinha, Prudence.

– Que nome ridículo – provocou tia Ada. – Parece nome de empregada. Meu tio-avô Mathew tinha uma empregada chamada Comfort e uma faxineira que se chamava Aleluia. Era metodista. Mas minha tia-avó Fanny pôs um fim nessa história. Disse que a chamaria de Rebecca enquanto estivesse em *sua* casa.

– Trouxe flores – disse Tuppence.

– Não se traz flores para o quarto de doentes. Absorvem todo o oxigênio.

– Vou colocá-las num vaso para você – disse a srta. Packard.

– Não mesmo. Já deve ter aprendido que sou dona do meu nariz.

– A senhora está em ótima forma, tia Ada – comentou o sr. Beresford. – Vendendo saúde, eu diria.

– Mais do que você, esteja certo. O que você quis dizer com essa história de ser meu sobrinho? Qual é mesmo seu nome? Thomas?

– Sim. Thomas ou Tommy.

– Nunca ouvi falar – afirmou. – Eu só tinha um sobrinho, e ele se chamava William. Morreu na última guerra. Mas foi melhor assim. Ele teria passado maus bocados se tivesse sobrevivido. Estou cansada – finalizou tia Ada, recostando-se no travesseiro e dirigindo-se à srta. Packard. – Leve-os daqui. Você não deveria deixar estranhos entrarem.

– Achei que uma pequena visita poderia alegrá-la – retrucou a srta. Packard, imperturbável.

Tia Ada soltou um riso grave de escárnio.

– Tudo bem – disse Tuppence, alegre. – Vamos embora. Vou deixar as flores aqui. Talvez a senhora mude de ideia em relação a elas. Vamos, Tommy – disse Tuppence encaminhando-se para a porta.

– Bom, até logo, tia Ada. Pena que a senhora não se lembra de mim.

Tia Ada manteve o silêncio até Tuppence sair pela porta com a srta. Packard. Tommy seguiu as duas.

– Volte aqui, *você* – ordenou tia Ada, levantando a voz. – Conheço você perfeitamente. Thomas. Tinha o cabelo vermelho. Abóbora. Isso. Volte. Preciso falar com você. Sem aquela mulher. Ela finge que é sua esposa. A mim não engana. Não sei como pode trazer esse tipo de mulher aqui. Venha, sente-se aqui e me conte sobre sua querida mãezinha. Você, vá embora – acrescentou tia Ada gesticulando e enxotando Tuppence, que hesitava na entrada da porta.

Tuppence retirou-se imediatamente.

– Hoje ela está num de seus dias – comentou a srta. Packard, serena, ao descerem a escada. – Às vezes, é um doce. Incrível.

Tommy sentou na cadeira indicada pela tia Ada e comentou, pacífico, que não poderia falar muito de sua mãe porque ela já estava morta há quase quarenta anos. Tia Ada seguiu imperturbável.

– Engraçado – disse –, já faz tanto tempo? Como passa rápido! – Olhou para o sobrinho com atenção – Por que você não se casa? – perguntou. – Arrume uma mulher decente para cuidar de você. Está na idade. Não precisa andar com essas raparigas por aí, que posam de esposa.

– Na próxima vez que viermos visitá-la, vou pedir à Tuppence que traga a certidão de casamento – disse Tommy.

– Então você a tirou daquela vida? – indagou tia Ada.

– Estamos casados há trinta anos – respondeu Tommy – e temos um filho e uma filha, também casados.

– O problema – seguiu tia Ada, mudando de abordagem com destreza – é que ninguém me conta nada. Se você tivesse me mantido informada...

Tommy não discutiu. Lembrou do que Tuppence dissera certa vez. "Se alguém com mais de 65 anos criticá-lo, não discuta. Não tente provar que está certo. Peça desculpa, diga que sente muito, que foi tudo culpa sua e que aquilo nunca mais se repetirá."

Ocorreu a Tommy, naquele momento, que esse era o caminho a tomar com tia Ada, e que na realidade sempre havia sido assim.

– Sinto muito, tia Ada – desculpou-se. – As pessoas costumam esquecer as coisas com o passar do tempo. Nem todo mundo – continuou, sossegado – tem uma memória tão boa quanto a sua.

Tia Ada delirou. Não há outra palavra.

– É isso mesmo – concordou. – Desculpa se o recebi mal, mas não gosto de ser importunada. Neste lugar, nunca se sabe. Deixam qualquer um entrar. Qualquer um. Se eu acreditasse em tudo o que dizem, acabaria roubada e assassinada em minha própria cama.

– Não acho que isso seja possível – contestou Tommy.

– Nunca se sabe – retorquiu tia Ada. – As coisas que lemos no jornal. E o que as pessoas contam. Não que eu acredite em tudo o que me falam, mas tomo bastante cuidado. Outro dia, apareceu um desconhecido, um sujeito que eu nunca tinha visto antes. Chamava-se Williams, dr. Williams. Disseram que o dr. Murray estava de férias e que o dr. Williams era seu novo sócio. Novo sócio! Como eu poderia saber se não estava mentindo?

– E era o novo sócio?

– Bem, na verdade era – respondeu tia Ada, levemente irritada por ter que dar o braço a torcer. – Mas ninguém tinha como saber ao certo. Chega um homem de carro, com aquela maletinha preta que os médicos levam para lá e para cá.

– Sim – acompanhou Tommy.

O que eu quero dizer é que qualquer um poderia entrar num lugar como este e dizer que é médico. As enfermeiras sorririam, "como não, Doutor?", obedientes. Tolinhas! E se a paciente jura que não conhece o sujeito, dizem que é problema de memória. Eu nunca esqueço um rosto – afirmou tia Ada. – Nunca esqueci. Como está sua tia Caroline? Faz tempo que não tenho notícias dela. Você sabe alguma coisa?

Tommy se desculpou, explicando que sua tia Caroline havia falecido quinze anos antes. Tia Ada não se abalou com a notícia, afinal a falecida não passava de uma prima. Não era sua irmã.

– Estão todos morrendo – disse, com certo prazer. – Falta-lhes perseverança. Esse é o problema. Coração fraco, trombose, pressão alta, bronquite crônica, artrite, essas coisas. Pessoas frágeis, todo mundo. É assim que os médicos sobrevivem. Entupindo as pessoas de remédio. Comprimido amarelo, comprimido rosa, comprimido verde, até comprimido preto. Não deveria me espantar. Argh! Na época da minha avó, os médicos receitavam enxofre com melaço. Imagine o gosto! O indivíduo ficava bom só de se ver diante da possibilidade de tomar um troço daqueles. – Tia Ada balançou a cabeça, satisfeita. – Não dá para confiar nos médicos! Não em questões profissionais... Ouvi dizer que tem muito caso de envenenamento por aí. A fim de conseguir corações para transplante, me disseram. Não acredito. A srta. Packard não toleraria uma coisa dessas.

No andar inferior, a srta. Packard, com ar um pouco embaraçado, indicou uma sala perto do saguão.

– Desculpe-me, sra. Beresford, mas espero que a senhora entenda como são os idosos. Quando cismam com alguma coisa...

– Deve ser muito difícil gerenciar um lugar como este – observou Tuppence.

– Nem tanto – afirmou a srta. Packard. – Eu gosto, sabe? Sinto muito carinho por todos aqui. Sentimos carinho pelas pessoas que cuidamos. Todas têm suas manias e caprichos, mas são fáceis de lidar, quando se descobre o jeito.

Tuppence disse para si mesma que a srta. Packard era uma dessas pessoas que havia descoberto.

– No fundo, são como crianças – disse a srta. Packard, com tolerância na voz. – Só que as crianças têm muito mais lógica, o que dificulta o trabalho com os idosos. Não dá para usar a lógica com eles. Contentam-se em ser tranquilizados, ouvir a confirmação do que querem acreditar. Aí ficam felizes de novo, por um tempo. Tenho uma equipe muito boa aqui. Um pessoal muito paciente, bem-humorado e não muito inteligente, senão perderiam a calma. Sim, srta. Donovan, o que houve? – falou a srta. Packard a uma jovem de *pince-nez* que descia a escada.

– É a sra. Lockett de novo, srta. Packard. Diz que está morrendo e quer que chamemos o médico.

– Ah – suspirou a srta. Packard. – Do que é que ela está morrendo dessa vez?

– Disse que tinha cogumelo no picadinho de ontem, que o cogumelo devia estar infectado e que está morrendo envenenada.

– Essa é nova – comentou a srta. Packard. – Melhor eu subir e falar com ela. Desculpe-me ter de sair assim, sra. Beresford. Tem revista e jornal naquela sala.

– Não se preocupe, estou bem – respondeu Tuppence.

Entrou na sala indicada, um ambiente aconchegante com portas envidraçadas que davam para o jardim, poltronas e vasos de flores em cima das mesas. Numa parede, uma estante cheia de livros, uma mistura de romances contemporâneos, guias de viagem e o que se podia chamar de velhos clássicos, os preferidos das residentes. As revistas estavam espalhadas numa mesa.

No momento, havia apenas uma pessoa na sala: uma senhora de cabelo branco repuxado para trás, sentada numa cadeira, olhando para um copo de leite na mão. Seu rosto era alvo e rosado. Sorriu amavelmente para Tuppence.

– Bom dia – cumprimentou. – Você está vindo morar aqui ou está de visita?

– Estou de visita – respondeu Tuppence. – Tenho uma tia aqui. Meu marido está com ela agora. Achamos que duas pessoas juntas seria demais.

– Muito cuidadoso da sua parte – ponderou a senhora, bebendo um gole do leite, com ar apreciativo. – Será que... não, acho que está bom. Quer tomar alguma coisa? Um chá, um café? É só eu tocar a sineta. São muito prestativos aqui.

– Não, obrigada – agradeceu Tuppence. – De verdade.

– Um copo de leite, talvez. Hoje não está envenenado.

– Não, nem um copo de leite. Não vamos demorar.

– Bem, se tem certeza... mas não seria nenhum estorvo. Aqui, ninguém vê nada como estorvo. A menos que você peça algo impossível.

– Atrevo-me a dizer que a pessoa que estamos visitando às vezes pede coisas praticamente impossíveis – disse Tuppence. – É a srta. Fanshawe – acrescentou.

– Ah, a srta. Fanshawe – repetiu a velha. – Sei.

Parecia se conter, mas Tuppence logo falou, descontraída:

– Ela deve ser uma fera, imagino. Sempre foi.

– É mesmo. Eu tinha uma tia muito parecida, principalmente na velhice. Mas todo mundo aqui adora a srta. Fanshawe. É muito divertida quando quer.

– Imagino que sim – disse Tuppence. Refletiu um momento, pensando na tia Ada sob esse novo ângulo.

– Muito ácida – afirmou a senhora. – A propósito, meu nome é Lancaster. Sra. Lancaster.

– O meu é Beresford – apresentou-se Tuppence.

– Um pouco de malícia de vez em quando não faz mal a ninguém. Suas descrições dos outros hóspedes daqui e o que ela fala deles, não deveríamos rir disso, claro, mas é engraçado.

– A senhora mora aqui há muito tempo?

– Sim. Sete, oito anos. Não, deve ser mais de oito anos. – Suspirou. – Perdemos o contato com as coisas. E com as pessoas também. Todos os meus parentes vivem no exterior.

– Deve ser triste.

– Não muito. Não dou muita bola para eles. Aliás, nem os conheço direito. Tive uma doença grave, muito grave, e fiquei sozinha no mundo. Acharam melhor me colocar num lugar como este. E estou muito feliz de estar aqui. Todos são muito gentis e atenciosos. E os jardins são lindos. Reconheço que não gostaria de viver sozinha, porque fico muito confusa às vezes, sabe? Muito confusa. – Dá um tapinha na testa. – Confusa aqui. Misturo as coisas. Nem sempre me lembro do que acontece.

– Sinto muito – disse Tuppence. – Sempre temos algum problema, não?

– Algumas doenças são muito dolorosas. Duas mulheres daqui, coitadas, estão sofrendo terrivelmente. Artrite. Por isso, acho que confundir um pouco o passado, os lugares e as pessoas não é o pior, sabe? A dor não é física.

– A senhora está coberta de razão – disse Tuppence.

A porta se abriu e entrou uma moça de avental branco, trazendo uma bandeja com café e duas bolachas, que colocou ao lado de Tuppence.

– A srta. Packard imaginou que talvez a senhora quisesse uma xícara de café.

– Muito obrigada – agradeceu Tuppence.

A jovem saiu e a sra. Lancaster comentou:

– Viu? Muito atenciosos, não?

– É mesmo.

Tuppence serviu o café e começou a tomá-lo. As duas mulheres fizeram silêncio por um tempo. Tuppence ofereceu o prato de biscoitos para a sra. Lancaster, mas ela recusou.

– Obrigada, querida. Gosto de tomar leite puro.

Largou o copo vazio e recostou-se na cadeira, com os olhos semicerrados. Supondo que esse era o momento do dia em que a sra. Lancaster tirava um cochilo, Tuppence ficou calada. De repente, porém, a sra. Lancaster pareceu despertar. Abriu os olhos e fitou Tuppence.

– A senhora estava olhando a lareira – disse.

– Estava? – perguntou Tuppence, ligeiramente alarmada.

– Estava. Fiquei pensando – inclinou-se para a frente e baixou o tom de voz. – Desculpe-me, a coitadinha era sua filha?

Tuppence foi pega de surpresa. Não sabia o que dizer.

– Eu... não, acho que não – respondeu.

– Pensei que talvez tivesse vindo por esse motivo. Alguém virá algum dia. Talvez venham. E olhando a lareira do jeito que olhou. É aí que está. Atrás da lareira.

– É? – indagou Tuppence.

– Sempre na mesma hora – continuou a sra. Lancaster, falando baixo. – Sempre na mesma hora do dia. – Dirigiu o olhar para o relógio sobre a lareira. Tuppence fez o mesmo. – Onze e dez – anunciou. – Onze e dez. Sempre na mesma hora, todos os dias.

Suspirou.

– As pessoas não entendem. Eu contei o que sabia, mas ninguém acreditou!

Tuppence sentiu um alívio ao ver Tommy entrar pela porta. Levantou-se.

– Estou aqui. Vamos?

Foi até a porta e despediu-se:

– Adeus, sra. Lancaster.

Já no corredor, perguntou para Tommy:

– Como foi tudo?

– Depois que *você* saiu – respondeu Tommy –, uma maravilha.

– Acho que a perturbei bastante, não? É até animador, por um lado.

– Como assim "animador"?

– Bem, na minha idade – explicou Tuppence – e com minha aparência simples e de certa forma sem graça, é legal ser vista como uma mulher fatal e depravada.

– Boba – disse Tommy, beliscando seu braço carinhosamente. – Quem era aquela sua amiga? Parecia uma velha querida muito simpática.

– Sim, é muito querida – confirmou Tuppence. – Um encanto de velhinha, mas, infelizmente, louca.

– Louca?

– Sim. Achava que havia uma criança morta atrás da lareira ou algo parecido. Perguntou-me se era minha filha.

– Que bizarro – comentou Tommy. – Imagino que aqui deve ter gente meio doida mesmo, mas também idosos com os problemas normais da idade. Ela parecia ser legal.

– Sim, sem dúvida – disse Tuppence. – Legal e muito carinhosa. Gostaria de saber por que tem essas fantasias.

A srta. Packard apareceu de novo, subitamente.

– Tchau, sra. Beresford. Espero que tenham lhe oferecido café.

– Ofereceram sim, obrigada.

– Muito gentil da sua parte ter vindo – disse a srta. Packard, e dirigindo-se a Tommy: – Tenho certeza de que a srta. Fanshawe apreciou muito a sua visita. Lamento ela ter sido grossa com sua esposa.

– Ela pareceu ter se divertido muito – opinou Tuppence.

– Tem razão. Ela gosta de ser grosseira com as pessoas. Infelizmente, é muito boa nisso.

– Por isso pratica sempre que pode – disse Tommy.

– Vocês são muito compreensivos, os dois – elogiou a srta. Packard.

– Aquela velha com quem eu estava conversando – comentou Tuppence. – Sra. Lancaster, acho.

– Ah, sim, a sra. Lancaster. Ela é muito querida.

– Ela é... um tanto peculiar, não?

– Bem, tem suas esquisitices – explicou a srta. Packard, condescendente. – Há muita gente aqui cheia de manias. Inofensivas, claro. Mas são fantasias, coisas que acham que lhes aconteceram, ou com os outros. Procuramos não dar muita atenção, não estimular. Não damos muita importância. É apenas um exercício da imaginação, uma espécie de ilusão em que eles vivem, com seus elementos de euforia e de tristeza e tragicidade. Não importa. Graças a Deus, ninguém tem mania de perseguição. Senão seria insuportável.

– Pronto, acabou – disse Tommy, num suspiro, ao entrar no carro. – Não precisamos voltar por pelo menos seis meses.

Mas não precisaram voltar em seis meses, pois três semanas depois tia Ada morreu dormindo.

Capítulo 3

Um funeral

– Funeral é algo triste, não? – comentou Tuppence.

Acabavam de voltar do funeral de tia Ada após uma longa viagem de trem ao local do enterro, um povoado em Lincolnshire onde a maior parte dos familiares de tia Ada havia sido enterrada.

– Como você esperava que fosse um funeral? – questionou Tommy. – Uma alegria descontrolada?

– Em alguns lugares é – respondeu Tuppence. – Os irlandeses, por exemplo, adoram um velório. Primeiro se entregam às lamúrias, para depois cair na bebida e numa espécie de farra. Falando em *bebida...* – acrescentou, olhando para o aparador.

Tommy foi pegar bebida e voltou com o que considerava apropriado para a ocasião: um White Lady.

– Agora sim – exclamou Tuppence.

Tirou o chapéu preto, jogou-o do outro lado da sala e tirou o sobretudo longo, também preto.

– Odeio luto – declarou. – Tem cheiro de naftalina, pela roupa que fica guardada.

– Você não precisa continuar de luto. Era só para ir ao funeral – disse Tommy.

– Sim, eu sei. Já, já vou subir e colocar uma blusa vermelha para dar uma animada. Você podia preparar outro White Lady.

– Nunca imaginei, Tuppence, que um funeral pudesse criar esse clima de festa.

– Quando eu disse que funeral era uma coisa triste – lembrou Tuppence ao voltar um pouco depois, de vestido vermelho-cereja com detalhes em rubi e diamantes – me referi a funerais como o da tia Ada, sem flores e só gente idosa. Poucas pessoas chorando. Uma velha solitária que não fará muita falta.

– Pois eu imaginava que seria muito mais fácil para você aguentar isso do que se fosse meu funeral, por exemplo.

– É aí que você se engana – disse Tuppence. – Não quero nem pensar no seu funeral, porque prefiro morrer antes de você, mas se eu tivesse que ir no seu enterro, seria uma situação limite de sofrimento. Teria que levar caixas e mais caixas de lenço.

– Pretos?

– Não tinha pensado nisso, mas é uma boa ideia. E além disso, o serviço fúnebre é algo encantador. Faz você se sentir valorizado. O verdadeiro sofrimento é real. Por pior que seja, a pessoa sai modificada. É como um exercício físico.

– Olha, Tuppence, esses seus comentários sobre minha morte e as consequências da minha ausência na sua vida me parecem de muito mau gosto. Vamos mudar de assunto?

– Concordo. Chega.

– A coitada se foi – disse Tommy –, em paz, sem sofrimento. Paremos por aí. Melhor eu resolver logo isso.

Foi até a escrivaninha e revirou alguns papéis.

– Onde eu coloquei a carta do sr. Rockbury?

– Quem é sr. Rockbury? Ah, o advogado que escreveu para você.

– Sim. Para resolver as questões da tia Ada. Acho que sou o único parente vivo dela.

– Pena que ela não tinha uma fortuna para lhe deixar de herança – disse Tuppence.

– Se tivesse, deixaria para aquele asilo de gatos – afirmou Tommy. – A herança que deixou para eles no testamento praticamente leva todo o dinheiro que sobrou. Não vai sobrar quase nada para mim. Não que eu queira ou precise.

– Ela amava tanto gatos?

– Não sei. Acho que sim. Nunca falou de gatos na minha frente. Imagino – continuou Tommy, pensativo – que ela se divertia à beça dizendo para as amigas que iam visitá-la "deixei uma lembrancinha para você no meu testamento" ou "esse broche que você adora vai ser seu um dia". No fim, ela não deixou nada para ninguém, só para os gatos.

– Aposto que se esbaldou com ideia – comentou Tuppence. – Consigo vê-la dizendo esse tipo de coisa para as amigas – pretensas amigas, claro, porque não devia gostar de ninguém. Divertia-se às custas delas. Uma peste, não, Tommy? Só que de uma forma que as pessoas gostavam. Não é qualquer um que consegue aproveitar a vida na velhice, trancado num asilo. Teremos que ir a Sunny Ridge?

– Cadê a outra carta, a da srta. Packard? Ah, está aqui. Eu tinha colocado junto com a carta do Rockbury. Sim, ela diz que tem algumas coisas que agora me pertencem. A tia Ada levou alguns móveis quando foi morar lá. E também tem os objetos de uso pessoal, roupas e coisas do gênero. Creio que alguém terá que examinar tudo. E cartas etc. Sou o executor testamentário, então eu que decido. Não vamos querer nada, né? Só uma pequena escrivaninha que sempre adorei. Do tio William, acho.

– Bom, você pode querer isso como lembrança – disse Tuppence. – Caso contrário, mandamos tudo para leilão.

– Então, você não precisa ir lá.

– Ah, eu quero ir – disse Tuppence.

– Quer? Por quê? Não vai ser chato para você?

– O quê? Mexer nas coisas dela? Claro que não. Sou bastante curiosa. Sempre me interessei por cartas e joias antigas, e acho que devemos avaliá-las com nossos próprios olhos, não simplesmente mandá-las para um leilão ou deixá-las na mão de estranhos. Não, vamos juntos e vemos se tem algo que nos interessa.

– Por que você quer tanto ir? Tem outro motivo, não tem?

– Meu Deus! – exclamou Tuppence –, é terrível ser casada com alguém que nos conhece tanto.

– Então tem mesmo outro motivo?

– Mais ou menos.

– Sem essa, Tuppence. Você nunca gostou de fuxicar as coisas dos outros.

– Esse é meu dever – declarou Tuppence, com firmeza. – Não, o único motivo é...

– Vamos, fala logo.

– Eu queria reencontrar aquela velhinha.

– Qual? Aquela que achava que havia uma criança morta atrás da lareira?

– Sim – confessou Tuppence. – Gostaria de falar com ela de novo. Queria saber o que se passava em sua cabeça quando disse aquilo. Será que era uma lembrança ou só imaginação? Quanto mais eu penso, mais me intriga. Será uma história que inventou ou de fato aconteceu algo relacionado à lareira e a uma criança morta? Por que perguntou se a criança morta era *minha* filha? Tenho cara de ter filha morta?

– Não sei que aspecto você supõe que tenha alguém nessa situação. De qualquer forma, Tuppence, é nosso dever ir. E você pode se divertir de seu jeito macabro nas horas vagas. Combinado. Vou escrever para a srta. Packard marcando o dia.

Capítulo 4

O quadro da casa

Tuppence respirou fundo.

– Está igual – disse.

Ela e Tommy estavam em frente à porta de entrada de Sunny Bridge.

– Por que não estaria? – perguntou Tommy.

– Não sei. É só uma sensação que tenho, relacionada ao tempo. O tempo passa mais devagar ou mais rápido, dependendo do lugar. Voltamos a certos lugares e sentimos que o tempo voou, e que várias coisas aconteceram... e mudaram. Mas aqui... Tommy, se lembra de Ostend?

– Ostend? Passamos nossa lua de mel lá. Claro que lembro.

– E se lembra da placa? TRAMSTILLSTAND. Rimos muito. Parecia tão ridículo!

– Acho que era Knock, não Ostend.

– Não importa. Você se lembra. Nada aconteceu aqui. O tempo parou. Tudo continua na mesma. É como os fantasmas, só ao contrário.

– Não sei do que você está falando. Vamos ficar o dia todo aqui falando do tempo sem tocar a campainha? Tia Ada não está mais aqui, por exemplo. Isso mudou.

Apertou o botão.

– A única coisa que estará diferente. Minha amiga estará tomando seu leite e falando de lareiras, a sra. Fulana engolirá um dedal ou uma colher de chá, uma velhinha baixinha sairá do quarto pedindo seu achocolatado, a srta. Packard descerá as escadas e...

A porta se abre. Uma jovem vestida de avental de náilon fala:

– Sr. e sra. Beresford? A srta. Packard está esperando vocês.

A moça preparava-se para levá-los à mesma sala de visitas da outra vez quando a srta. Packard apareceu e cumprimentou-os. Parecia menos esfuziante do que de costume, mais séria, como se guardasse luto, sem exageros, mas com certo constrangimento. Sabia ser condolente na medida exata.

Setenta anos é a duração de vida consagrada pela Bíblia, e as mortes em sua instituição raramente ocorriam em prazo inferior. Constituíam uma fatalidade perfeitamente natural.

– Que bom que vocês vieram. Arrumei tudo para examinarem. Que bom que puderam vir logo, pois, para falar a verdade, já tem umas quatro pessoas na espera por uma vaga. Tenho certeza de que compreendem. Não quero apressá-los de modo algum.

– Compreendemos, sim – afirmou Tommy.

– Está tudo no quarto que a srta. Fanshawe ocupava – explicou a srta. Packard.

Abriu a porta do quarto em que haviam visto tia Ada pela última vez. O ambiente tinha aquele ar de abandono que fica quando a cama, coberta pela colcha, mostra os contornos sob os lençóis dobrados e os travesseiros primorosamente arrumados.

O armário estava aberto e as roupas encontravam-se em cima da cama, dobradas.

– O que se faz normalmente? Quer dizer, o que as pessoas fazem com roupas e coisas assim? – indagou Tuppence.

A srta. Packard, para variar, mostrou-se competente e prestimosa.

– Posso lhe dar o nome de duas ou três sociedades que receberiam com gosto essa doação. A srta. Fanshawe tinha um bom cachecol de pele e um casaco de qualidade. Imagino que a senhora não tenha um uso especial para eles. Isso se já não estiver doando para alguma instituição.

Tuppence fez sinal de não com a cabeça.

– Ela tinha algumas joias – comentou a srta. Packard. – Ficaram comigo, por motivos de segurança. Estão na gaveta direita da penteadeira. Coloquei lá um pouco antes de vocês chegarem.

– Muito obrigado – disse Tommy – por ter se preocupado.

Tuppence olhava fixo para o quadro pendurado em cima da lareira. Era uma pequena pintura a óleo de uma casa cor-de-rosa ao lado de um canal e uma pequena ponte arqueada, com um barquinho vazio na margem, embaixo da ponte. No fundo, viam-se dois álamos. O cenário era bastante atraente, mas Tommy não conseguia entender o motivo da atenção fervorosa de Tuppence.

– Que engraçado – murmurou Tuppence.

Tommy olhou-a intrigado. O que Tuppence achava engraçado, ele sabia por experiência própria após tantos anos de convivência, não era exatamente o que se pode chamar de engraçado.

– O que você quer dizer, Tuppence?

– É engraçado. Não tinha reparado nesse quadro quando vim aqui na outra vez. Mas o mais estranho é que já vi essa casa em algum lugar. Ou talvez seja apenas uma casa parecida com a que vi. Lembro muito bem. O engraçado é que não lembro nem quando nem onde.

– No mínimo reparou sem notar que estivesse reparando – disse Tommy, sentindo que seu discurso era tosco e quase tão prolixo quanto o de Tuppence repetindo a palavra "engraçado".

– *Você* reparou, Tommy, quando viemos aqui na última vez?

– Não, mas também não olhei com atenção.

– Ah, o quadro – a srta. Packard entrou na conversa. – Impossível vocês terem visto esse quadro da última vez.

Estou quase certa de não estava pendurado aí na ocasião. Pertencia a uma de nossas hóspedes, e ela resolveu dá-lo de presente para sua tia. A srta. Fanshawe expressou admiração pelo quadro uma ou duas vezes, e essa senhora insistiu para que ela ficasse com ele.

– Entendo – disse Tuppence. – É, não tem como eu ter visto o quadro antes. Mas ainda assim, sinto que conheço muito bem essa casa. Você não, Tommy?

– Não – respondeu ele.

– Bom, vou deixá-los agora – disse a srta. Packard, rapidamente – Qualquer coisa que precisarem é só chamar.

Deu um sorriso e saiu do quarto, fechando a porta atrás de si.

– Não gosto muito dos dentes dessa mulher – afirmou Tuppence.

– Qual o problema?

– Ela tem dentes demais na boca. Ou eles são muito grandes. "*Para te comer melhor!*", como diria a vovozinha da Chapeuzinho Vermelho.

– Você está estranha, Tuppence.

– Estou mesmo. Sempre achei a srta. Packard muito legal, mas hoje, por algum motivo, ela me deu uma impressão sinistra. Você já sentiu isso?

– Não, nunca. Bem, que tal fazermos o que viemos fazer? Verificar os "bens" da tia Ada, como dizem os advogados. Essa é a escrivaninha que lhe falei... do tio Williams. Gosta?

– Linda! Estilo regência, pelo jeito. Que bom que os idosos que vêm para cá podem trazer seus pertences. Não faço questão das cadeiras artesanais, mas gostaria dessa mesinha. É exatamente o que precisamos para aquele cantinho perto da janela onde está aquela estante horrível.

– Ótimo! – exclamou Tommy. – Vou anotar as duas.

– E quero o quadro da lareira. É bonito, e tenho quase certeza de que já vi aquela casa em algum lugar. Vamos dar uma olhada nas joias.

Abriram a gaveta da penteadeira. Havia um conjunto de camafeus, um bracelete, brincos florentinos e um anel com pedras de diferentes cores.

– Já vi um desses antes – disse Tuppence. – Normalmente, as iniciais das pedras formam uma palavra. Às vezes *dearest**. Diamante, esmeralda, ametista. Não, *dearest* acho que não. Não podia ser mesmo. Sou incapaz de imaginar alguém dando um anel para sua tia Ada com a palavra *dearest*. Rubi, esmeralda... O difícil é saber por onde começar. Vou tentar de novo. Rubi, esmeralda, outro rubi. Não. Acho que é uma granada, uma ametista e outra pedra rosa. Deve ser um rubi e um pequeno diamante no meio. Ah, claro, é "*regard*"**. Muito legal, de verdade. Tão antiquado e sentimental.

Colocou o anel no dedo.

– A Deborah vai gostar desse anel – disse – e do jogo florentino. Ela é louca por coisas vitorianas. Como muita gente hoje. Bom, vamos ver as roupas. É a parte *mórbida*, a meu ver. Ah, este é o cachecol de pele. Parece ser muito valioso. Eu não usaria. Será que alguém aqui usaria esse cachecol? Alguém que tenha sido importante para a tia Ada, ou talvez alguma grande amiga entre as hóspedes... moradoras, digo. Reparei que são chamadas de moradoras ou hóspedes. Seria legal dar o cachecol de presente para uma pessoa assim. É zibelina legítima. Vamos falar com a srta. Packard. O resto das coisas podem ir para caridade. Então, resolvido? Vamos procurar a srta. Packard. Adeus, tia Ada – despediu-se em voz alta, olhando para a cama. – Estou contente por termos vindo aquela última vez. Pena que a senhora *não* gostou de mim, mas se essa falta de simpatia e aquelas grosserias lhe deram prazer, não a julgo. A senhora precisava se divertir mesmo. Não a esqueceremos. Sempre nos lembraremos, toda vez que olharmos para a escrivaninha do tio William.

---

* Amada (N.T.)

** Lembrança (N.T.)

Foram atrás da srta. Packard. Tommy explicou que mandariam buscar a escrivaninha e a mesa e que falaria com os leiloeiros da região em relação ao resto dos móveis. Quanto às roupas, a srta. Packard tinha carta branca para escolher as organizações de caridade que quisesse, caso não fosse incômodo.

– Não sei se alguém gostaria de ficar com o cachecol de pele – disse Tuppence. – É um cachecol muito bom. Uma grande amiga, talvez? Ou quem sabe uma das enfermeiras que tenha sido importante para a tia Ada.

– Muito delicado da sua parte, sra. Beresford. Acho que a srta. Fanshawe não tinha uma grande amiga entre nossas moradoras, mas a sra. O'Keefe, uma das enfermeiras, cuidou bastante dela e imagino que se sentiria muito honrada com o presente.

– E tem aquele quadro em cima da lareira – lembrou Tuppence. – Eu gostaria de ficar com ele, mas talvez a dona queira-o de volta. Podíamos perguntar...

A srta. Packard interrompeu-a.

– Desculpe-me, sra. Beresford, mas não vai ser possível. Esse quadro pertencia à sra. Lancaster e ela não mora mais aqui.

– Não mora mais aqui? – perguntou Tuppence, surpresa. – A sra. Lancaster? A senhora que encontrei na última vez, de cabelo branco puxado para trás, tomando leite na sala de estar, foi embora, é isso?

– É. Foi tudo muito de repente. Uma parente dela, a sra. Johnson, levou-a faz uma semana, mais ou menos. Quando menos se esperava, voltou da África, onde passou os últimos quatro ou cinco anos. Agora ela pode cuidar da sra. Lancaster, pois ela e o marido estão comprando uma casa na Inglaterra. Não acho – disse a srta. Packard – que a sra. Lancaster quisesse realmente ir embora daqui. Ela já estava tão acostumada e se dava bem com todo mundo. Era feliz. Ficou bastante abalada, chorou muito, mas fazer o quê? Sua opinião não contava muito, claro, porque a família Johnson estava pagando sua estadia aqui. Cheguei até a levantar a questão de que ela já estava tão acostumada com o lugar que talvez fosse melhor deixá-la ficar...

– Quanto tempo a sra. Lancaster ficou aqui? – indagou Tuppence.

– Quase seis anos, acho. Sim, quase isso. É por isso que ela já se sentia em casa.

– Sim – disse Tuppence –, entendo.

Franziu a testa, olhou rapidamente para Tommy, nervosa, e por fim levantou a cabeça.

– Que pena que ela foi embora. Tive a sensação, quando conversamos, que já a conhecia. Seu rosto me parecia familiar. Depois, lembrei que já tínhamos nos visto. Ela estava com uma antiga amiga minha, a sra. Blenkinsop. Queria, ao voltar aqui para visitar a tia Ada, me certificar disso. Mas, claro, se ela foi morar com a família, as coisas mudam.

– Entendo bem, sra. Beresford. Se alguma das nossas moradoras mantém contato com alguma de suas antigas amigas ou alguém que já conhece seus parentes, faz uma grande diferença. Não me lembro de ter ouvido esse nome, Blenkinsop, mas em todo caso não creio que houvesse possibilidade de isso acontecer.

– Poderia me falar um pouco dela, de sua família e de como ela veio parar aqui?

– Não há muito o que contar. Como eu disse, há mais ou menos seis anos, recebemos uma carta da sra. Johnson perguntando sobre nossa instituição. Um dia, veio aqui pessoalmente conhecer o lugar. Disse que tinha recomendações de um amigo e queria saber as condições. Cerca de uma ou duas semanas depois, recebemos uma carta de um escritório de procuradores de Londres pedindo outras informações e informando que a sra. Johnson traria a sra. Lancaster em uma semana, caso tivéssemos vaga. Como de fato tínhamos, a sra. Johnson a trouxe para cá. Ela adorou o lugar e o quarto que lhe reservamos, mas queria saber se podia trazer alguns pertences pessoais, nos contou a sra. Johnson. Não fiz objeção, porque quando as pessoas trazem suas coisas acabam ficando muito mais felizes. Deu tudo certo. A sra. Johnson explicou que a sra. Lancaster era parente distante de seu marido, mas que se preocupavam com ela porque estavam indo para a África... Nigéria, acho, seu marido tinha conseguido um emprego lá e, ao que parecia, eles não voltariam para a Inglaterra tão cedo. Então, como não tinham casa para oferecer à sra. Lancaster, queriam colocá-la num lugar em que ela pudesse ser realmente feliz. Tinham certeza, pelo o que ouviram falar, que aqui era esse lugar. Ou seja, deu tudo certo, e a sra. Lancaster se adaptou muito bem.

– Entendo.

– Todo mundo aqui gostava muito da sra. Lancaster. Ela era um pouco... dispersa, digamos. Quer dizer, esquecida, fazia confusão, às vezes não se lembrava de nomes e endereços.

– Recebia muitas cartas? – perguntou Tuppence. – Refiro-me a correspondência e pacotes do exterior.

– Acho que a sra. Johnson, ou o sr. Johnson, lhe escreveu uma ou duas vezes da África, mas só no primeiro ano. As pessoas esquecem. Principalmente quando vão para um país novo e passam a ter uma vida diferente. Acho que eles nunca tiveram muito contato. Parecia ser uma relação distante, uma responsabilidade de família, sabe? Era isso. Todos os acertos financeiros foram feitos pelo procurador, o sr. Eccles, de um escritório muito conhecido. Aliás, tínhamos feito algumas transações por intermédio dele, de modo que já nos conhecíamos. Mas acho que a maioria dos amigos e familiares da sra. Lancaster já tinha morrido. Por isso não recebia muitas cartas, e raramente vinham visitá-la. Um homem muito elegante veio vê-la cerca de um ano depois, pelo que me lembro. Acho que não a conhecia pessoalmente, mas era amigo do sr. Johnson e também já havia trabalhado no exterior. Parece que veio só para se certificar de que estava bem.

– E depois disso – concluiu Tuppence – todo mundo se esqueceu dela.

– Infelizmente – respondeu a srta. Packard. – Triste, não? Isso é mais do que comum. Para nossa alegria, a maioria das nossas moradoras faz amizades aqui. Ficam amigas de alguém com gostos parecidos ou lembranças em comum. As coisas se ajeitam logo. Acho que quase todas esquecem boa parte do passado.

– Imagino que algumas – disse Tommy – sejam um pouco... – hesitou, procurando uma palavra – um pouco... – levou a mão à testa num movimento lento, mas afastou-a em seguida. – Não estou dizendo... – continuou.

– Entendo perfeitamente o que o senhor quer dizer – tranquilizou-o a srta. Packard. – Não recebemos pacientes com problemas mentais, mas temos o que poderíamos chamar de casos limítrofes, ou seja, pessoas bastante senis, que não conseguem se cuidar sozinhas ou que têm certas fantasias. Algumas idosas acham que são personagens históricos. Um devaneio inofensivo. Já tivemos duas Marias Antonietas aqui. Uma delas falava sempre de um tal de *Petit Trianon* e bebia muito leite, que associava ao lugar. E tivemos uma velhinha que insistia em dizer que era Madame Curie e que havia descoberto o rádio. Devorava os jornais, em especial os artigos sobre bombas atômicas ou descobertas científicas. Depois explicava que ela e o marido foram os primeiros a conduzir experimentos na área. Ilusões inofensivas que ajudam a trazer alegria para as pessoas da terceira idade e que, de um modo geral, não duram para sempre. Ninguém passa dias inteiros bancando Maria Antonieta ou até mesmo Madame Curie. Normalmente, acontece uma vez a cada quinze dias, mais ou menos. Deve ser cansativo ficar representando o tempo todo. Na maioria das vezes, os idosos sofrem mesmo é de esquecimento. Não se lembram direito da própria identidade. Ou vivem dizendo que esqueceram algo muito importante, que dariam tudo para lembrar o que era, esse tipo de coisa.

– Entendo – disse Tuppence. Hesitou por um momento e então perguntou:

– No caso da sra. Lancaster... ela se lembrava sempre de episódios relacionados apenas com a lareira da sala de estar ou era qualquer lareira?

A srta. Packard arregalou os olhos.

– Lareira? Não entendo o que a senhora quer dizer.

– Ela disse algo que não entendi. Talvez tenha feito uma associação com uma lareira ou tenha lido alguma história que a assustou.

– Possivelmente.

Tuppence comentou:

– Continuo sem saber o que fazer com o quadro que ela deu para tia Ada.

– Não precisa se preocupar, sra. Beresford. Nesse momento, ela já deve ter esquecido tudo. Não acho que ela valorizasse tanto aquele quadro. Só ficou feliz de saber que a srta. Fanshawe o admirava e teve prazer em dá-lo de presente. Tenho certeza de que ela também ficaria feliz de lhe dar o quadro, porque a senhora o admira. É um lindo quadro. Não que eu entenda de arte.

– Sabe o que vou fazer? Vou escrever para a sra. Johnson, se me der o endereço, e perguntar se tem algum problema eu ficar com ele.

– O único endereço que eu tenho é do hotel de Londres para onde elas iam... Cleveland, acho. Isso mesmo, Hotel Cleveland, George Street, W1. A sra. Johnson ia levar a sra. Lancaster para esse hotel por uns cinco dias e depois disso elas iam ficar na casa de uns parentes na Escócia, parece. No Hotel Cleveland eles devem ter algum endereço.

– Muito obrigada. E o cachecol de pele da tia Ada?

– Vou chamar a srta. O'Keefe.

Saiu do quarto.

– Você e suas sras. Blenkinsops – riu Tommy.

Tuppence tinha um ar complacente.

– Uma das minhas melhores criações! – exclamou. – Ainda bem que me lembrei dela... precisava de um nome e de repente sra. Blenkinsop me veio à cabeça. Foi tão engraçado, né?

– Já faz muito tempo. Épocas de espiões de guerra e contraespionagem.

– Saudade... *Era* divertido... morar naquela pensão, com uma nova personalidade. Comecei a acreditar de verdade que eu era a sra. Blenkinsop.

– Você teve sorte de escapar ilesa – disse Tommy. – E na minha opinião, como lhe disse uma vez, exagerou.

– Não exagerei não. Eu estava totalmente dentro do personagem. Uma mulher legal, meio ignorante e muito ocupada com os três filhos.

– É isso o que estou dizendo – reafirmou Tommy. – Um filho teria sido mais do que suficiente. Três filhos já era preocupação demais.

– Eles passaram a ser bastante reais para mim – lembrou Tuppence. – Douglas, Andrew e... Nossa, esqueci o nome do terceiro! Sei exatamente como eram e onde moravam. Falava abertamente das cartas que recebia.

– Então, isso é exagero – concluiu Tommy. – Não há o que descobrir aqui. Esqueça a sra. Blenkinsop. Depois que eu morrer, passado o período de luto, você vai parar num lar de idosos e passar metade do tempo achando que é a sra. Blenkinsop.

– Vai ser muito chato desempenhar um papel só – disse Tuppence.

– Por que você acha que as velhinhas *querem* ser Maria Antonieta, Madame Curie, essas coisas? – perguntou Tommy.

– Imagino que seja por causa do tédio. É fácil se entediar. Tenho certeza de que *você* se entediaria se não conseguisse mais andar ou se os seus dedos endurecessem a ponto de não dar mais para tricotar. Procuramos nos divertir com qualquer coisa, por exemplo, interpretando um personagem célebre para ver como nos sentimos. Entendo perfeitamente isso.

– Claro que entende – disse Tommy. – Deus ajude o asilo que a receber. Imagino você bancando a Cleópatra.

– Não vou ser uma pessoa famosa – afirmou Tuppence. – Vou ser alguém como uma copeira no castelo de Anne de Cleves, espalhando fofocas picantes que ouvi.

A porta se abriu e por ela entrou a srta. Packard em companhia de uma jovem sardenta, alta, vestida de enfermeira e com uma vasta cabeleira ruiva.

– Esta é a srta. O'Keefe... sr. e sra. Beresford. Querem falar com você. Com licença. Uma das minhas pacientes está me esperando.

Tuppence mostrou o cachecol de pele da tia Ada para a enfermeira O'Keefe, que ficou extasiada.

– Que lindo! Mas é elegante demais para mim. Vocês não querem ficar com ele?

– Na verdade, não. Fica grande em mim. Sou muito baixinha. É ideal para a sua altura. A tia Ada também era alta.

– Uma verdadeira dama! Deve ter sido uma moça muito bonita quando jovem.

– Imagino que sim – disse Tommy, sem convicção. – Mas deve ter sido difícil como paciente.

– Sim, era realmente difícil. Mas tinha muita fibra. Nada a desanimava. E também não se deixava enganar. Era incrível como sabia das coisas. Arguta que só vendo.

– Mas tinha temperamento forte.

– É verdade. Mas o tipo chorão é o que incomoda mais... com reclamações e lamúrias. A srta. Fanshawe nunca perdia o ânimo. Contava histórias fabulosas do passado... quando era menina, subiu as escadas de uma casa de campo a cavalo... era o que dizia... Será verdade?

– Olha, eu não me fiaria muito – disse Tommy.

– Nunca se sabe. As velhinhas contam cada coisa! Criminosos que identificaram... "Precisamos avisar a polícia imediatamente, senão todos correm perigo."

– Alguém estava sendo envenenado na última vez que viemos aqui, eu lembro – comentou Tuppence.

– Ah, era a sra. Lockett. Isso acontece todo dia. Mas ela não quer que chamemos a polícia. Quer o médico. É louca por médicos.

– E vimos uma senhora baixinha pedindo achocolatado...

– Era a sra. Moody. Coitada, já se foi.

– Foi embora daqui?

– Não. Trombose. Tudo muito repentino. Era uma das pessoas que se dedicava muito à sua tia. Não que a srta. Fanshawe sempre tivesse paciência com ela... falava pelos cotovelos.

– A sra. Lancaster foi embora, ouvi dizer.

– Sim, a amiga veio buscá-la. Não queria ir, coitadinha.

– Sabe algo a respeito da história que ela me contou, sobre a lareira da sala de estar?

– Ah, ela contava um monte de histórias... sobre as coisas que lhe aconteceram... e os segredos que sabia...

– Ela falou algo a respeito de uma criança... raptada ou assassinada...

– Veja só, as coisas que elas inventam! Tiram quase todas essas ideias da televisão...

– Você acha muito difícil trabalhar aqui com todos esses idosos? Deve ser cansativo.

– De forma alguma. Eu adoro idosos. Por isso decidi fazer trabalho geriátrico...

– Está aqui há muito tempo?

– Há um ano e meio – fez uma pausa. – Mas estou indo embora mês que vem.

– É mesmo? Por quê?

Pela primeira vez, pôde-se notar um certo constrangimento nos modos da enfermeira O'Keefe.

– Sabe, sra. Beresford, precisamos de uma mudança de vez em quando...

– Mas você continuará trabalhando com isso?

– Claro que sim! – respondeu, pegando o cachecol de pele. – Agradeço mais uma vez, e fico muito feliz por guardar uma recordação da srta. Fanshawe... uma verdadeira dama. Difícil de encontrar nos dias de hoje.

Capítulo 5

O desaparecimento da velhinha

I

Os pertences da tia Ada chegaram no tempo previsto. A escrivaninha foi instalada e admirada. A mesinha substituiu a estante, relegada a um canto escuro do hall. Tuppence pendurou o quadro da casa rosa à beira do canal sobre a lareira do quarto, para vê-lo toda manhã enquanto tomava o chá matutino.

Sentindo a consciência ainda um pouco pesada, decidiu escrever uma carta explicando como o quadro viera parar em suas mãos, mas que se a sra. Lancaster o quisesse de volta, bastava avisar. Mandou a carta aos cuidados de Sra. Johnson, endereço: Hotel Cleveland, George Street, Londres, W1.

Não recebeu resposta. Uma semana mais tarde, a carta voltou com o dizer "Destinatário desconhecido".

– Que chato! – disse Tuppence.

– Talvez eles tenham ficado lá uma ou duas noites apenas – arriscou Tommy.

– Sim, mas é de se supor que deixassem o novo endereço.

– Você não pôs "favor encaminhar" no envelope?

– Pus. Já sei! Vou ligar e perguntar. Devem ter dado algum contato na recepção do hotel.

– Eu deixaria isso para lá, se fosse você – disse Tommy. – Por que todo esse alvoroço? Aquela senhora já deve até ter esquecido esse quadro.

– Não custa tentar.

Tuppence pegou o telefone e logo em seguida estava falando com o Hotel Cleveland.

Alguns minutos depois, reapareceu no gabinete de Tommy.

– Muito curioso, Tommy... elas nunca estiveram lá... nem sra. Johnson... nem sra. Lancaster... nunca houve reserva de quarto nesses nomes... ou qualquer indício de que tenham se hospedado ali antes.

– A srta. Packard deve ter dado o nome do hotel errado. Anotou às pressas e depois perdeu, ou não se lembrou do nome certo. Isso acontece.

– Não imaginei que isso acontecesse em Sunny Ridge. A srta. Packard é sempre tão eficiente!

– Vai ver que não reservaram com antecedência, o hotel estava lotado e elas tiveram que procurar outro lugar. Você sabe como é difícil encontrar lugar em Londres. Você *tem* mesmo que continuar remexendo nisso?

Tuppence retirou-se.

Voltou logo em seguida.

– Já sei o que vou fazer. Vou ligar para a srta. Packard e pedir o endereço dos procuradores...

– Que procuradores?

– Você não lembra que ela falou de um escritório que resolveu todos os trâmites porque os Johnsons estavam viajando?

Tommy, ocupado com o discurso que preparava para uma conferência de que participaria em pouco tempo e falando baixinho para si mesmo "*a política propícia frente a tal contingência*", perguntou:

– Como se escreve contingência, Tuppence?

– Você ouviu o que eu disse?

– Ótima ideia! Maravilha. Excelente. Faça isso...

Tuppence ia saindo, virou a cabeça e respondeu:

– C-o-n-s-i-s-t-ê-n-c-i-a.

– Impossível. Você entendeu errado.

– Sobre o que você está escrevendo?

– O trabalho que vou apresentar na I.U.A.S., e preciso de silêncio.

– Desculpe.

Tuppence saiu. Tommy seguiu escrevendo, apagando, rabiscando. Seu rosto se iluminava à medida que escrevia. A porta se abriu mais uma vez.

– Aqui está – mostrou Tuppence. – Partingdale, Harris, Lockeridge & Partingdale, 32 Lincoln Terrace, W.C.2. Tel. Holborn 051386. O sócio ativo da firma é o sr. Eccles.

Colocou uma folha de papel ao lado do cotovelo de Tommy.

– Agora é com *você*.

– Não! – exclamou Tommy, decidido.

– Sim! A tia é *sua*.

– Que história é essa de tia? A sra. Lancaster não é minha tia.

– Mas são *advogados* – Tuppence insistiu. – É tarefa de homem lidar com advogados. Eles sempre acham que as mulheres são ignorantes e não prestam atenção...

– Uma visão bastante pertinente – comentou Tommy.

– Tommy! Ajude. Você liga e eu vejo no dicionário como se escreve contingência.

Tommy olhou-a por um tempo, mas fez o que Tuppence pedia.

Voltou finalmente e disse, firme:

– Assunto *encerrado*, Tuppence.

– Conseguiu falar com o sr. Eccles?

– Na verdade, falei com o sr. Wills, que sem dúvida é o mediador da firma Partingford, Lockjaw and Harrison. Mas ele se mostrou bem informado e loquaz. Todas as cartas seguem por intermédio do Southern Counties Bank, agência Hammersmith, que se encarrega de repassar a correspondência. E lá, Tuppence, é o *fim* da linha. Entende?

Os bancos reencaminham a correspondência, mas não vão passar nenhum endereço, nem para você, nem para ninguém. Eles têm um código de ética e sabem manter sigilo, como nossos maiores primeiros-ministros.

– Tudo bem, vou mandar uma carta aos cuidados do banco.

– Faça isso. E, pelo amor de Deus, *deixe-me trabalhar*. Preciso terminar aqui.

– Obrigada, querido – disse Tuppence. – Não sei o que faria sem você.

Deu-lhe um beijo na cabeça.

– Manteiga melhor não existe – completou Tommy.

II

Só na quinta-feira à noite é que Tommy perguntou de repente:

– A propósito, você recebeu resposta daquela carta que enviou para a sra. Johnson aos cuidados do banco?

– Hum... interessado? – perguntou Tuppence, irônica. – Não, não recebi.

Acrescentou, pensativa:

– E acho que não vou receber.

– Por que não?

– Você não quer realmente saber – afirmou Tuppence, friamente.

– Olha, Tuppence, sei que tenho andado um pouco distraído. É esse trabalho da I.U.A.S. Mas, graças a Deus, é só uma vez por ano.

– Começa na segunda, não é? São cinco dias?

– Quatro.

– Todos vão para uma casa ultrassecreta em algum lugar do país fazer discursos, ler artigos e treinar jovens para missões supersecretas na Europa e outros continentes. Esqueci o que quer dizer I.U.A.S. Existem tantas siglas hoje em dia...

– International Union of Associated Security.

– Uau! Meio ridículo. E no mínimo o lugar está cheio de microfones escondidos e todo mundo sabe das conversas mais íntimas um do outro.

– Muito provável – disse Tommy, com um sorriso irônico.

– E você deve gostar.

– Até gosto. Encontro vários amigos.

– Todos bem gagás a esta altura, não? E obtêm algum resultado?

– Céus, que pergunta! Não creio que ninguém possa responder com um mero sim ou não...

– E alguma daquelas pessoas é boa?

– Eu diria que sim. Algumas são bastante boas, aliás.

– O velho Josh vai estar lá?

– Sim, vai estar.

– Como ele é hoje?

– Está bastante surdo, meio cego e limitado pelo reumatismo. Ainda assim,você ficaria surpresa com as coisas que *não* lhe escapam.

– Entendi – disse Tuppence. Pensou um pouco e comentou:

– Gostaria de participar também.

Tommy tinha um ar pesaroso.

– Espero que você ache algo para fazer enquanto eu estiver fora.

– Vou achar – afirmou Tuppence, reflexiva.

Seu marido olhou-a com a vaga apreensão que ela sempre lhe causava.

– Tuppence, o que você está tramando?

– Nada ainda. Por enquanto estou só pensando.

– Em quê?

– Sunny Ridge. E numa velhinha tomando leite e falando, de um jeito meio biruta, sobre crianças mortas e lareiras. Fiquei intrigada. Decidi, naquele momento, investigar mais da próxima vez que fôssemos visitar a tia Ada. Mas não houve próxima vez, porque ela morreu. E quando voltamos a Sunny Ridge, a sra. Lancaster tinha desaparecido!

– Você quer dizer "tinha sido levada pela família". Isso não é desaparecimento. É normal.

– Foi desaparecimento! Nenhum endereço rastreável, nenhuma resposta às cartas. Foi um desaparecimento planejado. Estou cada vez mais certa disso.

– Mas...

Tuppence interrompeu Tommy:

– Escute, Tommy... suponha que aconteça um crime... tudo parece calmo e seguro... então, alguém da família vê alguma coisa ou fica sabendo de algo, uma velha tagarela que vive conversando com as pessoas, alguém que pode representar um perigo para você... O que você faria?

– Arsênico na sopa? – sugeriu Tommy, bem-humorado. – Uma pancada na cabeça? Um empurrão na escada?

– Esse seria um caso extremo. Mortes repentinas atraem atenção. Você procuraria uma forma mais simples e encontraria. Um respeitável lar para mulheres idosas. Você faria uma visita ao local, respondendo pelo nome de sr. Johnson, ou arranjaria alguém insuspeitável para fazer o trabalho no seu lugar. Os trâmites financeiros ficariam a cargo de um conhecido escritório de procuradores. Você avisa que seu parente idoso costuma ter ideias fantasiosas, como muitos outros da mesma idade, logo de cara. Ninguém acharia estranho. Se ela falasse de leite envenenado, crianças mortas atrás da lareira ou sequestro, ninguém daria muita importância. Pensariam "lá vem a sra. Fulana com seus devaneios de novo". Ninguém *desconfiaria de nada.*

– Exceto a sra. Beresford – disse Tommy.

– *Exato*! – concordou Tuppence. – *Eu* desconfiei.

– Mas por quê?

– Não sei direito – respondeu Tuppence, pausadamente. – É como nos contos de fada. *Pelo comichar do meu polegar, sei que deste lado vem vindo um malvado...* de repente, me deu medo. Sempre achei Sunny Ridge um lugar muito agradável e harmonioso, e de uma hora para a outra fiquei na dúvida... Não sei dizer de outra forma. Queria descobrir mais. E agora a pobre sra. Lancaster desapareceu. Alguém sumiu com ela.

– Mas por que fariam isso?

– A única resposta que me vem à mente é que ela estava piorando, piorando do ponto de vista deles, se lembrando de mais coisas, ou talvez tenha reconhecido alguém, ou alguém a tenha reconhecido. De repente ficou sabendo de algo que atiçou sua memória. De qualquer forma, por um motivo ou outro, se tornou uma ameaça.

– Olha, Tuppence, essa história toda está cheia de "alguéns" e "algos". Não passa de imaginação. Você não vai querer se complicar com um assunto que não é da sua conta...

– Não há nenhuma complicação – concluiu Tuppence. – Então não há com o que se preocupar.

– Esqueça Sunny Ridge.

– Não pretendo voltar lá. Já me disseram tudo o que sabiam, suponho. Acho que a sra. Lancaster estava bastante segura ali. Quero descobrir onde ela está *agora*, encontrá-la onde quer que esteja, *a tempo...* antes que algo lhe aconteça.

– O que você acha que pode acontecer com ela?

– Não gosto nem de pensar. Mas estou no caminho. Vou ser Prudence Beresford, detetive particular. Lembra quando éramos os brilhantes detetives Blunts?

– *Eu* era – corrigiu Tommy. – *Você* era a srta. Robinson, minha secretária particular.

– Não o tempo todo. De qualquer forma, é isso o que vou fazer enquanto você estiver brincando de espionagem internacional na mansão ultrassecreta. Vou me empenhar na missão "Salve a sra. Lancaster".

– E provavelmente a encontrará sã e salva.

– Tomara! Ninguém vai ficar mais feliz do que eu.

– Como é que você vai fazer?

– Como lhe disse, primeiro preciso pensar. Talvez algum tipo de anúncio. Que tal? Não, seria um erro.

– Tenha cuidado – advertiu Tommy, meio sem jeito.

Tuppence não se dignou a responder.

III

Na segunda-feira de manhã, Albert, o principal esteio da vida doméstica dos Beresford por muitos anos, desde que fora incitado a aderir às atividades anticriminosas de ambos na época em que não passava de um jovem ascensorista ruivo, deixou a bandeja do chá matinal na mesa entre as duas camas, abriu as cortinas, anunciou que o dia estava lindo e se retirou do quarto.

Tuppence bocejou, sentou-se, esfregou os olhos, serviu-se uma xícara de chá, colocou uma rodela de limão dentro e observou que o dia estava realmente lindo, ainda que num primeiro momento.

Tommy virou-se para o lado e resmungou.

– Acorda – disse Tuppence. – Você precisa ir ao tal lugar hoje, lembra?

– Ai, meu Deus – exclamou Tommy. – É mesmo.

Sentou-se também e tomou chá. Olhou com admiração o quadro em cima da lareira.

– Devo confessar, Tuppence, que esse seu quadro é muito bonito.

– É a maneira como o sol entra pela janela e o ilumina.

– Dá uma sensação de paz – descreveu Tommy.

– Queria tanto lembrar onde foi que eu vi esse cenário antes!

– Que importa? Você vai se lembrar uma hora dessas.

– Uma hora dessas não. Quero lembrar *agora.*

– Por quê?

– Por quê? É a única pista que eu tenho. Esse quadro era da sra. Lancaster...

– Mas uma coisa não tem nada a ver com a outra – disse Tommy. – Ou seja, sei que o quadro já pertenceu à sra. Lancaster, mas deve ter sido apenas mais um quadro que ela ou alguém de sua família comprou numa exposição. Talvez tenha ganhado de presente e resolveu levá-lo para Sunny Ridge porque gostava dele. Nada parece indicar que o quadro tivesse alguma relação pessoal com a sra. Lancaster. Se tivesse, não teria dado para a tia Ada.

– É a única pista que tenho – repetiu Tuppence.

– É uma casa tranquila – disse Tommy.

– Mesmo assim, acho que está vazia.

– Como assim "vazia"?

– Acho que não tem ninguém morando nela – explicou Tuppence. – Ninguém jamais vai sair dessa casa, para atravessar a ponte ou desamarrar o barco e ir embora.

– Pelo amor de Deus, Tuppence.

Tommy olhava fixo para ela.

– O que está acontecendo com você?

– Pensei isso na primeira vez que a vi – disse Tuppence. – "Que casa legal para se morar". Mas aí pensei "tenho certeza de que ninguém mora aí." Isso prova que já vi essa casa antes. Um momento! Um momento. Está vindo. Está vindo!

Tommy arregalou os olhos.

– Por uma *janela* – disse Tuppence, ofegante. – Por uma janela de carro? Não, esse seria o ângulo errado. Ao longo do canal, uma pequena ponte arqueada, as paredes rosa da casa, os dois álamos, mais de dois. Havia muito mais álamos. Ah, meu Deus, se eu tivesse como...

– Pare com isso, Tuppence.

– Vou lembrar.

– Meu Deus! – Tommy olhou para o relógio. – Preciso correr. Você e seu quadro *déjà vu*...

Pulou da cama e foi direto para o banheiro. Tuppence recostou-se nos travesseiros e fechou os olhos, tentando puxar pela memória algo que permanecia aparentemente inalcançável.

Tommy estava se servindo uma segunda xícara de chá na sala quando Tuppence apareceu, triunfante.

– Lembrei! Lembrei onde foi que eu vi aquela casa. Foi da janela de um trem.

– Onde? Quando?

– Não sei. Preciso pensar. Lembro de ter dito a mim mesma: "Algum dia vou conhecer essa casa", e tentei ver qual era o nome da estação seguinte, mas você sabe como são as estradas de ferro hoje. Derrubaram metade das estações e a estação seguinte estava toda destruída, a grama alta, sem nenhum letreiro indicando o nome do lugar.

– Cadê minha pasta? Albert!

Começou uma busca frenética.

Tommy voltou para se despedir, ofegante. Tuppence estava sentada, olhando distraída para um ovo frito.

– Tchau – disse Tommy. – E, pelo amor de Deus, Tuppence, não vai meter o nariz onde não é chamada.

– Acho – refletiu Tuppence – que vou fazer algumas viagens de trem.

Tommy parecia aliviado.

– Sim – disse, dando força. – Faça isso. Compre um carnê de passagens. Existe um esquema de viajar cerca de mil e quinhentos quilômetros por todas as ilhas britânicas a um preço bastante razoável. Seria perfeito para você, Tuppence. Você vai poder fazer quantas viagens quiser, para todos os lugares que imaginar. Assim, você se distrai até eu voltar.

– Mande lembranças para o Josh.

– Mando sim.

Acrescentou, olhando a esposa com preocupação:

– Pena que você não está vindo comigo. Não faça nenhuma besteira, tá?

– Claro que não – respondeu Tuppence.

Capítulo 6

Tuppence no caminho

– Ah, meu Deus – suspirou Tuppence.

Olhou em volta, desanimada. Nunca havia se sentido tão miserável, disse a si mesma. Sabia que sentiria saudade de Tommy, claro, mas não sabia que seria um sentimento tão intenso.

Durante toda a vida de casados, nunca ficaram muito tempo separados. Já desde antes do casamento, consideravam-se "jovens aventureiros". Enfrentaram diversas dificuldades e perigos juntos, casaram-se, tiveram dois filhos. Quando o mundo começou a perder a graça para eles, estourou a Segunda Guerra Mundial, e de uma forma quase milagrosa, os dois se viram às voltas com o Serviço Secreto Britânico. Esse casal pouco ortodoxo foi recrutado pelo "sr. Carter", um sujeito calmo e indefinível, cujas palavras todo mundo parecia acatar. Viveram muitas aventuras juntos, o que, aliás, não foi planejado pelo sr. Carter. Tommy tinha sido o único recrutado. Mas Tuppence, com toda sua criatividade, bisbilhotou tanto que, quando Tommy chegou a uma hospedaria no litoral, apresentando-se como um tal de sr. Meadows, a primeira pessoa que encontrou foi uma senhora de meia-idade fingindo tricotar, que o fitou com olhos inocentes e o obrigou a cumprimentá-la como sra. Blenkinsop. Desde então, os dois trabalhavam em dupla.

"Mas desta vez", pensou Tuppence, "não posso agir assim." Não havia espionagem, criatividade ou qualquer artimanha que fosse capaz de levá-la aos recônditos da mansão ultrassecreta ou participar das complexidades da I.U.A.S. "Clube do bolinha", pensou, ressentida. Sem Tommy, o apartamento ficava vazio, o mundo era triste. "O que vai ser de mim?", pensava Tuppence.

A pergunta era puramente retórica, pois já tomara as primeiras providências para colocar seu plano em ação. Dessa vez, o assunto não envolvia trabalho de inteligência, contraespionagem, nada nesse estilo. Nada de natureza oficial. "Prudence Beresford, detetive particular, às suas ordens", disse Tuppence a si mesma.

Após um almoço rápido, a mesa da sala ficou cheia de tabelas com horários de trens, guias de viagem, mapas e alguns diários antigos que Tuppence conseguiu desenterrar.

Nos últimos três anos (não mais do que isso, com certeza), havia feito algumas viagens de trem, nas quais, através da janela de sua cabine, avistara uma casa. Mas que viagem teria sido?

Como a maioria das pessoas, os Beresford costumavam viajar de carro. Poucas vezes viajaram de trem.

Para a Escócia, claro, quando ficaram na casa da filha casada, Deborah... mas essa viagem havia sido à noite.

Para Penzance, nas férias de verão... mas Tuppence conhecia a linha de cor e salteado.

Com zelo e perseverança, elaborou uma lista detalhada de todas as viagens realizadas que poderiam corresponder ao que procurava. Um ou dois programas de regatas, uma visita a Northumberland, dois lugares prováveis em Gales, um batizado, dois casamentos, um leilão a que tinham assistido, alguns cachorrinhos que certa vez entregara, em nome de uma amiga que fazia criação e estava de cama com gripe. Marcaram num local inóspito, cujo nome ela não lembrava.

Soltou um suspiro. A solução de Tommy parecia ser a mais adequada... comprar uma espécie de bilhete circular e percorrer os trechos mais prováveis da rede ferroviária.

Num pequeno caderno, anotava tudo o que ia lembrando... flashes vagos... que poderiam ser úteis em algum momento.

Um chapéu, por exemplo... Sim, um chapéu que arremessara na prateleira da cabina. Se havia usado um chapéu... só podia ser casamento ou batizado... cachorrinhos não.

Outro flash... os sapatos que lhe apertavam os pés. Sim, com certeza. Lembrou de ter olhado a casa e tirado os sapatos, porque seus pés doíam.

Havia sido, portanto, algum evento social, na ida ou na volta. Na volta, claro, por causa da dor nos pés, de ficar tanto tempo em pé com aqueles sapatos tão elegantes. Como era o chapéu? Isso ajudaria. Um chapéu florido, de verão, ou um chapéu de veludo, para o inverno?

Tuppence estava ocupada anotando detalhes dos horários de trens de diferentes linhas quando Albert lhe perguntou se queria jantar... e o que trazer do açougue e do mercado.

– Devo estar fora nos próximos dias – comentou Tuppence. – Não precisa trazer nada. Vou viajar de trem.

– A senhora quer levar alguns sanduíches?

– Boa ideia. Pode ser de presunto.

– De queijo e ovo também? Também tem patê na despensa. Já está lá há muito tempo.

Não era uma observação muito agradável, mas Tuppence aceitou.

– Ótimo!

– Quer que lhe remeta as cartas que chegarem?

– Ainda nem sei para onde vou – avisou Tuppence.

– Tudo bem – disse Albert.

O bom em relação a Albert era que ele sempre aceitava tudo, sem necessidade de maiores explicações.

Ele se retirou e Tuppence voltou a suas maquinações. O que buscava era um evento social envolvendo um chapéu e sapatos de festa. Infelizmente, os eventos de sua lista envolviam diferentes linhas de trem... Um casamento na Southern Railway, o outro na East Anglia. O batizado fora ao norte de Bedford.

Se conseguisse lembrar um pouco mais do cenário... Tinha se sentado do lado direito do vagão. O que tinha visto *antes* do canal? Bosques? Árvores? Plantações? Uma aldeia distante?

Puxando pela memória, ergueu a cabeça com a testa franzida – Albert havia voltado. Naquele momento mal podia imaginar que a presença dele ali, à espera de sua atenção, significava uma oração atendida.

– O que foi *agora*, Albert?

– Se a senhora vai estar fora o dia todo amanhã...

– E o dia seguinte também, provavelmente.

– Eu poderia tirar folga?

– Claro.

– É Elizabeth. Está cheia de manchas no corpo. Milly acha que é sarampo.

– Meu Deus.

Milly era a mulher de Albert, e Elizabeth, sua filha mais nova.

– Milly quer que você vá para casa. Claro.

Albert morava numa casinha modesta, a um ou dois quarteirões de distância.

– Não exatamente. Ela não gosta que eu atrapalhe quando está cheia de serviço... não quer que eu estrague tudo... mas são as outras crianças... eu poderia levá-las para passear.

– Claro. Estão todos em quarentena, suponho.

– Sim. Seria melhor que todos pegassem logo, para acabar de uma vez com isso. Charlie e Jean já tiveram. De qualquer forma, posso tirar folga, não é?

Tuppence lhe disse para ficar tranquilo.

Algo se agitava e vinha emergindo... um alegre pressentimento... uma identificação: sarampo.

– Sim, sarampo. Algo a ver com sarampo.

Mas qual a relação da casa do canal com sarampo?

Claro! Anthea. Anthea era a afilhada de Tuppence, e a filha de Anthea, Jane, estava na escola, no primeiro período letivo. Era a festa de encerramento e Anthea havia ligado... seus dois filhos pequenos estavam com sarampo, ela não tinha quem ajudá-la, e Jane ficaria super chateada se não aparecesse nenhum convidado. Será que Tuppence podia...?

Tuppence aceitou, claro... não tinha nada de especial para fazer... pegaria Jane na escola, a levaria para almoçar, voltando depois para assistir às competições esportivas. Havia um trem especial para a escola.

Tudo voltou à sua mente com uma clareza assombrosa. Lembrava-se até mesmo do vestido que usara – um vestidinho de verão com centáureas estampadas!

Na ida, ficou absorvida na leitura de uma revista que trouxera, mas na volta, sem nada para ler, ficou contemplando a paisagem até que, exausta das atividades do dia e dos sapatos apertados, pegou no sono.

Quando acordou, o trem passava por um canal. O cenário era quase todo arborizado. Via-se uma ponte aqui e ali, às vezes uma estradinha, uma fazenda distante. Nenhuma aldeia.

O trem começou a desacelerar, sem nenhum motivo aparente. Devia haver uma sinaleira à frente. O fato é que o comboio foi desacelerando até parar, próximo a uma ponte, uma ponte arqueada sobre um canal, supostamente abandonado. No outro lado, perto da água, encontrava-se a casa, que logo pareceu a Tuppence uma das mais lindas que já tinha visto... tranquila, serena, iluminada pela luz dourada do sol do fim da tarde.

Não se via nenhum ser humano, nem cachorro ou outros animais domésticos. No entanto, as persianas verdes não estavam fechadas. Era habitada, com certeza, embora no momento parecesse deserta.

"Preciso saber mais sobre essa casa", pensou Tuppence. "Algum dia volto aqui e olho melhor. É exatamente o tipo de casa em que eu gostaria de morar."

O trem começou a se movimentar lentamente, aos solavancos.

"Vou ver o nome da próxima estação, para saber onde é."

Mas a estação não apareceu nunca. Era a época em que o sistema ferroviário entrou em decadência... pequenas estações foram fechadas, algumas até destruídas, a grama crescia nas plataformas. Por cerca de vinte, trinta minutos, o trem seguiu seu trajeto, sem passar por nenhum ponto reconhecível. Ao longe, no campo, Tuppence conseguiu avistar o alto de um campanário.

Chegaram a um complexo industrial... fábricas, chaminés... uma fileira de casas pré-fabricadas e depois campo aberto de novo.

Tuppence pensou com seus botões: "A casa dos meus sonhos! Talvez tenha sido sonho mesmo. Acho que dificilmente a verei de novo. Mas é uma pena. Quem sabe, um dia... talvez eu me depare com ela de novo!"

E aí apagou essa história da cabeça, até o dia em que um quadro reavivou sua memória.

E agora, graças a uma palavra pronunciada sem querer por Albert, terminava a busca.

Ou, melhor dizendo, começava.

Tuppence separou três mapas, um guia e vários outros acessórios.

Em termos gerais, já sabia a área a investigar. Assinalou a escola de Jane com uma cruz grande... o ramal da rede ferroviária que dava na linha principal de Londres... o intervalo em que havia pegado no sono.

A região visada era bastante extensa... norte de Medchester, sudeste de Market Basing (cidade pequena, mas que constituía um importante entroncamento de via férrea), provavelmente oeste de Shaleborough.

Pegaria o carro e começaria cedinho na manhã seguinte.

Levantou-se, foi até o quarto e ficou olhando para o quadro sobre a lareira.

Sim, não havia dúvida. Aquela era a casa que avistara de dentro do trem três anos antes. A casa que prometera procurar algum dia.

Esse dia havia chegado... seria o dia seguinte.

Parte 2

A casa do canal

Capítulo 7

A bruxa boazinha

Antes de partir na manhã seguinte, Tuppence examinou cuidadosamente pela última vez o quadro pendurado no quarto, não tanto para fixar os detalhes na cabeça, mas para memorizar a posição da casa na paisagem. Dessa vez, veria o cenário da estrada, não da janela de um trem. O ângulo de visão seria bem diferente. Talvez houvesse muitas pontes arqueadas similares, outros canais abandonados, outras casas exatamente como aquela (mas recusava-se a acreditar nisso).

O quadro estava assinado, porém o nome do artista era ilegível. Só dava para ver que começava com B.

Desviando a atenção do quadro, Tuppence foi conferir o que levaria: um guia com o mapa das linhas de trem, uma seleção de mapas topográficos e alguns nomes de lugares... Medchester, Westleigh... Market Basing... Middlesham... Inchwell. Formavam o triângulo que decidira investigar. Levava também uma valise, porque teria uma viagem de três horas de carro até chegar à região escolhida, e depois disso, pensou, teria ainda um bom chão à procura de prováveis canais.

Após parar em Medchester para fazer um lanche, pegou uma estradinha paralela à linha do trem e enveredou-se pela natureza, cheia de árvores e rios.

Como na maior parte dos distritos rurais da Inglaterra, havia placas de sinalização por todos os lados, com nomes que Tuppence nunca tinha visto. Nenhum parecia levar ao lugar em questão. A estrutura viária da Inglaterra era um pouco cavilosa. A estrada se afastava do canal, e quando o carro seguia na esperança de encontrá-lo de novo, não achava nem rastro. Se tomasse a direção de Great Michelden, a próxima sinalização oferecia duas opções: Pennington Sparrow ou Farlingford. Optando pela última, de fato chegava-se ao destino, mas logo em seguida uma nova placa fazia retroceder a Medchester, ou seja, ao ponto de partida. Tuppence, aliás, nunca encontrou Great Michelden, e ficou um bom tempo perdida, sem encontrar o canal procurado. Se tivesse, pelo menos, uma ideia da aldeia que buscava, tudo seria mais fácil. Localizar canais em mapas não era fácil. De vez em quando, deparava com a estrada de ferro e se animava, avançando com otimismo na direção de Bees Hill, South Winterton e Farrell St Edmund, que outrora possuía uma estação, desativada há algum tempo. "Se pelo menos tivesse uma estrada bem marcada ao longo de algum canal ou de algum trilho, seria mais fácil", pensou.

O dia foi passando e Tuppence sentia-se cada vez mais desnorteada. Depois de um tempo, avistou uma fazenda perto de um canal, mas a estrada que levaria até lá não levava. Passava por uma colina e dava num lugar chamado Westpenfold, onde se via uma igreja abandonada.

De lá, ao seguir, desconsolada, por uma estrada de terra que parecia ser a única saída de Westpenfold, e que, segundo seu senso de direção (cada vez mais duvidoso agora), levava na direção oposta à que procurava, Tuppence deparou-se com uma bifurcação. Uma antiga placa indicava o caminho, mas faltava-lhe a parte das setas.

– E agora? Para a esquerda ou para a direita? Vai saber!

Decidiu pegar o caminho da esquerda.

A estrada era sinuosa. Uma curva e uma ladeira que subia deram num descampado, já fora do bosque fechado.

De lá de cima, a estrada descia íngreme. Não muito longe dali, ouviu um assovio plangente...

– Parece um trem – disse Tuppence, com súbita esperança.

E *era*. Logo abaixo, avistou a via férrea, por cujos trilhos corria um expresso de víveres apitando aflito à medida que avançava resfolegante. Atrás, o canal, e no outro lado do canal, uma casa que Tuppence reconheceu. Por cima do canal, uma pequena ponte arqueada de tijolos rosa. A estrada dava na linha de trem, depois subia, chegava na ponte estreita, que Tuppence atravessou com muito cuidado, e continuava. A casa ficava do lado direito. Procurou a entrada. Onde seria? Um muro alto cercava a construção.

Parou o carro e andou de volta até a ponte, tentando obter uma visão melhor da casa.

A maior parte das enormes janelas estava coberta por persianas verdes. A casa parecia bastante tranquila. Naquele horário, no ocaso, o clima era de serenidade. Tudo indicava que o lugar encontrava-se vazio. Voltou ao carro e chegou mais perto. O muro, bastante alto, erguia-se à sua direita. Do lado esquerdo, apenas uma sebe separava a estrada do campos verdes.

No muro, encontrou um portão de ferro batido. Estacionou o carro e foi olhar por entre os ornamentos de ferro do portão. Na ponta dos pés, conseguiu avistar um jardim. O lugar certamente não era uma fazenda, embora talvez já tivesse sido. Devia ter campos atrás. O jardim estava bem cuidado, nada de especial, como se alguém estivesse tentando mantê-lo, sem grandes resultados.

Do portão de ferro via-se uma senda circular que levava à casa. Devia ser a porta de entrada, embora não parecesse. Era discreta, apesar de robusta... uma porta de fundos. A casa parecia diferente desse lado. Para começar, não estava vazia. Havia pessoas morando lá. Janelas abertas, cortinas esvoaçando, lixeira ao lado da porta. No outro extremo do jardim, Tuppence viu um homem alto cavando a terra, um senhor de idade, corpulento, trabalhando empenhado e sem pressa. Vista desse ângulo, a casa não tinha muita graça. Nenhum artista a escolheria como modelo. Era apenas mais uma casa de família. Tuppence hesitou. Deveria ir embora e esquecer toda aquela história? Não, não faria isso. Ainda mais depois de todo o trabalho que teve. Que horas eram? Olhou o relógio, mas o relógio tinha parado. Ouviu o som de alguém abrindo a porta. Foi espreitar pelo portão de novo.

A porta da casa se abriu e uma mulher apareceu. Deixou no chão uma garrafa de leite e depois, endireitando-se, olhou para o portão. Viu Tuppence e hesitou por um momento, mas então, aparentemente convencida, dirigiu-se ao portão de entrada. "Ora", disse Tuppence consigo mesma, "mas é uma bruxa boazinha!"

Era uma mulher de mais ou menos cinquenta anos. Seu cabelo desgrenhado agitava-se ao vento. Lembrava vagamente um quadro (de Nevinson?) de uma jovem bruxa com um cabo de vassoura. Por isso, talvez, o termo bruxa lhe viera à cabeça. Mas não havia nada de jovem ou belo naquela figura. Era uma senhora de meia-idade, com um rosto já marcado, vestida de qualquer maneira. Levava um chapéu comprido na cabeça, e seu nariz convergia para o queixo. Com essa descrição, poderia parecer sinistra, mas não era. Irradiava uma boa vontade ilimitada. "Sim", pensou Tuppence, "é exatamente *como* uma bruxa, mas uma bruxa *boazinha.* Deve praticar o que chamam de 'magia branca'."

A mulher veio até o portão, hesitante, e falou. Sua voz era agradável, com um leve sotaque do interior.

– Deseja alguma coisa? – perguntou.

– Desculpe – disse Tuppence – deve me achar mal educada de ficar espiando seu jardim assim, mas... eu estava admirando a casa.

– Não quer entrar para ver o jardim? – indagou a bruxa boazinha.

– Agradeço, mas não queria incomodar.

– Não é incômodo algum. Não tenho nada para fazer mesmo. Que tarde linda, não?

– É mesmo – concordou Tuppence.

– Pensei que estivesse perdida – disse a bruxa boazinha. – As pessoas se perdem às vezes.

– Só achei a casa muito bonita, quando desci a colina do outro lado da ponte.

– Este é o lado mais bonito – disse a mulher. – Os artistas vêm aqui pintá-la às vezes... vinham... antigamente.

– Eu sei – disse Tuppence. – Vi um quadro, em alguma exposição – acrescentou logo em seguida. – Uma casa muito parecida com essa. Talvez *fosse* a mesma.

– Bem provável. É engraçado. Um artista vem, faz um quadro, e aí todos os outros artistas querem vir também. O mesmo acontece na exposição anual. Parece que os artistas escolhem sempre o mesmo lugar para pintar. Não sei por quê. Uma montanha, um riacho, uma árvore específica, um salgueiral ou o mesmo ângulo da igreja normanda. Cinco ou seis variações do mesmo tema, a maioria bastante ruim, eu diria. Mas não entendo de arte. Por favor, entre.

– Muito gentil – disse Tuppence. – Lindo jardim! – exclamou.

– Não é dos piores. Tínhamos algumas flores e hortaliças, mas meu marido não pode fazer muito esforço, e não tenho tempo para tudo.

– Vi essa casa uma vez de dentro do trem – comentou Tuppence. – O trem diminuiu a velocidade e eu a vi. Fiquei me perguntando quando a veria de novo. Já faz muito tempo.

– E agora, de repente, está descendo o morro de carro e dá de cara com ela. É engraçado como as coisas acontecem, né?

"Graças a Deus", pensava Tuppence, "é fácil conversar com essa mulher. Nem preciso me explicar muito. Posso falar quase tudo o que me vem à cabeça."

– Gostaria de entrar e conhecer a casa? – indagou a bruxa boazinha. – Vejo que está interessada. É bem antiga, do período georgiano, parece, só que foi ampliada. O que estamos vendo é apenas metade dela.

– Entendo – disse Tuppence. – A casa é dividida em dois, então?

– Na realidade, aqui são os fundos – contou a mulher. – A frente é do outro lado, o lado que se vê da ponte. Uma divisão meio esquisita, a meu ver. Seria mais simples fazer de outra forma, direita e esquerda, não frente e fundos. Esta parte toda aqui são os fundos.

– Vocês moram aqui há muito tempo? – quis saber Tuppence.

– Há três anos. Depois que meu marido se aposentou, queríamos morar num lugarzinho tranquilo no campo, e barato. Aqui é barato por ser isolado. Está longe de tudo.

– Vi um campanário ao longe.

– Ah, é Sutton Chancellor. Fica a quatro quilômetros daqui. Fazemos parte da paróquia, claro, mas não tem nenhuma casa até chegar na aldeia, que, aliás, é muito pequena. Aceita um chá? – perguntou a bruxa boazinha. – Coloquei água para esquentar há uns dois minutos e quando olhei para fora a avistei.

Levou as duas mãos à boca e gritou:

– Amos! Amos!

O homenzarrão à distância virou a cabeça.

– Chá em dez minutos – avisou.

Ele, em resposta, acenou. A bruxa boazinha se virou, abriu a porta e fez um movimento para Tuppence entrar.

– Meu nome é Perry – disse com simpatia na voz. – Alice Perry.

– O meu é Beresford – anunciou Tuppence. – Sra. Beresford.

– Entre, sra. Beresford. A casa é sua.

Tuppence parou por um segundo. “Me sinto como João e Maria, quando a bruxa os convida para sua casa. Talvez a casa seja feita de pão de ló... Pelo menos devia ser.”

Depois, olhou para Alice Perry de novo e chegou à conclusão de que não era a bruxa da casa de pão de ló de João e Maria. Alice era uma mulher absolutamente comum. Aliás, comum não. Era excessivamente cordial. “Deve saber fazer feitiços”, cogitou Tuppence, “mas tenho certeza de que são feitiços do bem.” Inclinou um pouco a cabeça e cruzou a soleira da porta.

O interior da casa estava bastante escuro. Os corredores eram estreitos. A sra. Perry conduziu a sra. Beresford através da cozinha até uma sala de estar. Não havia nada de especial na casa. Tuppence deduziu que constituía uma ampliação da parte principal, construída no fim da era vitoriana. Horizontalmente, era estreita. Consistia em um corredor escuro que dava para os cômodos. Uma forma muito peculiar de dividir uma casa, pensou.

– Sente-se. Vou trazer o chá – disse a sra. Perry.

– Vou ajudá-la.

– Não se preocupe. Volto rapidinho. Já está na bandeja.

Ouviu-se um apito vindo da cozinha. A chaleira, como se podia notar, havia chegado ao seu limite de tranquilidade. A sra. Perry saiu e voltou em seguida com a bandeja de chá, um prato de pães de minuto, um pote de geleia e três xícaras com pires.

– Imagino que esteja decepcionada, agora que entrou – disse a sra. Perry.

Era uma observação pertinente e muito próxima da verdade.

– De jeito nenhum – garantiu Tuppence.

– Bem, eu estaria, no seu lugar. Porque as partes não combinam, concorda? Digo, a parte da frente e a parte de trás da casa. Não combinam. Mas é uma casa confortável para morar. Não tem muitos quartos, é meio escura, mas isso faz uma grande diferença no preço.

– Quem dividiu a casa desse jeito e por quê?

– Ih, já faz tempo, pelo que eu sei. Imagino que a pessoa que fez isso achava a casa grande demais ou desproporcional. Devia querer um lugar para passar o fim de semana, ou algo do gênero. Então, ficaram com os melhores cômodos, a sala de jantar, a sala de estar, transformaram o escritório em cozinha, fizeram dois quartos e um banheiro na parte de cima, e depois levantaram uma parede, alugando a parte que antes era a cozinha, a copa e coisas assim. Fizeram uma reforma.

– Quem mora na outra parte? Alguém que só vem nos fins de semana?

– Agora não tem ninguém morando lá – respondeu a sra. Perry. – Coma outro pãozinho, querida.

– Obrigada – disse Tuppence.

– Pelo menos, ninguém apareceu aqui nos últimos dois anos. Nem sei de quem é a outra parte agora.

– Mas e quando vocês chegaram?

– Uma jovem costumava vir. Diziam que era atriz. Foi o que ouvimos falar. Mas nunca a vimos, só de relance. Costumava vir aos sábados, tarde da noite. Depois do espetáculo, acho. Ia embora domingo à noite.

– Uma mulher muito misteriosa – comentou Tuppence.

– Era exatamente o que eu achava. Ficava imaginando coisas em relação a ela. Às vezes, me parecia Greta Garbo, sempre de óculos escuros e chapéu puxado para baixo. Nossa, ainda estou com o meu chapéu.

Tirou o chapéu de bruxa da cabeça e soltou uma risada.

– É para uma peça que vamos montar no salão da paróquia em Sutton Chancellor – disse. – Uma espécie de conto de fadas para as crianças. Eu faço o papel da bruxa.

– Sei – disse Tuppence, ligeiramente surpresa. Depois, acrescentou: – Que divertido.

– Divertido, né? Sou perfeita para o papel de bruxa, não sou? – riu e mostrou o queixo. – Tenho cara de bruxa. Espero que as pessoas não pensem besteira. Podem achar que tenho mau-olhado.

– Ninguém pensaria isso – declarou Tuppence. – Tenho certeza de que é uma bruxa boazinha.

– Fico feliz que pense assim – disse a sra. Perry. – Como eu dizia, aquela atriz... não lembro o nome dela agora... srta. Marchment, acho, mas tinha algum outro nome... nem imagina as coisas que eu fantasiava a respeito dela. Quase nunca nos vimos, nem nos falamos. Às vezes acho que era apenas muito tímida e neurótica. Vinham repórteres querendo entrevistá-la, e ela nunca os recebia. Outras vezes, me ocorriam... a senhora vai dizer que é besteira... ideias bastante macabras em relação a ela. Que tinha medo de ser *reconhecida*. Talvez nem fosse atriz e estivesse sendo procurada pela polícia. Podia ser uma criminosa. É intrigante ficar pensando nisso, principalmente quando você não vê muita gente.

– Ela nunca trouxe ninguém para cá?

– Não sei direito. Essas divisórias que colocaram quando dividiram a casa em dois são bastante finas e dá para ouvir o que as pessoas falam. Acho que às vezes trazia alguém no fim de semana sim – concordou com um movimento de cabeça. – Algum homem. Por isso que deviam querer um lugar tranquilo como este.

– Um homem casado – insinuou Tuppence, entrando no reino do faz de conta.

– Sim, deveria ser um homem casado – ponderou a sra. Perry.

– Talvez fosse o próprio marido dela, e tenha escolhido este lugar isolado porque queria assassiná-la e enterrá-la no jardim.

– Mãe do céu! – exclamou a sra. Perry. – Que imaginação fértil! Eu nunca teria pensado nisso.

– *Alguém* deve saber tudo sobre ela – disse Tuppence. – Os corretores imobiliários, por exemplo.

– Imagino que sim – disse a sra. Perry. – Mas, nesse caso, eu preferiria *não* saber, se é que me entende.

– Claro que entendo – afirmou Tuppence.

– Esta casa ganhou uma atmosfera, sabe? Dá a impressão de que algo aconteceu.

– Ela não tinha faxineira?

– Difícil. Ninguém mora perto.

A porta de fora se abriu. O homem corpulento que cavava no jardim entrou. Foi até a pia e abriu a torneira para lavar as mãos. Depois, apareceu na sala de estar.

– Este é meu marido, Amos – apresentou a sra. Perry. – Amos, temos visita. Esta é a sra. Beresford.

– Olá, como vai? – cumprimentou Tuppence.

Amos Perry era um homem alto e desajeitado. Bem maior e mais forte do que Tuppence imaginava. Embora andasse devagar, era um sujeito de compleição robusta.

– Prazer em conhecê-la, sra. Beresford – respondeu ele.

Sua voz era agradável e seu sorriso, sincero, mas por um breve instante, Tuppence duvidou que "batesse bem da bola". Havia uma espécie de simplicidade atônita em seu olhar, e Tuppence também se perguntava se a sra. Perry não havia escolhido aquele lugar tranquilo para morar por causa de algum transtorno mental do marido.

– Amos adora trabalhar no jardim – comentou a sra. Perry.

Quando ele entrou, o assunto esfriou. A sra. Perry foi a que mais falou, mas sua personalidade parecia mudada. Sua voz ganhou um tom de nervosismo, e ela prestava atenção no marido. Está dando força para ele, pensou Tuppence, como uma mãe incentivando o filho inibido a falar, para exibir suas qualidades perante a visita e um pouco tensa de que ele não corresponda às expectativas. Ao terminar o chá, Tuppence se levantou e disse:

– Preciso ir. Muito obrigada, sra. Perry, pela hospitalidade.

– Quer ver o jardim antes de ir? – O sr. Perry se levantou também. – Vamos lá. *Eu* vou lhe mostrar.

Tuppence o acompanhou até o lugar em que ele estava cavando.

– Bonitas flores, não? – perguntou. – Tem umas rosas lindas aqui. Veja essa, com listras vermelhas e brancas.

– "Commandant Beaurepaire" – arriscou Tuppence.

– Aqui as chamamos de "York and Lancaster" – comentou o sr. Perry. – "A Guerra das Rosas". Cheiro bom, né?

– Muito bom.

– Melhor que as rosas-chá de hoje.

O jardim, como um todo, dava dó. As ervas daninhas não tinham sido totalmente arrancadas e as flores estavam dispostas de forma amadora.

– Cores vivas – disse o sr. Perry. – Eu gosto de cores vivas. Às vezes vem gente para ver nosso jardim – comentou. – Fiquei contente com a sua visita.

– Muito obrigada – disse Tuppence. – Seu jardim e sua casa são lindos!

– A senhora tem que ver o outro lado.

– Estão alugando ou vendendo? Sua mulher me disse que não tem ninguém morando lá agora.

– Não sabemos. Não vimos ninguém. Não tem placa e ninguém vem visitá-la.

– Deve ser uma boa casa para morar, imagino.

– Está procurando casa?

– Estou – respondeu Tuppence, mudando de ideia rapidamente. – Na verdade, estamos procurando um lugar pequeno no campo, para quando meu marido se aposentar. Isso deve acontecer no ano que vem, mas não queremos deixar tudo para a última hora.

– Aqui é bem silencioso, para quem gosta de silêncio.

– Imagino – disse Tuppence. – Posso perguntar para os corretores da região. Foi assim que vocês conseguiram essa casa?

– Vimos um anúncio no jornal e depois fomos na imobiliária.

– Onde? Em Sutton Chancellor? É a aldeia mais próxima, não?

– Sutton Chancellor? Não. A imobiliária fica em Market Basing. É a Russell & Thompson. Pode ir lá se informar.

– Sim – disse Tuppence –, vou lá. Market Basing é muito longe daqui?

– Daqui até Sutton Chancellor são mais ou menos três quilômetros. De lá até Market Basing são mais onze quilômetros, aproximadamente. Entre as duas tem uma estrada boa, mas daqui até Sutton Chancellor é tudo ruim.

– Entendi. Bom, vou indo, sr. Perry. Muito obrigada por ter me mostrado seu jardim.

– Espere um pouco.

Ele parou, cortou uma peônia enorme e, pegando Tuppence pelo casaco, enfiou a flor na lapela.

– Agora sim – disse. – Ficou lindo!

Por um momento, Tuppence sentiu pânico. Aquele homem grande e desajeitado, apesar do bom caráter, de repente a assustou. Olhava-a sorridente, para baixo, de uma forma meio louca, quase maliciosa.

– Ficou lindo em você – repetiu. – Lindo.

“Ainda bem que não sou mais uma menininha”, pensou Tuppence. “Não iria gostar que ele colocasse uma flor no meu casaco.” Despediu-se e foi embora depressa.

Entrou pela porta aberta para se despedir da sra. Perry, que estava na cozinha, lavando louça. Tuppence, quase que de modo automático, pegou um pano de prato e começou a secar as xícaras.

– Muito obrigada – disse. – A senhora e seu marido foram muito gentis e me receberam muito bem... *O que foi isso?*

Da parede da cozinha, ou melhor, de trás da parede, do lugar onde ficava um antigo fogão, veio um grito agudo, seguido de um grasnido e um som de arranhões.

– Deve ser uma gralha – disse a sra. Perry – que caiu na chaminé da outra casa. Sempre acontece nessa época do ano. Caiu uma na nossa semana passada. Elas fazem ninhos nas chaminés.

– Na outra casa?

– Sim. De novo.

Mais uma vez, ouviram-se o guincho e os gemidos de um pássaro aflito.

– Não tem ninguém para cuidar – disse a sra. Perry. A casa está vazia. As chaminés precisam ser limpas.

O barulho das garras debatendo-se contra os muros prosseguia.

– Pobre pássaro – comentou Tuppence.

– Eu sei. Ele não vai mais conseguir voar.

– Quer dizer que vai morrer ali?

– Sim. Como eu dizia, entrou um na nossa chaminé outro dia. Aliás, dois. Um era filhote. Deu tudo certo. Nós o soltamos e ele saiu voando. O outro morreu.

Os sons angustiantes continuavam.

– Queria poder fazer alguma coisa – lamentou-se Tuppence.

O sr. Perry apareceu na porta.

– Algum problema? – perguntou, olhando para uma e para outra.

– É um pássaro, Amos. Deve estar na chaminé da sala de estar. Está ouvindo?

– Estou. Caiu do ninho.

– Será que poderíamos ir lá? – perguntou a sra. Perry.

– Não há o que fazer. Só com o susto eles já morrem.

– Depois vai ficar aquele cheiro – disse a sra. Perry.

– O cheiro não vai chegar aqui. Vocês têm o coração mole – disse o sr. Perry, olhando para as duas –, como todas as mulheres. Podemos ir lá se vocês quiserem.

– Como, tem alguma janela aberta?

– Podemos pegá-lo pela porta.

– Que porta?

– A do quintal. A chave está lá pendurada.

O sr. Perry saiu, atravessou o quintal e abriu uma pequena porta num canto da parede. Comunicava com uma espécie de estufa, por onde havia acesso à outra parte da casa. Penduradas num prego, havia seis ou sete chaves enferrujadas.

– Esta serve – disse o sr. Perry.

Pegou a chave, enfiou-a na fechadura e, depois de muito forçar, conseguiu abri-la.

– Entrei aqui uma vez – contou –, quando ouvi um som de água. Alguém tinha esquecido de fechar a torneira direito.

Entrou e as duas mulheres o seguiram. A porta dava numa pequena sala, que continha uma prateleira cheia de vasos e uma pia.

– Uma sala de flores, claro – exclamou. – Onde as pessoas costumavam cultivar flores. Estão vendo? Um monte de vasos.

Havia outra porta na sala que não estava trancada. O sr. Perry a abriu e os três entraram. Uma passagem para outro mundo, pensou Tuppence. O corredor era todo acarpetado. Um pouco mais adiante havia uma porta entreaberta, e de lá ouviam-se sons de um pássaro em apuros. O sr. Perry empurrou a porta para sua mulher e Tuppence entrarem.

As janelas estavam fechadas, mas uma das persianas estava quebrada e entrava luz. Apesar da penumbra, dava para ver um bonito carpete no chão, verde sálvia, já meio desbotado. Uma estante de livros na parede. Não havia mesa nem cadeiras. Retiraram os móveis, com certeza, ficando as persianas e o carpete para o próximo inquilino.

A sra. Perry foi até a lareira, onde encontrou um pássaro se debatendo e piando alto de dor. Abaixou-se, pegou-o na mão e disse:

– Abre a janela, por favor, Amos.

Amos afastou a persiana para um lado, desprendeu a outra metade e forçou o trinco da vidraça. Levantou o caixilho inferior, com um rangido. Mal abriu a janela, a sra. Perry curvou-se para fora e soltou o pássaro, que caiu no gramado, arriscando-se a dar alguns passos.

– Melhor matá-lo – disse o sr. Perry. – Está muito machucado.

– Deixe um pouquinho – disse sua mulher. – Nunca se sabe. Os pássaros se recuperam muito rápido. Ficam assim paralisados por causa do susto.

De fato, pouco tempo depois, o pássaro, num esforço final, chiou mais uma vez, bateu as asas e saiu voando.

– Só espero – disse Alice Perry – que não caia na chaminé de novo. O pássaro tem espírito de contradição. Não sabe o que lhe convém. Entra num quarto e depois não consegue sair. Ai – acrescentou –, que bagunça!

Ela, Tuppence e o sr. Perry olharam para a lareira. Da chaminé havia caído uma mistura de fuligem, cascalho e tijolo quebrado. Devia estar abandonada há um bom tempo.

– Alguém tem que vir morar aqui – disse a sra. Perry, olhando ao redor.

– Alguém tem que vir aqui dar um jeito na casa – Tuppence concordou. – Um construtor precisa vir aqui e fazer alguma coisa, antes que a casa desmorone.

– É muito provável que tenha infiltração nos quartos de cima, da água que vem do telhado. Não disse? Olha o teto. Está chegando até aqui.

– Que pena – exclamou Tuppence –, estragar uma casa tão bonita. Esta sala é realmente muito bonita, não?

Ela e a sra. Perry olharam em volta, com apreciação. Construída em 1790, a casa tinha toda a graciosidade das construções daquela época. Tivera, originalmente, um papel de parede com folhas de salgueiro estampadas.

– Agora está tudo abandonado – comentou a sra. Perry.

Tuppence revirava os detritos da lareira.

– Precisa dar uma boa varrida – disse a sra. Perry.

– Para que se preocupar com uma casa que não é sua? – perguntou-lhe o marido. – Esqueça, mulher. Amanhã vai estar tudo igual.

Tuppence afastou alguns tijolos com o pé.

– Oh – exclamou com nojo.

Havia dois pássaros mortos na lareira. Pelo estado deles, deviam ter morrido há muito tempo.

– Esse foi o ninho que caiu há algumas semanas. Milagre não estar fedendo mais – disse a sra. Perry.

– O que é isso? – indagou Tuppence.

Chutou algo escondido entre os cascalhos. Inclinou-se e pegou o que estava ali.

– Não toque num pássaro morto – advertiu a sra. Perry.

– Não é um pássaro – afirmou Tuppence. – Deve ter caído alguma outra coisa da chaminé. Não acredito! – exclamou, estupefata. – Uma boneca!

Todos olharam para o brinquedo. Toda despedaçada, as roupinhas rasgadas, a cabeça desgarrada do pescoço, sem um olho, era o que sobrava de uma boneca. Tuppence ficou lá, paralisada.

– Só queria saber – disse – como é que foi parar dentro da chaminé. Que coisa extraordinária!

Capítulo 8

Sutton Chancellor

Após deixar a casa do canal, Tuppence foi dirigindo devagar por uma estradinha sinuosa que, segundo lhe disseram, daria na aldeia de Sutton Chancellor. Era um caminho isolado. Não se viam casas por perto... somente cercas e trilhas lamacentas. Havia pouco tráfego... passaram apenas um trator e um caminhão com um anúncio enorme de pão. O campanário à distância parecia ter desaparecido, mas logo reapareceu bem próximo, após uma curva acentuada. Tuppence olhou para o velocímetro e viu que tinha avançado três quilômetros desde a casa do canal.

A antiga igreja era encantadora e ficava no centro de um cemitério bastante amplo, com um teixo solitário ao lado do pórtico de entrada.

Tuppence deixou o carro do lado de fora, atravessou o portão e ficou um tempo observando a igreja e o átrio. Depois, foi até a porta, de arco normando, e girou a maçaneta. Estava destrancada e entrou.

O lado de dentro era sem graça. Uma igreja antiga, sem dúvida, mas renovada na época vitoriana.Os bancos de pinho e os vitrais vermelhos e azuis estragavam todo o encanto arcaico de outrora. Uma mulher de meia-idade com um conjunto de tweed arrumava flores em vasos de metal em volta do púlpito... já havia terminado o altar. Olhou com curiosidade para Tuppence, que caminhava observando as placas memoriais nas paredes. Uma família chamada Warrender parecia ser a de maior representação ali nos primeiros anos. Todos do Priorado, Sutton Chancellor. Capitão Warrender, Major Warrender, Sarah Elizabeth Warrender, amada esposa de George Warrender. Uma nova placa registrava o nome de Julia Starke, outra amada esposa, de Philip Starke, também do Priorado, Sutton Chancellor. Ao que tudo indicava, a família Warrender havia se extinguido da face da Terra. Nenhuma placa parecia sugestiva ou particularmente interessante. Tuppence saiu da igreja e deu a volta pelo lado externo.

A parte de fora era muito mais interessante. "Gótico perpendicular e decorado", disse para si mesma, familiarizada com os termos da arquitetura eclesiástica. Não sentia o menor entusiasmo pelo começo do período perpendicular.

Era uma igreja grande e Tuppence observou que a aldeia de Sutton Chancellor devia ter sido um centro rural muito mais importante do que era agora. Deixou o carro estacionado e caminhou até o povoado. Havia uma loja, uma agência de correio e cerca de doze casas. Uma ou duas possuíam telhado de colmo. As outras eram simples e sem graça. Havia seis moradias municipais no final da rua, com um ar ligeiramente constrangido. Uma placa de metal na porta anunciava "Arthur Thomas, limpador de chaminés".

Tuppence se perguntava se algum corretor responsável prestaria seus serviços para a casa do canal, que certamente precisava. Que bobeira, pensou, não ter perguntado o nome da casa.

Voltou a passos lentos para a igreja e o carro, parando para examinar mais detidamente os arredores. O lugar lhe parecia interessante. Havia pouquíssima gente enterrada ali. A maioria das lápides era da época vitoriana ou anterior... meio apagadas pelo tempo, mas muito bonitas. Algumas eram verticais, com querubins na parte de cima e coroas de flores em volta. Ficou andando por ali, lendo os dizeres. Warrender de novo. Mary Warrender, 47 anos, Alice Warrender, 33 anos, Coronel John Warrender, morto no Afeganistão. Várias crianças da família Warrender... com os mais profundos pêsames... e muitos versos de consolo religioso. Será que ainda existia algum Warrender para contar a história? Pelo visto, não eram mais enterrados ali. Os últimos túmulos datavam de 1843. Perto do grande teixo, topou com um sacerdote de idade, parado em frente a uma fileira de lápides antigas, próximo a um muro atrás da igreja, que se endireitou para falar com ela.

– Boa tarde – cumprimentou, num tom amigável.

– Boa tarde – respondeu Tuppence, e acrescentou – Eu estava olhando a igreja.

– Destruída pela renovação vitoriana – disse o sacerdote.

Tinha uma voz agradável e um sorriso simpático. Aparentava uns setenta anos, mas Tuppence presumiu que não devia ter aquela idade, apesar do reumatismo e das pernas bambas.

– Muito dinheiro envolvido no período vitoriano – comentou com tristeza. – Barões do aço. Eram devotos, mas infelizmente não tinham senso artístico. Faltava-lhes bom gosto. Viu a ala leste? – perguntou, estremecendo.

– Vi – respondeu Tuppence. – Horrível – disse.

– Concordo. Sou o padre – comentou, sem necessidade.

– Imaginei – disse Tuppence, com educação. – O senhor está aqui há muito tempo? – perguntou.

– Há dez anos, minha cara – respondeu. – É uma boa paróquia. Os poucos frequentadores são simpáticos. Não gostam muito dos meus sermões – lamentou. – Dou o meu melhor, mas não sei fingir que sou moderno. Sente-se – disse, hospitaleiro, indicando uma pedra próxima.

Tuppence sentou-se, agradecida, e o padre tomou assento numa pedra próxima.

– Não consigo ficar em pé muito tempo – desculpou-se. – Posso ajudá-la em alguma coisa ou está só passando por aqui?

– Bem, na verdade, estou só passando – respondeu Tuppence. – Pensava em ver a igreja. Acabei me perdendo de carro.

– Sim, é muito difícil dirigir aqui. Tantas placas quebradas e o município não as mantêm como deveria. – Acrescentou: – As pessoas que vêm para estas bandas geralmente não estão querendo chegar a nenhum lugar específico. Do contrário, não sairiam das rodovias principais. Terrível – acrescentou de novo. – Principalmente, a nova estrada. Pelo menos, na *minha* opinião. O barulho, a velocidade e a imprudência na direção. Mas não ligue para o que digo. Sou um velho ranzinza. Jamais adivinharia o que estou fazendo aqui – provocou.

– Vi que o senhor está examinando algumas lápides – respondeu. – Algum ato de vandalismo? Adolescentes?

– Não. É bom estarmos atentos hoje, com tanta cabine de telefone quebrada e tudo o mais que os vândalos fazem. Coitados, não sabem o que estão fazendo, não conseguem pensar em nada mais divertido do que destruir as coisas. Triste, né? Muito triste. Não – disse –, não temos esse tipo de problema. A garotada daqui é bastante comportada, de um modo geral. Não. Estava procurando o túmulo de uma criança.

Tuppence tremeu nas bases.

– O túmulo de uma criança? – repetiu.

– Sim. Uma pessoa me escreveu. O Major Waters. Queria saber se por acaso uma criança não havia sido enterrada aqui. Fui consultar o registro paroquial, claro, mas não encontrei ninguém com esse nome. Mesmo assim, resolvi vir aqui e dar uma olhada nas lápides. A pessoa que escreveu pode ter dado o nome errado, ou talvez tenha sido engano.

– Qual era o nome da criança? – indagou Tuppence.

– Não sabia. Talvez Julia, por causa da mãe.

– Quantos anos tinha?

– Também não sabia direito. Tudo muito vago. Acho que o sujeito errou de aldeia. Não lembro de nenhum Waters morando aqui. Nunca ouvi falar desse nome.

– E a família Warrender? – indagou Tuppence, recordando-se dos nomes na igreja. – A igreja está cheia de placas em sua homenagem e vi o nome deles em várias lápides aqui.

– Ah, essa família não existe mais. Tinham um grande patrimônio, um Priorado do século XIV. Houve um incêndio... há quase cem anos já. Os Warrender que sobraram devem ter ido embora e não voltaram mais. Um rico proprietário da era vitoriana, chamado Starke, construiu uma nova casa no local. Horrível, mas aconchegante, dizem. Muito aconchegante. Com banheiros e tudo mais. Isso tudo *é* importante.

– Muito estranho – comentou Tuppence – alguém lhe escrever e perguntar sobre o túmulo de uma criança. Era algum parente?

– O pai – respondeu o padre. – Uma dessas tragédias de guerra, imagino. Um casamento que acabou quando o marido estava a serviço no exterior. A mulher, jovem, fugiu com outro homem. E havia uma criança, que o pai nem chegou a conhecer. Já seria adulta agora, se estivesse viva. Estaria com vinte anos, ou mais.

– Não passou muito tempo para continuar procurando a filha?

– Aparentemente, ele só soube que *tinha* uma filha há pouco tempo. Soube por acaso. Uma história curiosa.

– O que o levou a pensar que a filha estaria enterrada aqui?

– Parece que uma pessoa que tinha conhecido sua mulher na época da guerra lhe contou que ela estava morando em Sutton Chancellor. Acontece. Encontramos alguém, um amigo ou conhecido que não vemos há anos, e recebemos notícias que jamais ficaríamos sabendo por outro meio. Mas ela certamente não está morando aqui agora. Nunca morou ninguém com esse nome... não desde que vim para cá. Nem nas redondezas, que eu saiba. Claro, a mãe deve ter usado outro nome. Mesmo assim, o pai está pagando advogados e detetives particulares, e eles vão acabar descobrindo tudo no final. Vai levar tempo...

– *A coitadinha era sua filha?* – murmurou Tuppence.

– Perdão, minha cara, não entendi.

– Nada – disse Tuppence. – Me perguntaram outro dia: "*A coitadinha era sua filha?*". Uma pergunta bastante assustadora de se ouvir, assim, de repente. Mas não acredito que a senhora que me perguntou isso soubesse o que estava falando.

– Sei. Comigo é igual. Digo coisas sem saber exatamente o que quero dizer. Um vexame.

– Imagino que o senhor saiba tudo sobre as pessoas que moram aqui *hoje* – disse Tuppence.

– E nem são muitas pessoas. Sei sim. Por quê? Queria alguma informação?

– O senhor sabe se alguma sra. Lancaster já morou aqui?

– Lancaster? Não. Não lembro desse nome.

– E tem uma casa... eu estava dando uma volta de carro ontem, sem um destino específico, só seguindo a estrada...

– Sei. Muito boa a estrada aqui. E tem espécimes raros. Botânicos, digo. Nas cercas vivas. Ninguém pega flores nessas cercas. Não temos turistas aqui. Já encontrei alguns espécimes muito raros. Certos tipos de campânulas, por exemplo...

– Tem uma casa perto de um canal – interrompeu Tuppence, recusando-se a desviar o assunto para botânica. – Perto de uma pequena ponte arqueada, a mais ou menos três quilômetros daqui. Não sei o nome.

– Deixe-me ver. Canal, ponte arqueada... Bem, existem várias casas assim. É a fazenda Merricot.

– Mas não era uma fazenda.

– Devia ser a casa da família Perry... Amos e Alice Perry.

– Isso – confirmou Tuppence. – O sr. a sra. Perry.

– Mulher interessante, não acha? Interessante, sempre achei. Muito interessante. Rosto medieval, reparou? Vai fazer o papel de bruxa na peça que estamos montando para a escola das crianças, sabe? Ela parece uma bruxa mesmo, não parece?

– Parece – concordou Tuppence. – Uma bruxa boazinha.

– Isso mesmo, minha cara. Uma bruxa boazinha.

– Mas ele...

– Coitado – disse o padre. – Não é muito normal da cabeça, mas é inofensivo.

– Foram muito gentis. Ofereceram-me uma xícara de chá – contou Tuppence. – Mas o que eu queria saber era o *nome* da casa. Esqueci de perguntar. Eles moram apenas na metade da casa, né?

– É. No espaço que antes era a área de serviço. *Eles* chamam a casa de "Waterside", acho, embora o nome antigo fosse "Watermead". Um nome bonito.

– A quem pertence a outra parte da casa?

– Bem, a casa toda pertencia originalmente à família Bradley. Isso foi há muitos anos, pelo menos trinta, quarenta anos atrás. Mais tarde, a casa foi vendida duas vezes, e depois ficou vazia por muito tempo. Quando vim para cá, estavam usando-a como uma espécie de casa de fim de semana. Uma atriz... srta. Margrave, acho. Não vinha muito aqui. Aparecia de vez em quando. Nunca veio à igreja. Vi-a algumas vezes, à distância. Uma mulher muito bonita.

– Quem é o dono *atual*? – insistiu Tuppence.

– Não tenho a mínima ideia. Talvez ainda seja ela. A parte em que a família Perry mora é alugada.

– Reconheci a casa assim que a vi – contou Tuppence – porque tenho um quadro dela.

– Sério? Deve ser um dos quadros de Boscombe, Boscobel, não lembro o nome direito agora. Era de Cornualha. Um artista muito famoso, acho. Deve ter morrido já. Vinha muito aqui. Desenhava tudo o que via. Pintava a óleo também. Umas paisagens lindas.

– Esse quadro em especial – disse Tuppence – foi dado a uma tia minha, que morreu há mais ou menos um mês. Quem deu o quadro para ela foi uma tal de sra. Lancaster. Por isso perguntei se o senhor a conhecia.

O padre negou mais uma vez.

– Lancaster? Lancaster. Não. Não lembro desse nome. Ah! Mas tem alguém que deve saber. Nossa querida srta. Bligh. Muito ativa. Conhece a paróquia inteira. Dirige tudo. O instituto das mulheres, os escoteiros, os guias... tudo. Pergunte para *ela*. É muito ativa, muito ativa mesmo.

Suspirou. A atividade da srta. Bligh parecia preocupá-lo.

– Todos na aldeia a chamam de Nellie Bligh. Os meninos às vezes pronunciam seu nome cantando, *Nellie Bligh, Nellie Bligh*. Mas esse não é seu nome verdadeiro. Acho que é Gertrude, Geraldine, algo assim.

A srta. Bligh, a mulher de tweed que Tuppence tinha visto na igreja, aproximou-se deles num passo rápido, segurando um pequeno regador. Observou Tuppence à distância, com profunda curiosidade, aumentando o passo e começando a falar antes de chegar perto.

– Terminei meu trabalho! – exclamou, com satisfação. – Tive que correr um pouco hoje. E como corri! O senhor sabe, padre, normalmente arrumo a igreja de manhã, mas hoje tivemos uma reunião de emergência e demorou à beça. Tanta discussão! Às vezes acho que as pessoas discutem só por discutir. A sra. Partington estava especialmente implicante. Queria que debatêssemos tudo, perguntou se havíamos pesquisado suficientes orçamentos de diferentes empresas. É tudo tão barato que alguns xelins a mais ou a menos não fazem muita diferença. E a Burkenheads sempre foi muito confiável. Olhe, padre, não acho que o senhor deva se sentar nessa lápide.

– Parece-lhe desrespeito? – perguntou o padre.

– Não, não quis dizer isso *de jeito nenhum*, padre. Quis dizer, a *pedra*, com a umidade e o seu reumatismo, sabe? – olhou para Tuppence de rabo de olho, inquisitivamente.

– Deixe-me apresentá-la à srta. Bligh – disse o padre. – Esta é... – hesitou.

– Sra. Beresford – completou Tuppence.

– Ah, sim – disse a srta. Bligh. – Vi-a na igreja, não vi? Há pouco, olhando os memoriais. Eu teria puxado conversa, chamado sua atenção para alguns pontos interessantes, mas estava tão apressada para terminar meu trabalho...

– Eu deveria ter ajudado – disse Tuppence, com voz doce. – Mas não teria adiantado muito, teria? Porque vi que sabia exatamente onde colocar cada flor.

– Que nada! Muito gentil da sua parte dizer isso, mas é verdade. Sou responsável pelas flores da igreja há mais de... Até já perdi a conta de *quantos* anos. Deixamos as crianças montarem seus próprios vasos de flores para os eventos, embora não tenham a mínima ideia de como fazer, coitadinhas. Eu daria *alguma* orientação, mas a sra. Peake é contra. Uma mulher muito peculiar. Diz que estraga o espírito de iniciativa. Está hospedada aqui? – perguntou a Tuppence.

– Eu estava indo para Market Basing – respondeu Tuppence. – Talvez possa me indicar um bom hotel lá.

– Bem, imagino que vá ficar um pouco decepcionada. Market Basing é um pequeno centro de comércio.

Não tem infraestrutura para o turismo. O Blue Dragon é um hotel duas estrelas, mas, para falar a verdade, acho que essas estrelas não significam *nada* às vezes. Talvez ache o The Lamb melhor. É mais silencioso. Pretende ficar muito tempo?

– Não, não – disse Tuppence – um ou dois dias apenas, só para conhecer um pouco o lugar.

– Não tem muito o que conhecer lá não. Nenhuma antiguidade, nem nada do gênero. Somos um distrito totalmente rural, voltado para a agricultura – disse o padre. – Mas tranquilo, muito tranquilo. Como lhe falei, cultivamos flores raras.

– Sim – disse Tuppence –, eu lembro, e estou louca para colher algumas espécimes nos intervalos de minha procura por imóveis – contou.

– Que legal – exclamou a srta. Bligh. – Está pensando em morar aqui?

– Bem, meu marido e eu ainda não escolhemos um lugar em especial – comentou. – E não temos pressa. Ele só vai se aposentar daqui a um ano e meio. Mas é bom já ir dando uma olhada. O que *eu* prefiro fazer, pessoalmente, é ficar em um bairro por quatro ou cinco dias, fazer uma lista dos imóveis que me interessam e depois ir visitá-los. Vir um dia de Londres para visitar apenas um imóvel é muito cansativo.

– Ah, sim, veio de carro, então?

– Vim – respondeu Tuppence. – Devo ir a uma imobiliária em Market Basing amanhã de manhã. Aqui tem lugar para ficar?

– Claro que sim. Tem a sra. Copleigh – disse a srta. Bligh. – Ela hospeda pessoas nas férias, sabe? Veranistas. Tudo muito limpo, os quartos... Claro, só oferece cama e café da manhã. Talvez uma refeição leve à noite. Mas acho que antes de julho ou agosto não hospeda ninguém.

– Eu poderia falar com ela e descobrir – sugeriu Tuppence.

– Uma mulher incrível – disse o padre. – Não para de falar um minuto. Tem língua solta!

– Nessas pequenas aldeias, a fofoca é o maior passatempo – comentou a srta. Bligh. – Vou ajudar a sra. Beresford. Posso levá-la até a sra. Copleigh para ver o que conseguimos lá.

– Muito gentil da sua parte – agradeceu Tuppence.

– Então vamos – disse a srta. Bligh, rapidamente. – Até mais, padre. Continua procurando? Triste missão. Difícil dar certo. Que pedido mais estranho!

Tuppence despediu-se do padre e disse que ficaria feliz se pudesse ajudá-lo.

– Poderia ficar horas revirando as lápides. Tenho uma visão muito boa para alguém da minha idade. É só o nome Waters que o senhor está procurando?

– Na verdade, não – respondeu o padre. – O que importa é a idade, acho. Uma criança de sete anos, mais ou menos. Uma menina. O Major Waters acha que a mulher pode ter mudado de nome, e que a filha, então, teria o nome que ela adotou. Como não sabe que nome é esse, fica mais difícil.

– Impossível, pelo que vejo – opinou a srta. Bligh. – O senhor não deveria ter aceitado esse pedido, padre. É uma monstruosidade sugerir algo desse tipo.

– O pobre sujeito está desconsolado – disse o padre. – Uma história tão triste, pelo que me contaram. Mas não vou prender vocês.

Tuppence pensou consigo mesma, ao ser ciceroneada pela srta. Bligh, que independentemente da fama de tagarela da sra. Copleigh, dificilmente conseguiria superar a srta. Bligh. A mulher era uma verdadeira torrente de afirmações rápidas e ditatoriais.

A casa da sra. Copleigh era aconchegante e espaçosa, afastada da rua, com um lindo jardim de flores na frente, a soleira da porta branquinha e a maçaneta de metal super polida. A própria sra. Copleigh pareceu a Tuppence uma personagem saída diretamente das páginas de Dickens. Baixinha e gordinha, vinha quase rolando, como uma bola. Tinha um brilho cintilante nos olhos, cabelo louro encaracolado e um ar de muito vigor. Após demonstrar certa dúvida de início... "Bem, geralmente não aceito, sabe? Não. Meu marido e eu dizemos 'veranistas'. É diferente. Quem pode, hoje faz o mesmo. São até obrigados, tenho certeza. Mas não nessa época do ano. Ah, não. Não antes de julho. Mas, se for só por alguns dias e a senhora não reparar na bagunça, talvez..."

Tuppence disse que não se incomodava, e a sra. Copleigh, depois de examiná-la de cima a baixo, sem deter o fluxo da conversa, convidou-a para subir e dar uma olhada no quarto, que daria um jeito.

Nesse momento, a srta. Bligh despediu-se delas com certo pesar, porque ainda não tinha conseguido extrair de Tuppence todas as informações que queria, como: de onde ela vinha, o que seu marido fazia, quantos anos tinha, se possuía filhos e outras questões importantes, mas precisava voltar para casa, pois ia presidir uma reunião e lhe apavorava a ideia de que alguém pudesse roubar seu lugar.

– Vai ficar bem com a sra. Copleigh – garantiu a Tuppence –, ela vai cuidar da senhora, tenho certeza. E o seu carro?

– Vou lá pegar – disse Tuppence. – A sra. Copleigh vai me dizer onde é melhor colocá-lo. Posso deixá-lo aqui do lado de fora, porque a rua não é tão estreita. O que acha?

– Meu marido arranja uma solução melhor – disse a sra. Copleigh. – Leva o carro até o campo, logo depois deste lado da rua. É melhor. Tem cobertura.

Tudo foi arrumado dessa forma, e a srta. Bligh saiu correndo para seu compromisso. A próxima questão foi sobre o jantar. Tuppence perguntou se havia algum bar na aldeia.

– Não temos nada para alguém como a senhora – disse a sra. Copleigh –, mas se ficar satisfeita com dois ovos, uma fatia de presunto, um pouco de pão e geleia caseira...

Tuppence disse que seria maravilhoso. Seu quarto era pequeno, mas agradável, com um papel de parede floral e uma cama aconchegante, tudo muito limpinho.

– Sim, é bonito esse papel de parede, srta. – disse a sra. Copleigh, que parecia determinada a conceder a Tuppence o estado de solteira. – Escolhemos esse para que os casais recém-casados viessem passar a lua de mel aqui. É romântico, sabe?

Tuppence concordou que o romantismo é muito importante.

– Os recém-casados não têm muito dinheiro para gastar hoje. Não que tivessem antigamente. A maioria está economizando para comprar uma casa ou já está gastando com a entrada. Alguns compram móveis a prestação, e não lhes sobra nada para a lua de mel. Os jovens, de um modo geral, são cuidadosos. Não saem por aí torrando dinheiro.

Desceu falando rápido. Tuppence deitou na cama para descansar um pouco depois de um dia tão cansativo. Nutria, contudo, grandes esperanças em relação à sra. Copleigh, e sentia que, quando estivesse descansada, seria capaz de conduzir a conversa a recantos muito proveitosos. Saberia, com certeza, tudo sobre a casa da ponte, quem morava lá, as pessoas de boa ou má reputação na região, os escândalos e coisas do gênero. Nunca esteve tão convencida disso, quando foi apresentada ao sr. Copleigh, um homem que mal abria a boca. Sua fala se resumia a resmungos bondosos, geralmente em resposta afirmativa. Quando discordava, era mais silencioso.

A julgar pelas aparências, gostava de deixar sua mulher falar. Passou parte do tempo absorto nos planos para o dia seguinte, dia de feira.

A situação parecia perfeita para Tuppence. Podia ser sintetizada em um lema: "Se o que busca é informação, já encontrou". A sra. Copleigh era como uma televisão. Bastava apertar um botão e ela saía falando, cheia de gestos e expressões faciais. Não só o físico assemelhava-se a uma bola de borracha. Seu rosto parecia feito do mesmo material. Quando falava, as pessoas surgiam quase como caricaturas vivas aos olhos de seu interlocutor.

Tuppence comeu ovos com bacon, pão, manteiga, elogiou a geleia caseira de amora, "minha favorita", anunciou, e fez o que pôde para absorver a enxurrada de informações a fim de anotar tudo num caderno mais tarde. Um panorama completo do passado daquela região parecia se descortinar à sua frente.

Não havia uma sequência cronológica, o que dificultava um pouco as coisas. O discurso da sra. Copleigh pulava de quinze anos atrás para há dois anos, depois para o mês anterior e, por fim, para os anos 20. Essa alternância de tempo demandava muita organização, e Tuppence se perguntava se conseguiria reter algo no final.

O primeiro botão que apertou não lhe rendeu resultado: uma referência à sra. Lancaster.

– Acho que ela é de algum lugar aqui perto – comentou Tuppence, como quem não quer nada. – Tinha um quadro... um quadro muito bonito, de um artista conhecido aqui, acho.

– Como se chamava mesmo?

– Sra. Lancaster.

– Não, não lembro de nenhum Lancaster. Lancaster. Lancaster. Um homem que sofreu um acidente de carro, lembro. Não, era o carro. O carro era um Lancaster. Não sra. Lancaster. Não era srta. Bolton não? Deve ter uns setenta anos agora. Acho que se casou com um sr. Lancaster. Saiu daqui e foi para o estrangeiro. Ouvi dizer que se casou com alguém.

– O quadro que deu para minha tia era de um tal de sr. Boscobel, algo assim – disse Tuppence. – Que delícia de geleia!

– Não coloco maçã, como a maioria das pessoas. A geleia fica melhor, dizem, mas tira todo o sabor.

– É verdade – disse Tuppence. – Concordo plenamente. Tira mesmo.

– Como era mesmo o nome? Começa com um B, mas não entendi direito.

– Boscobel, acho.

– Ah, me lembro bem do sr. Boscowan. Vejamos. Isso deve ter sido... há uns quinze anos pelo menos que ele veio para cá. Veio vários anos seguidos. Gostava do lugar. Até alugou uma casa, do granjeiro Hart, que mantinha para os empregados. Mas o pessoal do município construiu uma nova. Quatro casas novas, especialmente para os trabalhadores.

– O sr. B era artista – prosseguiu a sra. Copleigh. – Usava um paletó engraçado, de veludo cotelê, com furos nos cotovelos. E tinha camisetas verdes e amarelas. Um sujeito muito colorido. Eu gostava dos quadros dele. Uma vez fez uma exposição. Mais ou menos na época do Natal. Não, claro que não, deve ter sido um pouco depois. Muito legal. Nada de mais, entende? Apenas uma casa com algumas árvores ou duas vacas olhando pela cerca, mas com cores bonitas, discretas. Não como esses jovens de hoje em dia.

– Aparecem muitos pintores por aqui?

– Não muitos. Tem uma ou duas moças que vêm no verão e fazem alguns rabiscos, mas não acho grande coisa. Recebemos um jovem há um ano que se dizia artista. Não fazia a barba direito. Não posso dizer que gostava de seus quadros. Cores estranhas, jogadas de qualquer maneira. Não dava para reconhecer nenhuma figura. Vendeu muitos quadros. E não eram baratos, veja bem.

– Deviam custar cinco libras – disse o sr. Copleigh, entrando na conversa pela primeira vez, tão de repente que Tuppence levou um susto.

– O que meu marido quer dizer – disse a sra. Copleigh, retomando seu lugar como intérprete dele. – é que nenhum quadro devia custar mais do que cinco libras. As tintas não são tão caras. Isso é o que ele queria dizer, não é, George?

– Aham – respondeu George.

– O sr. Boscowan pintou aquela casa perto da ponte e do canal... Waterside ou Watermead, não é esse o nome? Passei por lá hoje.

– Veio por aquela estrada, então? Não é bem uma estrada, né? Muito estreita. Triste aquela casa, sempre achei. *Eu* é que não gostaria de viver ali. Muito solitária. Não acha, George?

George fez o som que expressava leve desacordo e possivelmente desprezo pela covardia feminina.

– É onde Alice Perry mora – disse a sra. Copleigh.

Tuppence largou de mão suas pesquisas sobre o sr. Boscowan para saber mais sobre a família Perry. Era sempre melhor, observou Tuppence, seguir o fluxo da sra. Copleigh, que mudava de assunto o tempo todo.

– Casal estranho *aquele* – disse a sra. Copleigh.

George soltou seu som de concordância.

– Ficam na deles. Não se misturam, como se diz por aí. E ela anda feito um espantalho, a Alice Perry.

– Louca – sentenciou o sr. Copleigh.

– Bem, não sei se diria *isso*. *Parece* louca, é verdade. Aquele cabelo todo desgrenhado. E usa casaco de homem e galochas quase o tempo todo. Diz coisas estranhas e às vezes não responde direito quando lhe fazemos uma pergunta. Mas não diria que é *louca*. Excêntrica sim.

– As pessoas gostam dela?

– Ninguém a conhece muito bem, embora já estejam ali há muitos anos. Correm vários boatos sobre ela; isso é o que não falta.

– Que tipo de boato?

Perguntas diretas eram sempre bem recebidas pela sra. Copleigh, que parecia viver para responder perguntas.

– Invoca espíritos à noite, dizem. Sentada em volta de uma mesa. E existem histórias de luzes que andam pela casa quando já está escuro. Dizem que lê um monte de livros difíceis. Com coisas desenhadas... círculos e estrelas. Na minha opinião, Amos Perry é quem não regula bem.

– É apenas bronco – disse o sr. Copleigh, compassivo.

– Talvez sim. Mas já ouvi boatos sobre ele também. Adora jardinagem, mas não sabe muito.

– Ocupam apenas metade da casa, né? – perguntou Tuppence. – A sra. Perry me convidou para entrar, muito gentilmente.

– É mesmo? Convidou? Não sei se eu teria gostado de entrar naquela casa – disse a sra. Copleigh.

– A parte deles é legal – comentou o sr. Copleigh.

– A outra parte também é legal – provocou Tuppence. – A parte que dá para o canal.

– Bom, as pessoas contam muitas histórias sobre a casa. Claro, a casa ficou abandonada por muitos anos. Dizem que tem algo estranho lá. Muitas histórias. Mas, na verdade, são histórias antigas. Não fazem parte da memória de ninguém aqui. A casa foi construída há mais de cem anos, por um fidalgo da corte. Dizem que primeiro uma bela dama a ocupou.

– A corte da rainha Vitória? – perguntou Tuppence, interessada.

– Acho que não. A antiga rainha era muito exigente. Não, acho que foi antes. Na época de um dos Georges. Esse senhor costumava visitá-la. A história é que eles tiveram uma briga e certa noite ele cortou a garganta da amante.

– Que horror! – exclamou Tuppence. – Ele foi enforcado por isso?

– Não, nada desse feitio. A história é que ele precisava se livrar do corpo e emparedou-a na lareira.

– Emparedou-a na lareira!

– De acordo com algumas versões, era freira e havia fugido do convento. Por isso tinha que ser emparedada. É o que fazem nos conventos.

– Mas não foram as freiras que a emparedaram.

– Não, não. Foi ele. Seu amante, o que a tinha matado. Fechou toda a lareira, dizem, e a tapou com uma grande chapa de ferro. De qualquer forma, a moça nunca foi vista de novo, pobre alma, com seus vestidos tão lindos. Alguns dizem, claro, que eles fugiram juntos. Que os dois foram morar na cidade ou em outro lugar. As pessoas ouviam barulhos e viam luzes na casa. Muita gente tem medo de se aproximar depois que anoitece.

– Mas o que aconteceu depois? – indagou Tuppence, sentindo que o reinado da rainha Vitória era um período demasiado remoto para o que estava buscando.

– Não sei bem se houve muita coisa mais. Um agricultor chamado Blodgick comprou a casa quando ela foi colocada à venda, acho. Também não ficou lá muito tempo. Era uma espécie de fazendeiro, diziam. Por isso gostou da casa, imagino, mas aquelas terras não lhe serviam muito. Sem saber o que fazer com elas, acabou vendendo a casa. O lugar mudou de mão muitas vezes... Os construtores chegavam e faziam reformas... novos banheiros... esse tipo de coisa. Uma família, uma vez, chegou a montar uma granja. Mas o lugar tinha fama de dar azar. Tudo isso um pouco antes da minha época. Se não me engano, o próprio sr. Boscowan pensou em comprar a casa, quando pintou aquele quadro.

– Quantos anos mais ou menos o sr. Boscowan tinha quando veio para cá?

– Uns quarenta, talvez um pouco mais. Um homem muito bonito, do seu jeito. Um pouquinho acima do peso, é verdade. Vivia de olho nas mulheres.

– Aham – concordou o sr. Copleigh, a modo de advertência.

– Bem, todos nós sabemos como são os artistas – disse a sra. Copleigh, incluindo Tuppence. – Viajam muito para a França e acabam pegando o jeito francês.

– Ele era casado?

– Na época não. Pelo menos quando veio aqui pela primeira vez. Arrastava uma asinha para o lado da sra. Charrington, mas não deu em nada. Uma menina encantadora, mas muito nova para ele. Tinha uns vinte e cinco anos, no máximo.

– Quem era sra. Charrington? – Tuppence ficou desconcertada com a apresentação de novos personagens.

"Minha nossa, o que estou fazendo aqui?", pensou de repente, invadida por uma onda de cansaço. "Estou ouvindo um monte de fofoca sobre as pessoas e imaginando coisas sobre um assassinato que nem aconteceu. *Agora entendo...* Tudo começou quando uma velhinha, de bom coração, mas meio mal da cabeça, começou a se enrolar lembrando histórias sobre um tal sr. Boscowan, ou alguém que nem ele, que lhe dera um quadro, contara sobre uma casa, as lendas, de alguém ser confinado vivo numa lareira, e ela achava que era uma criança, por algum motivo. E aqui estou, metida nessa confusão. Tommy me chamou de idiota, e tinha toda razão: sou uma idiota mesmo."

Aguardou uma pausa no fluxo contínuo de palavras da sra. Copleigh para levantar-se, dizer educadamente boa noite e subir para a cama.

Mas a sra. Copleigh seguia a mil.

– Sra. Charrington? Morou um tempo em Watermead – disse. – Com a filha. Uma senhora simpática. Viúva de um oficial do exército, acho. Não tinha dinheiro, mas o aluguel era barato. Adorava jardinagem. Não era muito boa de limpeza. Ajudei-a algumas vezes, mas era demais para mim. Tinha que ir de bicicleta, e são mais de três quilômetros. Não tinha ônibus para lá.

– Ela morou lá muito tempo?

– Uns dois ou três anos. Ficou assustada, quando surgiram os problemas. E depois, teve seus próprios problemas com a filha também. Lilian, acho que se chamava.

Tuppence tomou um gole do chá forte que reforçava a comida e resolveu esgotar o assunto da sra. Charrington antes de ir se deitar.

– Qual era o problema com a filha? O sr. Boscowan?

– Não, não foi o sr. Boscowan que a colocou em encrenca. Não acredito nisso. Foi o outro.

– Que outro? – perguntou Tuppence. – Outro homem que morava aqui?

– Acho que não morava aqui não. Devia ter conhecido em Londres. Ela foi para lá estudar balé. Balé ou pintura? O sr. Boscowan conseguiu uma escola na cidade. Slate, acho que se chamava.

– Slade? – corrigiu Tuppence.

– Pode ser. Algo assim. De qualquer maneira, começou a frequentar essa escola e acabou conhecendo o sujeito. Sua mãe não gostou muito e a proibiu de vê-lo. Não adiantou. Ela era meio tola, de certa forma. Como muitas esposas de oficiais do exército, sabe? Achavam que as filhas obedeciam. Retrógada. Tinha estado na Índia e lugares assim. Mas quando se trata de um rapaz bonito e a menina não é vigiada de perto, certamente não fará o que lhe mandarem. Não a filha da sra. Charrington. Esse rapaz vinha aqui de vez em quando, e eles se encontravam do lado de fora.

– E aí ela se meteu em confusão, é isso? – indagou Tuppence, lançando mão do famoso eufemismo, para não ofender, desse forma, o senso de decoro do sr. Copleigh.

– Deve ter sido ele sim. De qualquer forma, saltava aos olhos. Eu percebi muito antes de sua própria mãe perceber. Uma menina linda, ela. Alta. Mas não acho que fosse do tipo que resistisse muito. Sofreu um colapso. Andava por aí como uma louca, resmungando sozinha. Na minha opinião, o sujeito tratou-a muito mal. Foi embora e deixou-a quando descobriu o que estava acontecendo. Claro, mãe que é mãe teria ido falar com o cara para tentar convencê-lo de ficar, mas a sra. Charrington jamais teria coragem. De qualquer forma, entendeu a situação e levou a menina embora. Fechou a casa, e depois de um tempo, colocou à venda. Voltaram para pegar as coisas, acho, mas nunca vieram à aldeia nem disseram nada a ninguém. Não voltaram mais, nenhuma das duas. Correram alguns boatos, mas não dá para saber se tinham algum fundamento.

– As pessoas inventam muita coisa – disse o sr. Copleigh, inesperadamente.

– Sim, George. Mas nesse caso podia ser verdade. Essas coisas acontecem. E, como você disse, aquela menina não parecia bater muito bem da bola.

– O que aconteceu? – quis saber Tuppence.

– Bem, na verdade, não gosto de falar disso. Já faz muito tempo, e não quero afirmar nada que não tenha certeza. Foi a Louise, filha da sra. Badcock, que contou. Uma mentirosa aquela garota. As coisas que diz. Tudo para inventar uma boa história.

– Mas que história era essa? – insistiu Tuppence.

– Disse que essa moça Charrington matou a filha e depois se suicidou. Que a mãe ficou meio maluca pela dor e os parentes tiveram que interná-la.

Mais uma vez, a cabeça de Tuppence dava um nó. Era como se perdesse o chão. Será que a sra. Charrington era a sra. Lancaster? Talvez tenha mudado de nome, ficado meio biruta, obcecada com a morte da filha. A voz da sra. Copleigh se fazia escutar, implacável.

– Não acredito em uma palavra de tudo isso. Essa garota Badcock diria qualquer coisa. Nunca demos muita atenção para seus boatos. Tínhamos mais com o que nos preocupar. Estávamos todos assustados com as coisas que estavam acontecendo... coisas REAIS...

– Por quê? O que estava acontecendo? – perguntou Tuppence, admirada com as coisas que pareciam acometer a pacífica aldeia de Sutton Chancellor.

– A senhora deve ter lido tudo no jornal na época. Acho que foi há uns vinte anos. Com certeza leu. Assassinatos de crianças. Primeiro, uma menina de nove anos. Um dia, não voltou da escola. Toda a vizinhança saiu para procurá-la. Foi encontrada em Dingley Copse. Estrangulada. Estremeço só de pensar. Bem, essa foi a primeira. Três meses depois, mais ou menos, veio outra. Foi encontrada do outro lado de Market Basing, mas dentro do distrito, como dizem. Um homem de carro poderia ter feito isso facilmente. E depois outras. Às vezes, passava um ou dois meses sem acontecer nada. E aí aparecia mais uma. Teve uma a poucos quilômetros daqui. Quase na aldeia.

– A polícia não... ninguém descobriu quem era o assassino?

– Até que tentaram – disse a sra. Copleigh. – Prenderam um homem logo em seguida. Um sujeito do outro lado de Market Basing. Dizia que estava ajudando a polícia na investigação. Sabe o que isso significa. Acharam que haviam pegado o assassino. Prendiam um, prendiam outro, mas 24 horas depois, tinham que soltá-los, por falta de provas ou apresentação de álibis.

– Você não sabe, Liz – disse o sr. Copleigh. – Talvez soubessem muito bem quem tinha feito aquilo. Acho que eles *sabiam*. É sempre assim, ou pelo menos é isso que dizem. A polícia sabe quem é, mas não tem provas.

– Por causa das esposas – continuou a sra. Copleigh –, esposas, mães e até pais.

"A polícia não pode fazer nada, mesmo sabendo quem foi. A mãe diz 'meu filho jantou comigo aquela noite', a esposa diz que foi ao cinema com o marido e ficou o tempo todo com ele, o pai diz que passou o dia fora com o filho no campo. Não há o que fazer contra isso. A polícia pode achar que o pai, a mãe e a esposa estão mentindo, mas enquanto não vier alguém e disser que viu o cara em outro lugar, não há nada a fazer. Foi uma época terrível. Todos ficaram muito mobilizados aqui. Quando se ouvia falar que outra criança havia desaparecido, organizavam-se expedições."

– Isso mesmo – disse o sr. Copleigh.

– Saíam reunidos e faziam uma busca. Às vezes encontravam logo, outras vezes ficavam procurando semanas. Podia estar bem perto de casa, num lugar óbvio. Maníaco, imagino. Um horror – disse a sra. Copleigh, num tom de justiça –, um horror que existam homens assim. Deveriam ser fuzilados. Enforcados. E eu mesma faria isso, se me deixassem. Com qualquer homem que estupra e mata crianças. O que adianta colocá-los num sanatório e tratá-los como reis? Mais cedo ou mais tarde, dizem que o sujeito está curado e o mandam de volta para casa. Isso aconteceu em Norfolk. Minha irmã mora lá e me contou. O cara voltou para casa e dois dias depois matou outra pessoa. São loucos, esses médicos, de dizer que o cara está curado quando na verdade não está.

– E a senhora não tem a mínima ideia de quem pode ter sido? – perguntou Tuppence. – Acha mesmo que foi um estranho?

– Um estranho aqui na aldeia, mas deve ter sido alguém que morava... eu diria num raio de trinta quilômetros, mais ou menos. Não precisava ser alguém daqui.

– Você sempre achou que sim, Liz.

– É que tudo isso mexe com as pessoas – disse a sra. Copleigh. – As pessoas têm certeza de que foi alguém daqui porque sentem medo, acho. Eu costumava observar os outros. Como você, George. Ficávamos nos perguntando se não foi *determinado* sujeito, que anda meio estranho nos últimos tempos, esse tipo de coisa.

– O assassino não deve ser estranho – disse Tuppence. – Provavelmente, é igual a todo mundo.

– Sim, pode ser. Ouvi dizer que nunca se sabe, que quem faz esse tipo de coisa não tem cara de louco. Mas algumas pessoas dizem que dá para perceber um brilho diferente nos olhos deles.

– O Jeffreys era o chefe de polícia daqui na época – contou o sr. Copleigh. – Dizia sempre que tinha um bom palpite, mas não fizeram nada.

– Nunca pegaram o sujeito?

– Não. Essa história durou seis meses, quase um ano. Depois parou. E desde então nunca mais aconteceu nada por aqui. Ele deve ter ido embora, para sempre. Por isso as pessoas acham que sabem quem foi.

– Quer dizer, por causa daqueles que deixaram o distrito?

– Bem, as pessoas falam muito, sabe? Cada um tem seu palpite.

Tuppence hesitou antes de fazer a próxima pergunta, mas do jeito que a sra. Copleigh gostava de falar, sentiu que não seria nenhum problema.

– Quem *a senhora* acha que foi? – lançou.

– Bom, já faz tanto tempo que nem gostaria de comentar, mas foram mencionados alguns nomes. Gente que era objeto de boatos. Alguns julgavam que fosse o sr. Boscowan.

– Diziam isso?

– Sim. Como era artista... Os artistas são meio esquisitos, diziam. Mas não acho que tenha sido ele!

– Muitos achavam que era Amos Perry – comentou o sr. Copleigh.

– O marido da sra. Perry?

– Sim. Ele é meio estranho. Bronco. O tipo de cara que poderia ter feito aquilo.

– A família Perry morava aqui na época?

– Morava. Não em Watermead. Eles tinham uma casa a cerca de sete quilômetros de distância. A polícia ficou de olho nele, tenho certeza.

– Não conseguiram arrancar nada – contou a sra. Copleigh. – A esposa sempre o defendeu. Passava a noite em casa com ela, dizia. Todas as noites. Às vezes ia para o bar sábado à noite, mas nenhum dos assassinatos tinha acontecido num sábado à noite, de modo que não podiam incriminá-lo. Além disso, Alice Perry é o tipo de pessoa que inspira confiança quando dá seu depoimento. Não volta atrás. Não se assusta com nada. De qualquer forma, seu marido não é a pessoa procurada. Nunca achei isso. Sei que não tenho muita base, mas tenho certo pressentimento. Se tivesse que acusar alguém, acusaria o sir Philip.

– Sir Philip? – a cabeça de Tuppence deu outro nó. Mais um personagem naquela trama: sir Philip. – Quem é sir Philip? – perguntou.

– Sir Philip Starke. Mora no Solar dos Warrender. A casa era chamada de Velho Priorado na época em que os Warrender moravam lá... antes do incêndio. Dá para ver os túmulos da família Warrender no quintal da igreja e as placas memoriais nas paredes. Os Warrender sempre estiveram presentes aqui, desde o tempo do rei James.

– O sir Philip era parente dos Warrender?

– Não. Parece que fez grande fortuna ou herdou do pai. Trabalhava com aço, ou algo do tipo. Um cara estranho. As fábricas ficavam em algum lugar no norte, mas ele morava aqui. Era muito fechado. Como se diz? Re... re... re... sei lá.

– Recluso – ajudou Tuppence.

– Exatamente! Um sujeito pálido, muito magro. Adorava flores. Era botânico. Colecionava flores silvestres, dessas que ninguém olha duas vezes. Chegou a escrever um livro sobre flores, parece. Um homem muito inteligente. Sua mulher era uma boa moça, muito bonita, mas meio triste, sempre achei.

O sr. Copleigh soltou um de seus grunhidos.

– Você é doida – disse. – Achar que pode ter sido o sir Philip. Ele amava crianças. Vivia dando festas para elas.

– Eu sei. Vivia dando festas e presentes para a garotada. Fazia aquela corrida do ovo na colher... todos aqueles chás e sorvetes de creme e morango. Não tinha filhos. Costumava distribuir doces para as crianças, ou senão dava dinheiro para elas comprarem. Mas não sei. Acho que exagerava. Era um homem estranho. Algo errado aconteceu quando a mulher de repente foi embora e o abandonou.

– Quando foi isso?

– Cerca de seis meses depois que todo aquele tumulto começou. Na época, três crianças haviam sido assassinadas. Lady Starke foi embora de repente, para o sul da França, e nunca mais voltou. Não era do tipo de mulher que faria isso. Uma moça tranquila, respeitável. Ela não o abandonou por outro homem. Não. Ela não faria isso. Então, *por que* ela o deixou? Costumo dizer que é porque sabia de algo... descobriu alguma coisa.

– Ele ainda mora aqui?

– Mais ou menos. Na verdade, não. Vem uma ou duas vezes por ano, mas a casa fica fechada a maior parte do tempo, com um zelador. A srta. Bligh, da aldeia, ex-secretária dele. Ela cuida das coisas.

– E a esposa?

– Está morta, coitada. Morreu logo depois que foi para fora. Tem uma placa em sua homenagem na igreja. Deve ter sido terrível para ela. No início, talvez não tivesse certeza. Depois, começou a desconfiar do marido e acabou confirmando sua suspeita. Não deve ter aguentado e fugiu.

– As mulheres imaginam cada coisa! – exclamou o sr. Copleigh.

– Só estou dizendo que havia *alguma coisa* errada no sir Philip. Gostava demais de crianças, e acho que não no bom sentido.

– Fantasias de mulheres – sentenciou o sr. Copleigh.

A sra. Copleigh levantou-se e começou a tirar as coisas da mesa.

– Já era hora – disse o marido. – Essa senhora vai ter pesadelos se você continuar falando de coisas que aconteceram há anos e que não têm mais relação com o pessoal daqui.

– Foi muito bom ouvir – afirmou Tuppence. – Mas estou com muito sono. Vou para a cama.

– Bem, geralmente vamos cedo para a cama – disse a sra. Copleigh. – A senhora deve estar cansada após um dia tão longo.

– Estou mesmo. Morrendo de sono – bocejou. – Bom, então é isso. Boa noite e muito obrigada.

– Quer que lhe acorde amanhã de manhã com uma xícara de chá? Oito horas é cedo demais?

– Não, oito horas está bom – respondeu Tuppence. – Mas não quero dar trabalho.

– Que trabalho que nada! – exclamou a sra. Copleigh.

Tuppence se arrastou até a cama. Abriu a mala, pegou o que precisava, tirou a roupa, tomou um banho e caiu na cama. O que tinha dito à sra. Copleigh era a pura verdade. Estava morta de cansaço. Tudo o que ouvira girava agora em sua cabeça como um caleidoscópio de imagens fugidias e assustadoras. Crianças mortas... em grande quantidade. Tuppence procurava apenas uma criança morta atrás de uma lareira. A lareira devia ter alguma relação com Waterside. A boneca. Uma criança assassinada pela mãe demente, cujo frágil cérebro enlouquecera diante do abandono do amante. “Meu Deus, que linguagem dramática estou usando”, pensou Tuppence. Tudo emaranhado... a cronologia toda embaralhada. Não dava para saber direito quando cada coisa aconteceu.

Adormeceu e sonhou. Uma espécie de Lady de Shalott olhava através da janela de uma casa. Som de arranhões vindo da chaminé. Ouvira-se um barulho atrás de uma grande chapa de ferro pregada ali. Batidas retinentes de martelo. Bam, bam, bam. Tuppence acordou. Era a sra. Copleigh batendo na porta. Entrou animada, colocou o chá ao lado da cama, abriu as cortinas, perguntou se havia dormido bem. "Nunca vi ninguém mais animado", pensou Tuppence, "do que a sra. Copleigh." Não deve ter tido pesadelos!

Capítulo 9

Uma manhã em Market Basing

– Muito bem – disse a sra. Copleigh, saindo do quarto. – Outro dia. É o que sempre digo quando acordo.

"Outro dia?", pensou Tuppence, tomando um gole de chá preto forte. "Quem sabe não estou bancando a idiota?... Pode ser… Queria que o Tommy estivesse aqui para conversar. A noite de ontem me atordoou."

Antes de sair do quarto, fez algumas anotações em seu caderno sobre os diversos acontecimentos e nomes que ouvira, pois na noite anterior estava muito cansada. Dramas do passado, contendo sementes de verdade aqui e ali, mas na maior parte, boatos, malícia, fofoca, imaginação romântica.

"Realmente", pensou Tuppence, "estou começando a conhecer a vida amorosa de várias pessoas do século XVIII. Mas para que tudo isso? O que estou procurando? Não sei mais nada. O problema é que já me envolvi e agora não tenho como sair."

Suspeitando que seu primeiro envolvimento era com a srta. Bligh, a grande ameaça de Sutton Chancellor, Tuppence recusou todas as ofertas de ajuda e foi para Market Basing o mais rápido possível, parando apenas para falar com a própria srta. Bligh, que a abordou já dentro do carro para explicar-lhe que tinha um compromisso urgente. Quando voltaria? Tuppence desconversou. Não queria ficar para o almoço? O convite era muito gentil, mas temia que...

– Tomamos um chá, então. Espero-a às quatro e meia. – Foi uma ordem. Tuppence sorriu, assentiu com a cabeça, soltou a embreagem e acelerou.

"Possivelmente", pensou Tuppence "...se conseguisse alguma informação interessante com os corretores imobiliários de Market Basing... Nellie Bligh seria uma fonte útil de informações extras." Era o tipo de pessoa que se orgulha de saber tudo sobre todos. O problema é que estava determinada a saber tudo sobre Tuppence também. Deixe estar. À tarde, Tuppence já estaria recuperada o suficiente para valer-se de sua criatividade!

"Lembre-se da sra. Blenkinsop", disse para si mesma, virando numa esquina e encostando o carro numa cerca para evitar ser esmagada por um enorme trator que passava.

Ao chegar em Market Basing, deixou o carro num estacionamento que ficava na praça principal, entrou na agência de correio e usou uma cabine de telefone.

Albert atendeu, dizendo "alô", com voz desconfiada, como sempre.

– Olha, Albert... volto para casa amanhã. Devo estar aí no jantar... talvez um pouco mais cedo. O sr. Beresford também volta amanhã, a não ser que ele ligue... Prepare alguma coisa... frango, de repente.

– Certo, madame. Onde a senhora está...

Tuppence já havia desligado.

A vida de Market Basing parecia girar em torno daquela praça principal. Tuppence havia consultado a guia telefônica antes de sair da agência de correio e reparou que três das quatro imobiliárias do povoado ficavam ali... a quarta ficava num lugar chamado George Street.

Anotou os nomes e saiu para procurá-las.

Começou com a Lovebody & Slicker, que parecia ser a mais importante.

Uma moça com manchas no rosto a atendeu.

– Eu gostaria de informações sobre uma casa.

A moça ouviu o pedido sem grande interesse. Se Tuppence estivesse investigando um animal raro, não faria diferença.

– Não conheço – disse a moça, olhando em volta para ver se podia passar Tuppence para algum de seus colegas...

– Uma *casa* – disse Tuppence. – Vocês *são* corretores imobiliários, não são?

– Corretores e leiloeiros. O leilão de Cranberry Court vai ser na quarta, caso esteja interessada. O catálogo custa dois xelins.

– Não estou interessada em leilões. Quero informações sobre uma casa.

– Mobiliada?

– Não, sem móveis... para comprar... ou alugar.

"Manchas" se animou um pouco.

– Melhor a senhora falar com o sr. Slicker.

Tuppence concordou em falar com o sr. Slicker e logo se viu sentada numa pequena sala, em frente a um jovem em terno de mescla xadrez marrom, que começou a consultar um monte de residências que podiam interessar... murmurando comentários para si mesmo... "Mandeville Road 8... ótima construção, três quartos, cozinha americana... não, esse já foi... Amabel Lodge... lugar pitoresco, 16.000m^2... preço reduzido para venda imediata..."

Tuppence o interrompeu:

– Vi uma casa de que gostei, em Sutton Chancellor... aliás, perto de Sutton Chancellor... ao lado de um canal...

– Sutton Chancellor – o sr. Slicker ficou pensando. – Acho que não temos nenhum imóvel lá em nossos registros no momento. Qual o nome?

– Não tinha nada escrito. Acho que se chama Waterside. Rivermead... já se chamou "casa da ponte". A casa é dividida em duas partes – disse Tuppence. – Metade está alugada, mas o inquilino lá não sabia nada sobre a outra metade, que dá para o canal e que é a que me interessa. Parece estar desocupada.

O sr. Slicker disse friamente que não poderia ajudá-la, mas informou que talvez a Blodget & Burgess pudesse. Pelo tom de sua voz, insinuava que a Blodget & Burgess era inferior.

Tuppence foi diretamente à Blodget & Burgess, que ficava do outro lado da praça e que parecia muito com a Lovebody & Slicker... o mesmo tipo de anúncios de venda e leilões nas janelas sujas. A porta da frente havia sido repintada recentemente com um tom de verde bastante chamativo, como se isso fosse um mérito.

A recepção foi igualmente desanimadora, e Tuppence foi passada para o sr. Sprig, um senhor mais velho sem muita disposição aparente. Repetiu o que queria.

O sr. Sprig admitiu que sabia da existência do imóvel em questão, mas não parecia muito disposto a ajudar.

– Não está no mercado. O proprietário não quer vender.

– Quem é o proprietário?

– Realmente já não sei. Mudou tantas vezes! Houve um boato de uma ordem de compra compulsória.

– Para que uma administração local iria querer essa casa?

– Realmente, sra... – (olhou rapidamente o nome de Tuppence anotado em seu borrador) – sra. Beresford, se a senhora soubesse responder a essa pergunta, seria mais sensata do que a maioria dos incautos de hoje. Os desígnios dos conselhos municipais e das sociedades de planejamento estão sempre cercados de mistério. A parte de trás da casa sofreu alguns reparos e foi alugada a um preço baixíssimo para um tal de... Sim, sr. e sra. Perry. Quanto ao atual proprietário do imóvel, o cavalheiro em questão mora no exterior e parece ter perdido o interesse pelo lugar. Ouvi dizer que houve um pequeno problema de herança, e a casa foi administrada por executores testamentários. Surgiram algumas dificuldades legais... a lei costuma ser muito cara, sra. Beresford. Imagino que o dono ficaria feliz se a casa desmoronasse... não foi feito nenhum reparo exceto na parte em que mora a família Perry. O terreno, claro, pode valorizar no futuro... a reforma de casas abandonadas raramente é um bom negócio. Se a senhora estiver interessada num imóvel desse tipo, tenho certeza de que podemos lhe oferecer algo muito mais valioso. Se me permite a pergunta, o que a atraiu tanto naquela casa?

– Gostei do aspecto – respondeu Tuppence. – É uma casa muito bonita... vi-a pela primeira vez de dentro do trem...

– Entendo...

O sr. Sprig tentou dissimular, da melhor maneira possível, uma expressão que diria: “a insensatez das mulheres não tem limite”, e disse em tom confortador:

– Eu esqueceria tudo se fosse a senhora.

– O senhor poderia escrever e perguntar aos proprietários se eles querem vender... ou se quiser me passar o endereço...

– Vamos entrar em contato com os procuradores se a senhora insiste... mas não garanto nada.

– Temos que falar com procuradores para tudo hoje, não? – Tuppence parecia tola e impaciente ao mesmo tempo. – E os procuradores são sempre lentos em tudo.

– É verdade. A lei é cheia de demoras...

– Como os bancos. Um horror!

– Bancos... – disse o sr. Sprig, um pouco assustado.

– Muitas pessoas dão um *banco* como endereço. Isso cansa também.

– É verdade... Hoje as pessoas são tão inquietas! Vivem de um lado para o outro, vão morar no exterior e tudo mais. – Abriu uma gaveta. – Tenho um imóvel aqui, Crossgates... a três quilômetros de Market Basing... em ótimas condições... lindo jardim...

Tuppence levantou-se.

– Não, obrigada.

Despediu-se do sr. Sprig com firmeza e saiu.

Passou rapidamente no terceiro estabelecimento, que parecia mais interessado em vendas de gado, granjas e fazendas, tudo em condições de abandono.

Fez uma visita final à Roberts & Wiley, na George Street... um escritório pequeno, mas ativo, todos muito solícitos... porém, indiferentes e ignorantes quanto a Sutton Chancellor, ansiosos para vender residências, algumas na planta, a valores exorbitantes... Tuppence estremeceu com a ilustração de uma. O jovem corretor, louco para vender, percebendo que poderia perder a cliente, admitiu, a contragosto, a existência de um lugar chamado Sutton Chancellor.

– A senhora disse Sutton Chancellor. Melhor ir à Blodget & Burgess, aqui na praça. Eles têm alguns imóveis nessa área, mas todos em péssimas condições... destruídos...

– Há uma casa linda lá perto, ao lado de uma ponte e um canal... vi quando passava de trem. Por que ninguém quer morar lá?

– Ah, sim: a Riverbank. Ninguém vai querer morar lá. Dizem que o lugar é mal-assombrado.

– Quer dizer que há "fantasmas" lá?

– É o que dizem... Existem muitas histórias a respeito. Barulhos estranhos à noite, gemidos. Para mim, são bichos-carpinteiros.

– Meu Deus – disse Tuppence. – O lugar me pareceu tão lindo e isolado.

– Isolado até demais, dizem alguns. Enchentes no inverno... pense nisso.

– Vejo que há muitos pontos a considerar – disse Tuppence, contrariada.

Saiu murmurando sozinha, em direção ao The Lamb and Flag, onde resolveu almoçar para ganhar forças.

"Muitos pontos a considerar... enchentes, bichos-carpinteiros, fantasmas, correntes, donos ausentes, procuradores, bancos... uma casa que ninguém quer nem gosta... menos *eu*, talvez... O que eu quero agora é COMER."

A comida no The Lamb and Flag era bem servida e apetitosa... comida farta para fazendeiros, não cardápio francês para turistas ocasionais... Sopa grossa, lombo de porco com molho de maçã, queijo Stilton... ou ameixas com creme, para quem preferisse... não foi o seu caso.

Após andar a esmo, Tuppence pegou o carro e voltou para Sutton Chancellor. Difícil dizer que aquela manhã havia sido frutífera.

Ao virar na última esquina antes de Sutton Chancellor, já avistando a igreja, Tuppence observou o padre saindo do cemitério, aparentemente cansado. Foi ao seu encontro.

– O senhor ainda está procurando aquele túmulo? – perguntou.

O padre estava com uma das mãos na altura dos rins.

– Meu Deus – disse –, minha visão não é muito boa. Grande parte das inscrições está quase apagada. Minha coluna também me atrapalha. Muitas das lápides são horizontais. Algumas vezes, quando me inclino, sinto que nunca mais vou conseguir levantar de novo, acredite.

– Eu não procuraria mais – disse Tuppence. – Se procurou no registro da paróquia, já fez tudo o que podia.

– Eu sei, mas o pobre coitado parecia tão determinado, tão sério. Tenho certeza de que é desperdício de energia. Mas senti que era meu dever. Ainda tem um trecho que não procurei, que vai da árvore até o muro... embora grande parte das lápides seja do século XVIII. Mas quero dormir com a consciência tranquila de que fiz o meu trabalho direito, sem ficar me recriminando. Amanhã continuo.

– Certo – apoiou Tuppence. – O senhor não deve fazer tanto esforço num dia só. Olha – acrescentou –, depois de tomar um chá com a srta. Bligh, eu mesma vou lá dar uma olhada. Da árvore até o muro, não é?

– Não, não posso permitir...

– Fique tranquilo. Vou gostar. Acho interessante rondar o átrio de uma igreja. As inscrições nas lápides nos dão uma ideia das pessoas que moraram aqui. Vou me divertir, de verdade. Vá para casa descansar.

– Preciso realmente preparar meu sermão de hoje à noite. A senhora me parece uma pessoa muito legal. Uma *verdadeira* amiga.

Sorriu para ela e partiu para a casa paroquial. Tuppence olhou o relógio. Dirigiu-se à residência da srta. Bligh. "Melhor terminar logo com isso", pensou. A porta da frente estava aberta e a srta. Bligh levava um prato de pães recém-tirados do forno para a sala de estar.

– Bem-vinda, querida sra. Beresford, que alegria lhe ver. O chá está quase pronto. A chaleira já está no fogo. Só preciso colocar no bule. Espero que tenha conseguido comprar tudo o que queria – disse, olhando para a sacola vazia pendurada no braço de Tuppence.

– Não dei muita sorte – disse Tuppence, com a melhor cara que podia. – Sabe como é... Às vezes não tem a cor ou o tipo exato do que procuramos. Mas sempre gosto de conhecer um lugar novo, mesmo que não tenha nada de mais.

O apito estridente da chaleira começou a demandar atenção e a srta. Bligh saiu correndo para a cozinha para atendê-la, não sem antes esbarrar num conjunto de cartas que esperavam em cima da mesa de entrada para serem enviadas.

Tuppence inclinou-se para pegá-las, reparando, antes de colocá-las de volta na mesa, que a carta de cima era endereçada a uma tal sra. Yorke, Rosetrellis Court para Senhoras Idosas, em Cumberland.

“Juro”, pensou Tuppence. “Estou começando a achar que neste país só tem lar de idosos! Do jeito que as coisas andam, logo, logo, Tommy e eu estaremos morando num!”

Outro dia mesmo, um amigo, muito solícito, escrevera para recomendar um ótimo lugar em Devon... para casais... a maioria, funcionários públicos aposentados. Comida excelente, e você podia levar seus móveis e pertences pessoais.

A srta. Bligh reapareceu com o bule de chá e as duas sentaram-se.

O discurso da srta. Bligh era menos dramático e emocionante do que o da sra. Copleigh. Além disso, ela estava mais preocupada em obter informações do que em fornecer.

Tuppence comentou vagamente sobre os anos passados no serviço diplomático estrangeiro... as dificuldades da vida doméstica na Inglaterra, entrando em detalhes sobre o filho e a filha, ambos casados e com filhos, e conduziu habilmente a conversa para as múltiplas atividades da srta. Bligh em Sutton Chancellor... o instituto das mulheres, guias, os escoteiros, a união conservadora das mulheres, conferências, arte grega, fabricação de geleias, ornamentação de flores, clube de desenho, os amigos da arqueologia... a saúde do padre, a necessidade de fazer ele se cuidar, seu jeito avoado... diferenças de opinião entre frequentadores da igreja...

Tuppence elogiou os pãezinhos, agradeceu a anfitriã pela hospitalidade e levantou-se para ir embora.

– Quanta energia, srta. Bligh! – exclamou. – Não imagino como consegue fazer tudo o que faz. Devo confessar que após um dia de passeio e compras, só penso na minha cama... meia horinha só, de olho fechado... numa cama bem confortável, claro. Quero lhe agradecer por recomendar a sra. Copleigh...

– Uma mulher muito confiável, apesar de tagarela...

– Ah, eu adorei suas histórias.

– Grande parte do que fala é bobagem! A senhora vai ficar aqui muito tempo?

– Não, não. Volto para casa amanhã. Pena que não consegui nenhuma casinha. Tinha esperança de conseguir aquela casa linda perto do canal...

– Ainda bem. O lugar está em péssimo estado de conservação. Os donos desapareceram... uma desgraça!

– Não sei a quem a casa pertence. *A senhora* deve saber. Parece conhecer tudo por aqui...

– Nunca me interessei muito por aquela casa. Está sempre mudando de dono... não dá para acompanhar o andamento. A família Perry mora numa metade... E a outra metade está caindo aos pedaços.

Tuppence despediu-se mais uma vez e voltou para a "pousada" da sra. Copleigh. A casa estava silenciosa e aparentemente deserta. Subiu ao quarto, largou a sacola de compras vazia, lavou o rosto, empoou o nariz, saiu de casa na ponta dos pés, olhando para os dois lados da rua, e depois, deixando o carro onde estava, caminhou agilmente até a esquina e pegou uma trilha pelo campo na parte de trás da aldeia que ia dar na igreja.

Entrou no cemitério, tranquilo ao cair da tarde, e começou a examinar as lápides, conforme prometido. Não tinha segundas intenções para fazer aquilo. Não esperava descobrir nada ali. Foi apenas gentileza de sua parte. O velho padre era muito amável, e Tuppence queria que ele se sentisse em paz com sua consciência. Havia trazido lápis e papel, para o caso de encontrar algo que a interessasse. Presumiu que devia apenas procurar uma lápide com o nome de uma criança daquela idade. A maior parte dos túmulos ali datava de tempos mais remotos. Não eram tão interessantes, nem tão antigos para despertar curiosidade, nem havia inscrições comoventes ou ternas. Eram quase todos de pessoas relativamente idosas. Mesmo assim, ia parando, compondo quadros na imaginação. Jane Elwood faleceu no dia 6 de janeiro, aos 45 anos. William Marl, no dia 5 de janeiro, deixando muita saudade. Mary Treves, aos cinco anos de idade. Catorze de março de 1835. Antigo demais. "Em tua presença encontra-se a verdadeira alegria." Feliz Mary Treves!

Estava quase chegando ao muro. As sepulturas ali estavam abandonadas. Ninguém devia cuidar daquela parte do cemitério. Muitas das lápides haviam caído.

O muro estava rachado. Em alguns lugares, havia sido derrubado.

A parte atrás da igreja não se avistava da rua e com certeza os moleques iam ali aprontar. Tuppence inclinou-se sobre uma das lápides. A inscrição original estava gasta e ilegível, mas levantando a pedra lateralmente, Tuppence deparou-se com letras e palavras escritas à mão, numa caligrafia tosca, agora também em parte coberta de folhagem.

Com o dedo indicador, foi olhando letra por letra e conseguiu formar algumas palavras...

Quem... maltratar... uma dessas pequenas criaturas...

Mó... Mó... Mó... e abaixo... numa letra irregular de mão amadora:

Aqui jaz Lily Waters.

Tuppence prendeu a respiração... Percebeu uma sombra atrás de si, mas antes de conseguir se virar... sentiu uma pancada na nunca e caiu de bruços sobre o túmulo, mergulhando na dor e na escuridão.

Parte 3

A esposa desaparecida

Capítulo 10

A conferência, e depois

I

– Bem, Beresford – disse o general sir Josiah Penn, K.M.G., C.B., D.S.O.*, falando com o peso de alguém que tem todas essas distinções após o nome –, o que acha de todo esse lero-lero?

Tommy entendeu por aquele comentário que o velho Josh, como era irreverentemente apelidado pelas costas, não estava impressionado com o resultado do andamento das conferências de que participavam.

– Conversa fiada não resolve – continuou sir Josiah. – Falam, falam e não dizem nada. Se alguém sugere uma medida sensata, na mesma hora quatro sabichões se levantam para protestar. Não sei por que participamos de eventos como este. Aliás, no meu caso, eu sei: não tenho nada para fazer. Se não viesse, teria que ficar em casa. Sabe o que acontece quando fico em casa? Sou importunado, Beresford. Importunado pelo porteiro, importunado pelo jardineiro. É um velho escocês que nem sequer me deixa tocar em meus próprios pêssegos. Então, venho aqui, me mexo de um lado para o outro e finjo para mim mesmo que estou desempenhando uma função importante, garantindo a segurança da pátria! Que tolice. Mas e você?

* Abreviações de condecorações da Coroa Real Britânica. K.M.G.: Knight Commander of the Order of St. Michael and St. George; C.B.: Companion of the Bath; D.S.O.: Companion of Distinguished Service Order. (N.T.)

Você é um homem relativamente jovem. Por que perde seu tempo num lugar como este? Ninguém vai ouvi-lo, mesmo que diga algo que valha a pena ouvir.

Tommy, ligeiramente feliz por saber que, apesar de sua idade, era considerado jovem pelo sir Josiah Penn, discordou com a cabeça. O general já deve ter, pensou, bem mais de oitenta anos. Está surdo, com bronquite, mas ninguém o faz de tolo.

– Nada seria feito se o senhor não viesse – afirmou Tommy.

– Também acho – disse o general. – Sou um buldogue banguela... mas ainda sei latir. Como está a sra. Beresford? Há muito tempo que não a vejo.

Tommy respondeu que Tuppence estava bem e andava sempre ativa.

– Sempre foi. Lembrava-me uma libélula às vezes. Sempre perseguindo alguma ideia aparentemente absurda, e depois descobríamos que não havia nada de absurdo. Era divertido! – comentou o general, com ar de aprovação. – Não gosto dessas senhoras de meia-idade sérias que vemos hoje. Todas têm uma Causa, com "c" maiúsculo. O mesmo vale para as moças – balançou a cabeça, contrariado. – Não são mais como antigamente. As moças da minha época eram lindas, com aqueles vestidinhos de musselina! Chapéu *cloche*. Lembra? Imagino que não. Você deveria estar na escola. Para ver o rosto, tínhamos que olhar debaixo da aba. Difícil resistir, e elas sabiam disso! Estou me lembrando agora de uma parente sua... uma tia... será? Ada. Ada Fanshawe...

– A tia Ada?

– A moça mais bonita que já conheci.

Tommy conseguiu conter a surpresa. Quem diria que a tia Ada pudesse ser considerada bonita! O velho Josh vibrava.

– Uma boneca. Alegre, leve, provocante. Lembro a última vez que a vi. Eu era subalterno, estava de partida para a Índia. Fizemos um piquenique na praia, em noite de luar. Caminhamos juntos e sentamos numa pedra, para contemplar o mar.

Tommy fitou-o com grande interesse. Reparou em seu queixo duplo, na cabeça careca, nas sobrancelhas grossas e na enorme pança. Pensou na tia Ada, o buço incipiente, o sorriso malvado, o cabelo cinza, seu olhar de malícia. O tempo, disse a si mesmo. O que o tempo não faz! Tentou visualizar um jovem soldado e uma linda garota à luz da lua. Em vão.

– Romântico – disse sir Josiah Penn, com um suspiro profundo. – Muito romântico. Eu queria pedi-la em casamento aquela noite, mas de que jeito se era apenas um subalterno com um soldo irrisório? Tínhamos que esperar cinco anos. Muito tempo de noivado para uma moça aceitar. Bem, você sabe como são as coisas. Fui para a Índia e passou-se muito tempo até eu conseguir uma licença. Trocamos correspondência por um tempo, e aí tudo desandou, como normalmente acontece. Nunca mais a vi, mas nunca consegui esquecê-la. Sempre penso nela. Lembro que quase lhe escrevi certa vez, anos depois. Fiquei sabendo que estava perto de onde eu estava morando com algumas pessoas. Pensei em vê-la, perguntar se poderia ligar. Depois pensei comigo mesmo: "Deixe de ser idiota. Hoje ela deve estar muito diferente". Um companheiro me falou dela alguns anos mais tarde. Disse que era uma das mulheres mais feias que já tinha visto na vida. Quase não acreditei no que ouvia, mas hoje, pensando melhor, vejo que talvez tenha sido bom nunca mais tê-la reencontrado. O que anda fazendo? Ainda está viva?

– Não. Morreu há mais ou menos três semanas, na verdade – respondeu Tommy.

– Sério? Hoje ela estaria com... 75, 76? Talvez um pouco mais velha.

– Tinha oitenta anos – corrigiu Tommy.

– Imagine só. A Ada cheia de vida, de cabelo preto. Onde ela morreu? Estava numa clínica de repouso ou morava com alguma companheira?... Nunca se casou, não é?

– Não – respondeu Tommy – nunca se casou. Estava num lar para idosos. Um lugar muito bom, aliás. Sunny Ridge, se chama.

– Sei, já ouvi falar. Sunny Ridge. Uma conhecida da minha irmã estava lá, acho. Uma tal de... qual era mesmo o nome? Sra. Carstairs. Conhece?

– Não. Não conheço muita gente de lá. As pessoas normalmente só visitam os próprios familiares.

– Trabalho complicado. Nunca sabemos o que dizer para os idosos.

– A tia Ada era uma pessoa difícil – disse Tommy. – Uma fera.

– Devia ser mesmo. – O general começou a rir. – Na juventude, sabia ser má quando queria.

Suspirou.

– Envelhecer é uma maldição. Uma das amigas da minha irmã tinha delírios, coitada. Dizia que tinha matado alguém.

– Nossa! – exclamou Tommy. – E matou?

– Imagino que não. Ninguém acha isso – respondeu o general, pensativo. – Mas existe a *possibilidade* de ter matado sim. Se saíssemos por aí falando esse tipo de coisa, ninguém *acreditaria*, concorda? Interessante esse raciocínio, não acha?

– Quem ela pensa que matou?

– Não sei. O marido talvez? Não sei quem ele era, nem como era. Quando a conhecemos, já era viúva. Bem – acrescentou, com um suspiro –, sinto muito em saber da morte de sua tia. Não li no jornal. Se tivesse lido, teria mandado flores ou alguma coisa, um buquê de rosas, de repente. Era isso que as moças usavam no vestido de gala. Ficava lindo. Lembro que a sua tia Ada tinha um... meio violeta. Azul-violeta, com botões de rosa. Uma vez ela me deu um. Claro que não eram de verdade. Eram de plástico. Guardei-o por muito tempo... anos. Eu sei – disse, percebendo o olhar de Tommy –, você acha engraçado, não acha? Vou lhe dizer uma coisa, meu rapaz: quando ficamos realmente velhos e gagás como eu, voltamos a ser sentimentais. Bom, melhor eu voltar logo para o último ato desse espetáculo ridículo. Lembranças à sra. T. quando chegar em casa.

No dia seguinte, no trem, Tommy repassou aquela conversa na cabeça, sorrindo sozinho, tentando, mais uma vez, imaginar sua temível tia com o ardoroso general nos tempos da juventude.

– Preciso contar isso para a Tuppence. Ela vai morrer de rir. O que será que ficou fazendo enquanto eu estava fora?

Sorriu.

II

O fiel Albert abriu a porta de entrada com um sorriso radiante de boas-vindas no rosto.

– Uma alegria revê-lo, senhor.

– Estou feliz de ter voltado – disse, largando a mala no chão. – Onde está a sra. Beresford?

– Ainda não voltou, senhor.

– Está dizendo que ela está fora?

– Há três ou quatro dias, mas estará de volta para o jantar. Ligou avisando.

– O que ela está tramando, Albert?

– Não sei dizer, senhor. Foi de carro, mas levou um monte de guias ferroviários. Pode estar em qualquer lugar.

– É verdade – disse Tommy, com convicção. – Onde Judas perdeu as botas... ou no fim do mundo. Deve ter perdido a conexão no caminho de volta. Que Deus abençoe as estradas de ferro da Inglaterra. Ligou ontem, né? Disse de onde estava ligando?

– Não disse não, senhor.

– A que horas foi isso?

– Ontem de manhã. Antes do almoço. Disse apenas que estava tudo bem. Não sabia direito a que horas chegaria, mas disse que deveria chegar antes do jantar. Pediu frango. Está bom para o senhor?

– Sim – respondeu Tommy, olhando o relógio –, mas ela vai ter que se apressar.

– Eu controlo o frango no forno – prometeu Albert.

Tommy sorriu com ironia.

– Certo – disse. – Segure-o pelo rabo. Como você está, Albert? Tudo bem em casa?

– Houve uma suspeita de sarampo... mas está tudo bem. O médico disse que é apenas alergia.

– Que bom – disse Tommy. Subiu, assoviando uma música. Entrou no banheiro, fez a barba e tomou um banho. Depois, voltou para o quarto e ficou reparando no ambiente. Apresentava aquele ar estranho de desocupação que alguns quartos dão quando seu dono não está. Uma atmosfera de frieza e hostilidade. Tudo arrumadinho. Tommy sentiu a tristeza que um cachorro fiel sentiria. Olhando em volta, parecia que Tuppence nunca havia estado ali. Nenhuma maquiagem, nenhum livro aberto no chão.

– Senhor.

Era Albert, na porta.

– Sim?

– Estou preocupado com o frango.

– Ora, o frango que vá para o inferno! – exclamou Tommy. – Você parece que não tem outra coisa na cabeça.

– Bom, preparei tudo para o jantar sair às oito, no máximo. Quero dizer, estariam à mesa a essa hora.

– Foi o que pensei – disse Tommy, consultando o relógio de pulso. – Nossa, já são oito e meia?

– Sim, senhor. E o frango...

– Bom – disse Tommy –, pode tirar o frango do forno que vou comer. Bem feito para a Tuppence. "Vou voltar antes do jantar." Sei!

– Algumas pessoas jantam tarde – disse Albert. – Uma vez fui para a Espanha e, acredite, ninguém come antes das dez da noite. Dez da noite! Um absurdo!

– Tudo bem – disse Tommy, distraído. – Por falar nisso, você não tem a mínima ideia de onde ela ficou esse tempo todo?

– A patroa? Não, senhor. Indo de um lugar para o outro, eu diria. Sua primeira ideia era ir a alguns lugares de trem, pelo que entendi. Estava pesquisando uns guias, tabelas de horários...

– Bem – disse Tommy –, cada um tem sua forma de se divertir. A dela é viajar de trem. Ainda assim, gostaria de saber onde está. Com certeza na sala de espera numa estação qualquer.

– Ela sabia que o senhor voltava para casa hoje, não sabia? – perguntou Albert. – Vai dar um jeito de chegar, sem dúvida.

Tommy percebeu que recebia apoio fiel. Ele e Albert uniam-se na desaprovação de uma mulher que, por conta da paixão por trens, não voltara para casa a tempo de dar as merecidas boas-vindas ao marido recém-chegado.

Albert saiu para livrar o frango da possível cremação no forno.

Tommy, que ia segui-lo, parou e olhou em direção à lareira. Aproximou-se lentamente e examinou o quadro pendurado na parede. Engraçado que ela tivesse tanta certeza de que já tinha visto aquela casa antes. Tommy tinha quase certeza de que *nunca* tinha visto a casa. De qualquer forma, era uma casa bastante comum. Devem existir milhares de casas iguais.

Esticou-se o máximo possível e, como não conseguiu enxergar direito, tirou o quadro da parede e levou-o para perto da lâmpada. Uma casa tranquila. Havia a assinatura de um artista. O nome começava com B, mas não dava para ler direito. Bosworth, Bouchier. Pegou uma lupa para examinar melhor. Um som alegre de sineta começou a tocar na sala. Albert adorava as sinetas suíças que Tommy e Tuppence haviam trazido uma vez de Grindelwald. Tornara-se um virtuoso naquilo. O jantar estava servido. Tommy foi para a sala. Estranho, pensou, que Tuppence ainda não tivesse voltado. Mesmo que o pneu tivesse furado, o que era provável, ela teria ligado para avisar ou para se desculpar pela demora.

"Saberia que eu ficaria preocupado", disse para si mesmo. Não, naturalmente, que algum dia *tivesse* ficado... não com Tuppence. Tuppence estava sempre bem. Albert cortou o clima.

– Espero que não tenha sofrido um acidente – falou, servindo um prato de repolho, balançando a cabeça com ar de preocupação.

– Pode levar esse prato daqui. Você sabe que detesto repolho – disse Tommy. – Por que acidente? São nove e meia ainda.

– Dirigir na estrada hoje em dia é quase suicídio – disse Albert. – Todo mundo pode sofrer acidentes.

O telefone tocou.

– É ela! – exclamou Albert.

Largou rapidamente o prato de repolho no aparador e saiu correndo da sala. Tommy levantou-se, abandonando o prato de frango, e foi atrás de Albert. Estava a ponto de dizer "deixe que eu atendo" quando Albert atendeu.

– Alô? Sim, o sr. Beresford está em casa sim. Já vou passar. – Virou o rosto para Tommy. – É o dr. Murray, para o senhor.

"Dr. Murray?", pensou Tommy por um momento. O nome parecia familiar, mas na hora não conseguiu lembrar quem era. E se Tuppence tivesse sofrido um acidente? Com um suspiro de alívio, lembrou nesse instante que dr. Murray era o médico que atendia as velhas em Sunny Ridge. Talvez fosse algo relacionado com os trâmites funerários da tia Ada. Autêntico filho de seu tempo, Tommy presumiu imediatamente que se tratava de alguma burocracia... algo que deveria ter assinado ou que o dr. Murray se esquecera de assinar.

– Alô – disse –, aqui é Beresford.

– Que bom que o encontrei em casa. O senhor deve se lembrar de mim. Tratei da sua tia, a srta. Fanshawe.

– Claro que lembro. Em que lhe posso ser útil?

– Gostaria de dar uma palavrinha com o senhor qualquer hora dessas. Poderíamos marcar um encontro na cidade, o que acha?

– Por mim, tudo bem. Sem problema. Mas... pode adiantar o assunto por telefone?

– Prefiro não. Não tem pressa. Não vou fingir que tem... mas gostaria de conversar com o senhor.

– Alguma coisa errada? – indagou Tommy, surpreso de ter se expressado daquele jeito. Por que haveria algo errado?

– Na verdade, não. Eu é que devo estar fazendo uma tempestade em copo d'água. É o mais provável. É que aconteceram mudanças curiosas em Sunny Ridge.

– Algo a ver com a sra. Lancaster? – perguntou Tommy.

– Sra. Lancaster? – o médico repetiu, surpreso. – Não, não. Ela foi embora há algum tempo. Aliás, antes da morte de sua tia.

– É que eu estive fora... acabei de voltar. Posso ligar para o senhor amanhã de manhã? Aí combinamos um encontro.

– Certo. Vou lhe dar meu telefone. Devo estar na clínica até dez da manhã.

– Más notícias? – perguntou Albert quando Tommy voltou à sala de jantar.

– Vire essa boca para lá, Albert, pelo amor de Deus! – exclamou Tommy, irritado. – Claro que não.

– Pensei que talvez a patroa...

– Ela está bem – tranquilizou Tommy. – Sempre está. Deve ter ido atrás de uma pista intrigante... Sabe como ela é. Não vou mais me preocupar. Pode levar o frango, mesmo tendo ficado no forno, está intragável. Me traga um café. Depois, vou para a cama.

– Amanhã deve chegar alguma carta. Pode ter ficado retida no correio... O senhor sabe como são nossos correios. Talvez chegue um telegrama... ou, quem sabe, ela ligue.

Mas não chegou nenhuma carta no dia seguinte... nem telegrama, nem nada.

Albert olhou para Tommy, abriu e fechou a boca várias vezes, julgando que presságios funestos de sua parte não seriam bem-vindos.

Tommy sentiu pena dele. Engoliu um último pedaço de torrada com geleia, molhou a comida com café e disse:

– Tudo bem, Albert, deixe que eu pergunto: *Onde ela está?* O que aconteceu com ela? O que vamos fazer?

– Ir à polícia, senhor?

– Não sei. Olhe... – Fez uma pausa. – Se ela sofreu um acidente... está com a carteira de motorista na bolsa e muitos outros documentos que a identificam... Os hospitais avisam logo esse tipo de coisa... ligam logo para os parentes. Não quero ser precipitado... ela... ela não gostaria. Você não tem a mínima ideia, Albert, para onde ela estava indo? Ela não disse nada? Um lugar específico, um país? Um nome?

Albert acenou que não com a cabeça.

– Como ela estava se sentindo? Feliz? Empolgada? Triste? Preocupada?

A resposta de Albert foi imediata:

– Super feliz. Estava empolgadíssima.

– Como um cão farejador – falou Tommy.

– Exatamente, senhor. O senhor sabe como ela fica.

– Atrás de alguma pista. Agora, me pergunto... – Tommy fez uma pausa reflexiva.

Algo aconteceu que fez Tuppence sair correndo tal qual um cão farejador, como Tommy dissera a Albert. No dia anterior, havia anunciado sua volta. Por que, então, não tinha voltado? Talvez, nesse exato momento, pensou Tommy, esteja em algum lugar, tão entretida em inventar mentiras para as pessoas que não conseguia pensar em mais nada!

Se estivesse no meio de uma investigação, ficaria muito aborrecida se ele fosse correndo à polícia, tremendo como um carneirinho, contar que sua mulher havia desaparecido. Chegou a ouvir o que ela diria: "Como é que você me faz uma coisa dessas! Sou *perfeitamente* capaz de me cuidar sozinha. Você já deveria saber disso a essa altura do campeonato!". (Mas seria realmente capaz?)

Nunca se sabe aonde a imaginação de Tuppence pode levá-la.

Ao *perigo*? Não havia, por enquanto, indício de perigo na história... Exceto, como mencionado anteriormente, na imaginação de Tuppence.

Se fosse à polícia dizendo que sua mulher não tinha voltado conforme anunciado, o policial ia se mostrar educado, possivelmente rindo por dentro, e perguntaria, ainda por educação, quantos amigos sua mulher tinha!

– Vou atrás dela sozinho – declarou Tommy. – Ela tem que estar *em algum lugar*. Seja norte, sul, leste ou oeste, não importa... Que vacilo não ter dito nada sobre seu paradeiro quando ligou.

– Talvez uma gangue tenha capturado a patroa – disse Albert.

– Ora, deixe de criancices, Albert! Você já está crescidinho demais para esse tipo de brincadeira!

– O que o senhor vai fazer?

– Vou para Londres – respondeu Tommy, olhando a hora. – Primeiro, vou almoçar no clube com o dr. Murray, o médico que me ligou ontem à noite, para tratar de uns assuntos relacionados à minha falecida tia. Talvez ele me dê alguma pista, afinal, tudo começou em Sunny Ridge. Vou levar também aquele quadro que está pendurado em cima da cama...

– O senhor vai levar o quadro para a Scotland Yard?

– Não – respondeu Tommy. – Vou levá-lo para Bond Street.

Capítulo 11

Bond Street e o dr. Murray

I

Tommy desceu do táxi, pagou o motorista e reclinou-se para pegar um pacote mal embrulhado dentro do carro – um quadro, via-se. Carregando o objeto como podia debaixo do braço, entrou na New Athenian Galleries, uma das galerias de arte mais antigas e mais importantes de Londres.

Tommy não era um grande patrono das artes. Havia ido à New Athenian Galleries porque tinha um amigo que oficiava lá.

"Oficiava" era a única palavra que cabia, porque o ar de interesse, a voz calma, o sorriso de alegria, tudo parecia bastante eclesiástico.

Um jovem de cabelo claro saiu de onde estava e veio em sua direção, o rosto iluminado por um sorriso de reconhecimento.

– Salve, Tommy! – disse. – Quanto tempo! O que é isso debaixo do seu braço? Não vai me dizer que começou a pintar na sua idade? Muito gente começa... com resultados deploráveis.

– Acho que nunca tive muito jeito para arte – disse Tommy. – Embora deva admitir que me senti muito atraído outro dia por um pequeno livro que ensinava, de maneira simples, uma criança de cinco anos a pintar com aquarela.

– Deus me livre! Vovó Moses ao contrário.

– Para falar a verdade, Robert, preciso de sua ajuda, já que você é um grande conhecedor de quadros. Quero sua opinião.

Robert pegou habilmente o quadro das mãos de Tommy e desembrulhou-o com a destreza de alguém acostumado a embalar e desembalar obras de arte de todos os tamanhos. Colocou o quadro numa cadeira, inclinando-se para olhar de perto, e depois recuou uns seis passos. Ficou olhando para Tommy.

– Bem – disse –, qual a questão? O que você quer saber? Quer vendê-lo, é isso?

– Não – respondeu Tommy. – Não quero vendê-lo, Robert. Quero saber mais sobre ele. Para começar, quem o pintou?

– Na verdade – disse Robert –, se *tivesse* que vendê-lo, hoje seria muito fácil. Há dez anos seria um problema. Mas Boscowan está na moda de novo.

– Boscowan? – Tommy encarou-o com olhar interrogativo. – É esse o nome do artista? A primeira letra parece ser um B, mas o restante é indecifrável.

– Sim, Boscowan. Um pintor muito popular 25 anos atrás. Vendia muito. Tecnicamente, um ótimo pintor. Depois, como sempre acontece, saiu de moda. Quase não vendia mais. Agora, ressurgiu. Ele, Stitchwort e Fondella. Estão todos aí, de volta.

– Boscowan – repetiu Tommy.

– B-o-s-c-o-w-a-n – soletrou Robert, gentilmente.

– Ainda pinta?

– Não. Já morreu. Há alguns anos. Era velho. Tinha 65 anos quando morreu, acho. Um pintor bastante prolífico. Deixou uma infinidade de telas. Aliás, estamos pensando em fazer uma exposição dele aqui, dentro de quatro ou cinco meses. Acho que vai ser um bom negócio. Por que está tão interessado?

– É uma longa história – disse Tommy. – Qualquer dia desses saímos para almoçar e lhe conto tudo desde o início. É uma história longa, complexa e até idiota. Só queria saber quem era esse Boscowan e se por acaso podia me informar onde fica a casa que está pintada no quadro.

– Não sei informar. É o tipo de coisa que ele pintava. Casas bucólicas em lugares isolados, às vezes uma fazenda, com uma ou duas vaquinhas, às vezes uma carroça, ao longe. Cenas rurais. Tudo muito limpo, sem rabiscos. Algumas vezes, a superfície parece esmalte. Era uma técnica especial, e as pessoas gostavam. Grande parte das paisagens que pintava fica na França, na Normandia. Igrejas. Tenho um quadro dele aqui comigo. Espere um minuto que vou pegar para você ver.

Foi até a escada e gritou para alguém lá embaixo. Voltou logo em seguida com uma pequena tela, que apoiou em outra cadeira.

– Aí está – disse. – Igreja na Normandia.

– Sim – disse Tommy. – Dá para ver. O mesmo tipo de quadro. Minha mulher disse que ninguém nunca morou nessa casa... a do quadro que eu trouxe. Entendo agora o que ela quis dizer. Não imagino alguém indo à missa nessa igreja.

– Tem razão. Lugares tranquilos, silenciosos, sem presença humana. Ele não costumava pintar pessoas. Às vezes, encontramos uma ou outra figura humana em suas paisagens, mas é raro. De certa forma, isso dá um encanto especial a seus quadros. Uma espécie de isolamento. Como se, retirando todos os seres humanos, a paz do campo se intensificasse. Pensando bem, talvez seja por isso que o foco do público tenha se voltado de novo para ele. Muita gente, muito carro, muito barulho, muito tumulto. Já em sua obra, paz. Uma paz inabalável. Tudo entregue à natureza.

– Sim. Como ele era?

– Não o conheci pessoalmente. Não foi da minha época. Presumido, segundo dizem. Pelo jeito, achava que pintava melhor do que realmente pintava. Convencido. Muito simpático, carismático. Mulherengo.

– E você não tem ideia de onde fica esse lugar? Imagino que seja na Inglaterra.

– Acho que sim. Quer que descubra?

– Tem como?

– Talvez o melhor seja perguntar à esposa dele, viúva, aliás. Ele se casou com Emma Wing, a escultora. Muito conhecida. Não produzia muito, mas seu trabalho é muito expressivo. Você poderia procurá-la. Mora em Hampstead. Posso lhe dar o endereço. Trocamos correspondências por um bom tempo sobre essa exposição de seu marido que está programada. Incluímos também algumas peças dela, esculturas pequenas. Vou pegar o endereço para você.

Foi até a escrivaninha, pegou um bloco, escreveu algo num cartão e entregou-o para Tommy.

– Aqui está, Tommy – disse. – Não sei que mistério profundo é esse. Você sempre foi um homem de mistérios, não é? Seu quadro representa bem a obra de Boscowan. Talvez o usemos na exposição, se você permitir. Escrevo quando estiver mais perto, para lembrar.

– Você por acaso conhece alguma sra. Lancaster?

– Bem, a princípio não. É pintora ou algo do gênero?

– Não, acho que não. É apenas uma senhora de idade que está morando há alguns anos num asilo. Entra na história porque este quadro lhe pertencia antes de dá-lo de presente para uma tia minha.

– Bom, por nome não conheço. Melhor perguntar para a sra. Boscowan.

– Como ela é?

– Bem mais jovem do que ele, diria. Tem personalidade. Sim, uma personalidade e tanto. Você vai ver.

Pegou o quadro, entregou-o para alguém lá embaixo com instruções de embrulhá-lo de novo.

– Que bom que você tem tantos lacaios à sua disposição – ironizou Tommy.

Olhou em volta, observando o lugar pela primeira vez.

– Que exposição é essa de agora? – perguntou, com aversão.

– Paul Jaggerowski, um jovem eslavo, muito interessante. Dizem que produz todo o seu trabalho sob a influência de drogas... Não gosta?

Tommy fixou o olhar numa grande sacola de corda que parecia ter se emaranhado num campo verde metálico cheio de vacas deformadas.

– Para falar a verdade, não.

– Filisteu – disse Robert. – Vamos almoçar.

– Não posso. Tenho um compromisso. Marquei com um médico no clube.

– Você não está doente, está?

– Não, tenho a saúde de ferro. Minha pressão é tão boa que os médicos até se decepcionam.

– Então para que vai ver um médico?

– Ah – disse Tommy, animado. – Preciso falar sobre um cadáver. Muito obrigado pela ajuda. Tchau.

II

Tommy cumprimentou o dr. Murray com certa curiosidade. Supôs que se tratasse de alguma questão formal referente ao falecimento da tia Ada. Mas por que não adiantar o assunto de sua visita ao telefone? Não fazia ideia.

– Estou um pouco atrasado – desculpou-se o dr. Murray, apertando a mão de Tommy –, o trânsito estava péssimo e eu não sabia direito onde ficava o clube. Não conheço muito bem esta parte de Londres.

– Desculpa fazê-lo vir até aqui – disse Tommy. – Poderíamos ter marcado num lugar melhor.

– Então, está com tempo agora?

– No momento sim. Estive fora na semana passada.

– Sim, acho que alguém me falou quando liguei.

Tommy indicou uma cadeira, ofereceu algo para comer e colocou cigarros e fósforos ao lado do dr. Murray. Quando os dois homens já estavam confortavelmente instalados, o médico começou a falar.

– Tenho certeza de que aticei sua curiosidade – disse –, mas, para dizer a verdade, estamos com problemas em Sunny Ridge. É uma questão complexa que, de certa forma, não tem relação com o senhor. Não tenho o direito de importuná-lo com essa história, mas é que talvez o senhor saiba algo que possa me ajudar.

– Claro, farei o que puder. Algo relacionado à minha tia, a srta. Fanshawe?

– Não diretamente, mas ela não deixa de estar envolvida. Posso confiar no senhor, não posso, sr. Beresford?

– Claro.

– Eu estava conversando outro dia com um amigo em comum e ele me contou algumas coisas a seu respeito. Pelo que eu soube, o senhor teve uma missão bastante delicada na última guerra.

– Não diria que foi muito sério – retrucou Tommy, da maneira mais neutra possível.

– Sei bem que não é um assunto do qual se deva ficar falando.

– Hoje não mais importa. A guerra aconteceu há muito tempo. Minha mulher e eu éramos jovens.

– De qualquer maneira, o que eu quero lhe falar não tem nada a ver com isso. Mas agora sinto que posso conversar abertamente com o senhor, que posso confiar. Sei que não vai espalhar nada do que falarmos aqui, apesar de que talvez, mais tarde, tudo tenha que ser revelado.

– Um problema em Sunny Ridge, o senhor estava dizendo.

– Sim. Há pouco tempo, uma de nossas pacientes morreu. A sra. Moody. Não sei se a conheceu, ou se a sua tia já havia conversado com ela.

– Sra. Moody? – perguntou Tommy, pensativo. – Não, acho que não. Pelo menos, não que eu lembre.

– Não era das mais velhas. Tinha pouco mais de setenta anos e não sofria de nenhum tipo de moléstia grave. Uma mulher sem parentes próximos e sem ninguém para cuidá-la. Entra na categoria do que chamo de irrequieta: mulheres que se parecem cada vez mais com galinhas quando envelhecem. Cacarejam, esquecem as coisas, se metem em encrencas, se preocupam, se atrapalham todas sem o menor motivo. Não há praticamente nada de errado com elas. Enfim, não sofrem de distúrbios mentais.

– Mas não param de cacarejar – sugeriu Tommy.

– Exato. A sra. Moody cacarejava. Dava muito trabalho para as enfermeiras, apesar de ser muito querida. Costumava esquecer que havia comido e causava o maior rebuliço, dizendo que não serviram sua comida, quando na verdade havia acabado de encher a pança.

– Ah – disse Tommy, lembrando – a sra. Cacau.

– Como?

– Desculpe – disse –, é o apelido que minha mulher e eu demos para ela. Passamos pelo corredor uma vez e a vimos gritando para a enfermeira Jane que não tinham trazido seu achocolatado. Uma velhinha muito bonita e dispersa. Mas nos fez rir. Passamos a chamá-la de sra. Cacau. E aí ela morreu.

– A sua morte não me surpreendeu muito – contou o dr. Murray. – É impossível prever com exatidão quando uma senhora de idade vai morrer. Mulheres com a saúde seriamente comprometida, que depois de um exame clínico juramos que não vão passar daquele ano, muitas vezes vivem mais dez anos. Têm tanta resistência que uma mera incapacidade física não as abala. Outras pessoas, com a saúde relativamente boa, que achamos que ainda vão viver muito tempo, um dia pegam uma bronquite ou um resfriado, não resistem e morrem. Então, como dizia, sendo médico num lar de mulheres idosas, não me surpreendo com o que se pode denominar de morte mais ou menos imprevista. Mas esse caso da sra. Moody foi diferente. Ela morreu enquanto dormia, sem nenhum sinal de doença. Não tenho como não achar inesperado. Vou usar a expressão que sempre me intrigou na peça *Macbeth*, de Shakespeare. Sempre me perguntei o que Macbeth queria dizer quando, falando de sua mulher, disse: "Ela deveria ter morrido mais tarde".

– Sim, lembro de ter me perguntado também o que Shakespeare quis dizer com isso – disse Tommy. – Não lembro de quem era a peça nem quem fazia o papel de Macbeth, mas havia uma forte indicação nessa montagem... e Macbeth atuava de maneira a intensificar isso... de que estava insinuando ao médico que Lady Macbeth precisava ser eliminada. O médico compreendeu. Foi então que Macbeth, seguro após a morte da esposa, sentindo que ela não poderia mais prejudicá-lo com suas indiscrições ou devaneios repentinos, expressou sua verdadeira afeição e dor pela morte da mulher. "Ela deveria ter morrido mais tarde."

– Exatamente – disse o dr. Murray. – É o que senti em relação à sra. Moody. Senti que ela deveria ter morrido mais tarde, não há apenas três semanas, sem motivo aparente...

Tommy não falou nada. Ficou olhando para o médico, com olhar curioso.

– Nossa profissão tem certos problemas. Se você estiver intrigado em relação à causa da morte de um paciente, só há uma forma de saber o que aconteceu: por meio de uma autópsia. Os parentes do morto não gostam muito da ideia, mas se o médico exigir uma autópsia e o resultado indicar, como é bem possível, morte por causa natural ou alguma doença sem sintoma aparente, a carreira do médico pode ser seriamente prejudicada, por conta de diagnóstico questionável...

– Deve ter sido difícil.

– Os parentes, nesse caso, eram primos distantes. Assumi a responsabilidade de conseguir o consentimento deles, assegurando que era uma questão de interesse científico. Quando um paciente morre dormindo, é recomendável investigar a causa da morte. Disfarcei um pouco, para não ficar formal demais. Felizmente, eles não estavam nem aí. Um peso a menos na consciência. Depois de realizada a autópsia, e se tudo desse certo, eu poderia emitir um atestado de óbito sem problemas. Todo mundo está sujeito a morrer do que se denomina vulgarmente insuficiência cardíaca, cujas causas podem ser as mais variadas. O coração da sra. Moody, aliás, estava bastante bem para sua idade. Ela sofria de artrite e reumatismo. Às vezes apresentava problemas no fígado, mas nada disso parecia ter relação com sua morte.

Fez uma pausa. Tommy, boquiaberto, manteve silêncio. O médico fez que sim com a cabeça.

– Isso mesmo, sr. Beresford. O senhor entendeu aonde quero chegar. A morte foi resultado de uma overdose de morfina.

– Meu Deus! – exclamou Tommy, arregalando os olhos.

– Sim. Parece incrível, mas a autópsia foi clara. A questão é: como a morfina foi administrada? Ela não tomava morfina. Não era uma paciente que sentisse dores. Restavam três possibilidades. Ela ter tomado morfina por acidente, o que é improvável. Talvez tenha pegado a morfina de outro paciente por engano, o que também é improvável... ninguém deixa um estoque de morfina nas mãos de um paciente e o asilo não admite pessoas viciadas que possam dispor de um abastecimento desse tipo. Ela pode ter se suicidado, mas acho difícil. A sra. Moody, apesar de sempre preocupada, era uma pessoa muito alegre. Não pensava em colocar um fim à própria vida, tenho certeza. A terceira possibilidade é que uma dose fatal tenha sido deliberadamente administrada para ela. Mas por quem e por quê? Naturalmente, a srta. Packard, como enfermeira-chefe registrada, tem plenos direitos de ministrar morfina e outros medicamentos, que guarda num armário trancado. Apenas em casos como ciática ou artrite reumatoide, em que a dor pode ser muito intensa, que a morfina é indicada. Esperávamos nos deparar com alguma circunstância em que a sra. Moody tivesse tomado uma quantidade exagerada de morfina sem querer ou achando que curaria a má digestão ou a insônia. Não foi o caso. Nosso próximo passo, por sugestão da srta. Packard e consentimento meu, foi olhar os registros de mortes similares em Sunny Ridge nos últimos dois anos. Não havia muitas, felizmente. Acho que sete no total, uma média baixa para pessoas dessa faixa etária. Duas mortes por bronquite, absolutamente normais, duas por resfriado, muito comum nos meses de inverno devido à baixa resistência das idosas, mais frágeis, e três outras.

Fez uma pausa e então continuou:

– Sr. Beresford, não estou muito convencido em relação a essas outras três mortes, principalmente duas. Todas perfeitamente viáveis. Nenhuma inesperada, mas eu diria *improváveis.* Mesmo depois de muito investigar, ainda não estou totalmente satisfeito. Precisamos aceitar a possibilidade de que, por mais estranho que possa parecer, alguém em Sunny Ridge, talvez por problemas mentais, seja um assassino. Um assassino completamente insuspeito.

Fez-se silêncio por um tempo. Tommy suspirou.

– Não duvido do que o senhor acaba de me contar – disse –, mas de qualquer forma, para falar a verdade, tudo isso me parece inverossímil. Essas coisas... não podem acontecer.

– Podem sim – disse o dr. Murray, com gravidade na voz –, e acontecem. Alguns casos patológicos não me deixam mentir. Uma moça começou a trabalhar com serviços domésticos. Cozinhava para várias famílias. Era uma boa moça, gentil, dedicada, cozinhava bem, gostava de seu trabalho. No entanto, cedo ou tarde, aconteciam coisas. Em geral, um prato de sanduíches. Muitas vezes, na comida do piquenique. Sem motivo aparente, alguém colocava arsênico em dois ou três sanduíches. Pelo visto, o acaso ditava quem os comeria. Não parecia um caso de envenenamento pessoal. Às vezes, não acontecia nenhuma tragédia. A mesma moça ficava três ou quatro meses num emprego sem que se registrasse o menor vestígio de doença. Aí, no emprego seguinte, três semanas depois, duas pessoas da família morriam após comer bacon no café da manhã. O fato de que tudo isso aconteceu em diferentes partes da Inglaterra e em intervalos irregulares despistou a polícia por algum tempo. A moça usava nomes diferentes em cada trabalho, claro. Há tantas mulheres de meia-idade gentis, eficientes e que cozinham bem que foi difícil descobrir quem era a moça em questão.

– Por que ela fazia isso?

– Acho que ninguém nunca conseguiu explicar. Surgiram diversas teorias, principalmente entre os psicólogos. Como era fanática religiosa, é possível que algum tipo de loucura mística a tenha impelido de cumprir uma espécie de missão divina, livrando o mundo de certas pessoas, mas não consta que lhes devotasse qualquer animosidade especial. Há também a história da mulher francesa, Jeanne Gebron, conhecida como Anjo da Misericórdia. Ficava tão chateada quando os filhos de seus vizinhos adoeciam que ia cuidar deles. Sentava-se ao lado da cama, todas as noites. Acabaram descobrindo, depois de algum tempo, que as crianças cuidadas por ela *nunca ficavam boas. Ao contrário, morriam.* E *por quê*? É verdade que perdera seu próprio filho na juventude. Dizem que prostrou-se diante da dor. Talvez tenha sido essa a causa de sua carreira criminosa. Como *seu* filho tinha morrido, os filhos das outras mulheres também deviam morrer. Ou pode ser, como sugeriram alguns, que seu filho também tenha sido uma das vítimas.

– Essas histórias me dão calafrios na espinha – disse Tommy.

– Estou pegando os exemplos mais extremos – explicou o médico. – Pode ser algo mais simples do que isso. O senhor deve se lembrar do caso Armstrong. Todos aqueles que o insultavam ou ofendiam de alguma forma – em certos casos bastava ele achar que tivesse sido insultado – eram convidados para tomar chá e morriam envenenados com sanduíches de arsênico. Uma espécie de suscetibilidade em grau avançado. Seus primeiros crimes foram, obviamente, por motivos pessoais. Herança.

"A eliminação de uma mulher para poder casar com outra. Tem também a história da enfermeira Warriner, que mantinha um lar de idosos. Os velhinhos lhe entregavam tudo o que tinham e recebiam em troca a garantia de uma vida confortável, até o dia de sua morte... dia esse que não tardava muito. Nesse caso, também se administrava morfina... Uma mulher muito simpática, mas sem escrúpulos... considerava-se, acho, uma benfeitora."

– O senhor não tem ideia, supondo que essas histórias sejam verdadeiras, de quem poderia ter sido?

– Não. Não temos nenhuma pista. Partindo do princípio de que o assassino é louco, a insanidade é algo difícil de reconhecer em algumas de suas manifestações. Será que o assassino é alguém, digamos, que não gosta de idosos, que foi prejudicado, ou pelo menos acha que foi, por alguém da terceira idade? Ou será que é alguém com princípios pessoais de misericórdia, que acha que todos com mais de sessenta anos devem ser exterminados sem dor? Poderia ser qualquer um, claro. Uma paciente? Um membro da equipe... uma enfermeira ou uma empregada? Discuti bastante esse assunto com Millicent Packard, a gerente do lugar, uma mulher muito competente, arguta, empreendedora, o tempo todo ligada nas hóspedes e na própria equipe. A srta. Packard afirma que não suspeita de ninguém e não tem nenhuma pista, e estou certo de que é verdade.

– Mas por que o senhor veio falar comigo? O que posso fazer?

– Sua tia, a srta. Fanshawe, morou lá por alguns anos... uma mulher de inteligência considerável, apesar de fingir que não. Tinha seu jeito pouco convencional de se divertir, bancando a senil. Mas era uma mulher muito lúcida. O que eu gostaria que o senhor fizesse, sr. Beresford, é tentar se lembrar... o senhor e sua esposa. Tente se lembrar de algo que a srta. Fanshawe tenha dito ou feito que possa nos dar uma pista, que ela tenha visto ou observado, que alguém tenha lhe contado, que ela mesma tenha achado estranho. As senhoras de idade costumam observar bastante, e uma mulher esperta como a srta. Fanshawe devia saber muita coisa sobre o que acontecia num lugar como Sunny Ridge. Essas idosas não têm ocupação, de modo que dispõem de todo o tempo do mundo para olhar em volta e fazer deduções... e até chegar a conclusões... que podem parecer fantasiosas, mas que muitas vezes se mostram não apenas possíveis, como reais.

Tommy balançou a cabeça em sinal negativo.

– Entendo o que o senhor diz, mas não lembro de nada parecido.

– Sua mulher não está em casa, pelo que entendi. Será que ela não se lembra de algo que o senhor não tenha reparado?

– Vou perguntar a ela... mas acho que não. – Hesitou, mas resolveu dizer: – Olha, tinha uma coisa que preocupava minha mulher... sobre uma das senhoras, a sra. Lancaster.

– Sra. Lancaster? Sei.

– Minha mulher cismou que a sra. Lancaster foi levada por alguns supostos parentes de um modo brusco demais. Na verdade, a sra. Lancaster deu um quadro de presente para a minha tia, e minha mulher se sentiu na obrigação de devolvê-lo. Portanto, decidiu entrar em contato com ela, para saber se não queria o quadro de volta.

– Uma atitude louvável.

– Só que foi muito difícil entrar em contato com a sra. Lancaster. Minha mulher tinha o endereço do hotel em que deviam estar... a sra. Lancaster e seus parentes... mas ninguém com aquele nome tinha se hospedado lá, nem feito reserva.

– Sério? Que estranho!

– Sim. Tuppence também achou. Não deixaram outro endereço em Sunny Ridge. Aliás, tentamos várias vezes falar com a sra. Lancaster ou com a sra. Johnson... acho que era esse o nome... mas não conseguimos. Um procurador, parece, pagou todas as contas e acertou tudo com a srta. Packard. Entramos em contato com ele, mas ele só deu o endereço de um banco. Os bancos – disse Tommy, ironicamente – não nos fornecem muita informação.

– Não se os seus clientes disserem para não fornecer.

– Minha mulher escreveu para a sra. Lancaster, aos cuidados do banco, e para a sra. Johnson, mas nunca recebeu resposta.

– Estranho. Mas as pessoas nem sempre respondem as cartas que recebem. Talvez tenham viajado para fora.

– Exatamente... por isso não me preocupei, mas minha mulher sim. Está convencida de que algo aconteceu com a sra. Lancaster. Aliás, enquanto eu estava fora de casa, decidiu investigar mais a fundo. Não sei muito bem o que pretendia, talvez ver o hotel com os próprios olhos, ou o banco, ou o procurador. De qualquer forma, resolveu ir atrás de mais informações.

O dr. Murray olhava-o com educação, mas com uma espécie de enfado paciente.

– Do que ela desconfiava exatamente?

– Que a sra. Lancaster estivesse correndo perigo... ou até mesmo que algo lhe tivesse acontecido.

O médico levantou as sobrancelhas.

– Sério? Eu jamais pensaria...

– Isso pode parecer uma tolice para o senhor – disse Tommy –, mas minha mulher ligou dizendo que voltaria ontem à noite... e... *ela não voltou.*

– Ela disse realmente que *estava* voltando?

– Disse. Sabia que eu estava voltando para casa, de uma conferência a que tive que comparecer. Então, ligou para avisar nosso criado, Albert, de que voltaria para o jantar.

– E o senhor acha estranho ela não ter voltado? – perguntou o dr. Murray, olhando para Tommy agora com certo interesse.

– Sim – respondeu Tommy. – *Muito* estranho. Se Tuppence tivesse se atrasado ou mudado de planos, teria ligado ou enviado um telegrama.

– E o senhor está preocupado com ela?

– Estou – admitiu Tommy.

– Humm. Já foi à polícia?

– Não – respondeu Tommy. – O que a polícia ia pensar? Não que eu tenha motivo para achar que ela esteja em apuros ou correndo perigo. Digo, se ela tivesse sofrido um acidente ou estivesse no hospital, alguém teria me ligado logo, não teria?

– Acho que sim... se ela estivesse com algum documento que a identificasse.

– Estava com a carteira de motorista. E provavelmente cartas e várias outras coisas.

O dr. Murray franziu a testa.

Tommy continuou logo:

– E agora vem o senhor e me conta todas essas histórias de Sunny Ridge... Pessoas que morreram que não deveriam ter morrido. Suponhamos que aquela senhora soubesse de alguma coisa. Talvez tenha presenciado algo ou desconfiado... e tenha começado a falar sobre aquilo. Teria que ser silenciada de alguma forma. Então, foi levada para um lugar em que não pudesse ser encontrada. Faz muito sentido...

– É estranho, muito estranho. O que o senhor pretende fazer agora?

– Vou fazer minhas próprias investigações... Falar com esses procuradores primeiro. Pode ser que eles não tenham nada a ver com o caso, mas quero conhecê-los e tirar minhas próprias conclusões.

Capítulo 12

Tommy encontra um velho amigo

I

Do outro lado da rua, Tommy avaliou o escritório da Partingdale, Harris, Lockeridge & Partingdale.

Parecia uma empresa bem antiga e respeitada. A placa de metal na entrada já estava gasta, mas havia sido bem polida. Atravessou a rua, passou por aquelas portas de *saloon* e foi recebido pelo som opaco e desenfreado das máquinas de escrever.

Dirigiu-se a uma janela de mogno aberta à sua direita, onde se lia o aviso INFORMAÇÕES.

Lá dentro, via-se uma sala pequena com três mulheres datilografando e dois homens inclinados sobre as mesas copiando documentos.

A atmosfera era sufocante e cediça, com cheiro jurídico.

Uma mulher de uns 35 anos, séria, cabelo louro desbotado e *pince-nez*, levantou-se de sua máquina e veio até a janela.

– Em que posso ajudá-lo?

– Gostaria de falar com o sr. Eccles.

A mulher ficou ainda mais séria.

– O senhor tem horário marcado?

– Não. É que estou passando por Londres hoje.

– Sinto informar, mas o sr. Eccles está muito ocupado agora. Talvez outro funcionário...

– Preciso falar especificamente com o sr. Eccles. Já nos falamos por carta.

– Entendo. Poderia me dizer seu nome?

Tommy deu nome e endereço, e a moça loira foi ao telefone de sua mesa fazer uma consulta. Após uma conversa murmurada, voltou.

– O secretário vai levá-lo à sala de espera. O sr. Eccles o receberá em uns dez minutos.

Tommy foi conduzido a uma sala de espera com uma estante cheia de livros de Direito e uma mesa circular coberta de jornais financeiros. Sentou-se e ensaiou mentalmente seu método de abordagem. Perguntava-se como seria o sr. Eccles. Quando por fim o mandaram entrar e o sr. Eccles se levantou de sua mesa para recebê-lo, reparou que não tinha simpatizado com ele por algum motivo. Por que seria? Não via razão. O sr. Eccles era um homem de quarenta e poucos anos, de cabelo grisalho rareando um pouco nas têmporas. Tinha um rosto longo, triste, com expressão dura, olhos argutos e um sorriso simpático, que de vez em quando quebrava inesperadamente a melancolia natural de seu semblante.

– Sr. Beresford?

– Sim. É um assunto de pouca importância, mas minha mulher estava preocupada. Ela lhe escreveu, acho, ou talvez tenha ligado, para saber se o senhor poderia lhe dar o endereço da sra. Lancaster.

– Sra. Lancaster – repetiu o sr. Eccles, inexpressivo. Não era nem uma pergunta. Deixou apenas o nome flutuando no ar.

"Um homem cauteloso", pensou Tommy, "mas todos os advogados são cautelosos. Aliás, se fosse nosso advogado, preferiríamos que fosse cauteloso mesmo."

Continuou:

– Morava até pouco tempo atrás num lugar chamado Sunny Ridge, uma instituição... muito boa, por sinal...

para mulheres idosas. A propósito, uma tia minha morava lá e vivia muito bem.

– Sim, claro, claro. Lembrei agora. Sra. Lancaster. Parece que não mora mais lá. Estou certo?

– Sim – respondeu Tommy.

– No momento não lembro direito – esticou o braço para alcançar o telefone. – Vou só refrescar minha memória...

– Posso resumir a história – disse Tommy. – Minha mulher queria o endereço da sra. Lancaster porque está com um objeto que lhe pertencia. Um quadro, para ser mais exato. A sra. Lancaster tinha dado esse quadro de presente para minha tia, a srta. Fanshawe, que morreu há pouco tempo. Ficamos com seus poucos pertences, inclusive o quadro dado pela sra. Lancaster. Minha mulher o aprecia muito, mas se sente culpada de ficar com ele. Pensa que a sra. Lancaster o valoriza e, nesse caso, acha que precisa devolvê-lo.

– Entendi – disse o sr. Eccles. – Uma pessoa muito conscienciosa, sua mulher.

– Vai saber – disse Tommy, sorrindo – como os idosos se sentem em relação a seus pertences! A sra. Lancaster pode ter ficado feliz de dar o quadro para a minha tia, por saber que o admirava, mas como minha tia morreu logo depois de ter recebido o presente, talvez fosse injusto que passasse a mãos de estranhos. Não tem nenhum título no quadro. É uma pintura de uma casa de campo. Pode muito bem ser alguma residência de família relacionada com a sra. Lancaster.

– Certo, certo – disse o sr. Eccles –, mas não acho...

Bateram na porta e um funcionário entrou com uma folha de papel, que entregou para o sr. Eccles. O advogado examinou-a.

– Ah, sim, me lembro agora. Sim, a sra... – olhou rapidamente para o cartão de Tommy em sua mesa – Beresford me ligou e trocamos algumas palavras. Recomendei a ela que entrasse em contato com o Southern Counties Bank, agência Hammersmith. É o único endereço que conheço. As cartas endereçadas para o banco, aos cuidados da sra. Richard Johnson, serão entregues à destinatária. A sra. Johnson é uma sobrinha ou prima distante da sra. Lancaster, parece. Foi ela que resolveu tudo comigo em relação à ida da sra. Lancaster para Sunny Ridge. Pediu-me para obter todas as informações sobre a instituição, porque tinha ouvido falar do lugar de passagem, através de uma amiga. Pesquisamos a fundo e chegamos à conclusão de que era fora de série. Ao que consta, a parente da sra. Johnson, a sra. Lancaster, passou lá vários anos plenamente satisfeita.

– Mas deixou o lugar de forma muito repentina – Tommy levantou a questão.

– É verdade. A sra. Johnson, parece, voltou recentemente da África, sem avisar... como muita gente, aliás! Ela e o marido moraram muitos anos no Quênia. Estavam fazendo planos e sentiram-se capazes de cuidar de sua parente idosa. Não imagino o paradeiro atual da sra. Johnson. Recebi uma carta dela, agradecendo e acertando as contas. Na carta, ela diz que se alguém precisasse falar com ela, deveria escrever aos cuidados do banco, porque ainda não tinha decidido onde ia morar com o marido. Desculpe-me, sr. Beresford, isso é tudo que eu sei.

Era um sujeito gentil, mas firme. Não demonstrava nenhum tipo de constrangimento, nem perturbação. A objetividade de sua voz era bastante definida. Depois se soltou e seus modos se atenuaram um pouco.

– Não tenho motivo para me preocupar, sr. Beresford – disse, de modo tranquilizador. – Ou melhor, a sua mulher não tem motivo para se preocupar. A sra. Lancaster já é uma senhora de idade e sua memória já não funciona como antes. Provavelmente já nem se lembra mais do quadro. Deve ter uns 75, 76 anos. Nessa idade, a pessoa se esquece com facilidade.

– O senhor a conheceu pessoalmente?

– Não. Na verdade, nunca a vi.

– Mas o senhor conhecia a sra. Johnson?

– Encontrei com ela uma vez aqui, por acaso. Ela veio me fazer uma consulta. Uma mulher muito simpática, do tipo empresária. Muito responsável nos planos que fazia. – Levantou-se e disse – Desculpe-me não poder ajudá-lo, sr. Beresford.

Uma despedida gentil, mas firme.

Tommy saiu para a rua Bloomsbury e decidiu pegar um táxi. O pacote que estava carregando, apesar de não ser pesado, tinha um tamanho relativamente incômodo. Olhou por um momento para o edifício de onde acabara de sair. Um lugar respeitável, já estabelecido. Não faltava nada ali, aparentemente nada de errado na Partingdale, Harris, Lockeridge & Partingdale, nada de errado com o sr. Eccles, nenhum sinal de temor, desânimo, vacilação ou desconforto. Nos livros, pensou Tommy de mau humor, a menção do nome da sra. Lancaster ou da sra. Johnson provocaria um sobressalto de culpa ou um olhar evasivo. Algo que revelasse que aquele nome tinha um significado especial, que nem tudo estava bem. As coisas não são assim na vida real. O sr. Eccles era apenas um homem educado demais para se exasperar com o tempo desperdiçado naquele tipo de interrogatório que Tommy acabara de lhe fazer.

Mas de qualquer forma, pensou Tommy com seus botões, *não gosto do sr. Eccles.* Lembrou vagamente do passado, de pessoas que não tinha gostado por algum motivo. Muitas vezes aqueles pressentimentos – porque não passavam pressentimentos – haviam se confirmado. Porém, talvez fosse mais simples do que isso. Quem se relaciona com muitas pessoas na vida desenvolve uma espécie de intuição, exatamente como um especialista em antiguidades que já fareja falsificação antes mesmo de passar aos testes e exames de perícia. Sabe apenas que algo está errado. O mesmo acontece com quadros, e deve acontecer com o caixa do banco, quando recebe uma nota falsa.

"Nada de errado em seu discurso", pensou Tommy, "em sua aparência, mas ainda assim..." Acenou freneticamente para um táxi, que o olhou friamente, acelerou e passou direto. "Filho da mãe", xingou por dentro.

Olhou para a rua de cima a baixo, procurando um táxi mais prestativo. Havia muitas pessoas na calçada, algumas correndo, outras passeando. Um homem fitava uma placa de metal do outro lado. Após um exame detalhado, virou-se, e Tommy levou um susto. Conhecia aquele rosto. Observou o sujeito ir até o final da rua, parar, dar meia-volta e fazer o mesmo percurso de retorno. Alguém saiu do edifício. Nesse momento, o sujeito acelerou um pouco o passo, ainda caminhando do outro lado da rua, mas acompanhando o ritmo do homem que havia saído do prédio. O homem que havia saído da Partingdale, Harris, Lockeridge & Partingdale, segundo Tommy pôde perceber enquanto se afastava rapidamente, tratava-se quase certamente do sr. Eccles. No mesmo instante, surgiu lentamente um táxi à procura de passageiros. Tommy fez sinal e o carro encostou no meio-fio. Abriu a porta e entrou.

– Para onde?

Tommy hesitou por um momento, olhando seu pacote. Já ia dar um endereço, mas mudou de ideia e disse: – 14 Lyon Street.

Quinze minutos depois, chegou a seu destino. Após pagar o táxi, tocou a campainha e pediu para falar com o sr. Ivor Smith. Ao entrar numa sala do segundo andar, foi recebido por um homem, que levantou surpreso de sua mesa em frente à janela e veio falar com ele.

– Tommy, que bom ver você. Quanto tempo! O que anda fazendo aqui? Estava passeando e resolveu visitar os velhos amigos?

– Quem dera, Ivor.

– Imagino que esteja indo para casa, voltando da conferência, certo?

– Certo.

– Aquele mesmo palavrório de sempre, suponho. Ninguém diz nada de útil e não se chega a nenhuma conclusão.

– Exatamente. Um desperdício de tempo.

– A maior parte do tempo ouvindo o velho Bogie Waddock berrando, imagino. Um chato de galocha. Piora a cada ano.

– É verdade...

Tommy sentou-se na cadeira oferecida, aceitou um cigarro e disse:

– Estava me perguntando... mero palpite... se você não saberia alguma coisa de caráter desairoso a propósito de um tal de Eccles, advogado da empresa Partingdale, Harris, Lockeridge & Partingdale.

– Muito bem – disse Ivor Smith. Levantou as sobrancelhas. Eram sobrancelhas perfeitas para levantar. A ponta, perto do nariz, subia, e a outra ponta, do lado da bochecha, descia, numa extensão impressionante. Faziam ele, frente à mais leve provocação, aparentar grande perplexidade, embora fosse apenas uma expressão comum de seu rosto.

– Algum problema com o Eccles?

– O problema – disse Tommy – é que não sei nada sobre ele.

– E você quer saber algo sobre ele.

– Sim.

– Humm. Por que você veio aqui?

– Vi o Anderson na calçada. Fazia muito tempo que não o via, mas o reconheci. Estava espionando um sujeito. Seja quem for, essa pessoa saiu do edifício em que eu estava. No prédio, há dois escritórios de advocacia e um de contabilidade. Claro que o sujeito podia estar em qualquer um dos três escritórios, ou talvez trabalhasse lá. Mas um homem andando pela rua me pareceu o Eccles. E fiquei me perguntando se por algum feliz acaso não seria ele que o Anderson estava seguindo.

– Humm – fez Ivor Smith. – Tommy, você sempre foi ótimo em adivinhar as coisas.

– Quem é Eccles?

– Não sabe? Não faz ideia?

– Não – respondeu Tommy. – Resumindo, fui falar com ele para pedir informações sobre uma senhora que saiu recentemente de um lar de idosos. O procurador que resolveu tudo foi o sr. Eccles, com total decoro e eficiência. Eu queria o endereço atual dela e ele disse que não tinha. Talvez não tivesse mesmo, mas fiquei na dúvida. É a única pista que tenho de seu paradeiro.

– E você quer encontrá-la?

– Sim.

– Não sei se posso ajudar muito. Eccles é um advogado muito respeitável, seguro, com uma boa renda, muitos clientes respeitáveis, trabalha para a pequena nobreza rural, classes profissionais e militares aposentados – soldados, marinheiros, generais e almirantes. É o modelo de respeitabilidade. Pelo que você me diz, fazia tudo estritamente dentro das normas.

– Mas vocês estão... interessados nele – insinuou Tommy.

– Sim, estamos muito interessados no sr. James Eccles. – Suspirou. – Estamos interessados há pelo menos seis anos, e não progredimos muito.

– Muito interessante – disse Tommy. – Vou perguntar de novo. Quem *é* exatamente o sr. Eccles?

– Quer dizer, o que suspeitamos que ele tenha feito? Bem, para resumir em uma frase, suspeitamos que ele seja um dos maiores cérebros da atividade criminosa deste país.

– Atividade criminosa? – Tommy parecia surpreso.

– Sim. Sem espionagem, contraespionagem. Nada. Simplesmente atividade criminosa. Um homem, pelo que descobrimos até agora, que jamais cometeu um crime na vida. Nunca roubou nem falsificou nada, nunca desviou fundos. Não temos prova contra ele. No entanto, sempre que há algum grande roubo organizado, lá encontramos, num canto dos bastidores, o sr. Eccles levando sua vida irreprochável.

– Seis anos – disse Tommy, pensativo.

– Talvez mais do que isso. Levei um tempo para descobrir qual era o esquema. Assaltos a banco, roubo de joias privadas, tudo o que envolvia muito dinheiro. Em todos os casos, havia o mesmo padrão. Não dá para imaginar que não tenha sido a mesma mente que arquitetou tudo. Os executores dos crimes nunca tiveram que planejar nada. Iam onde lhes diziam, cumpriam ordens, não precisavam pensar. Alguém fazia essa parte por eles.

– E por que vocês suspeitam do sr. Eccles?

Ivor Smith balançou a cabeça negativamente, pensativo.

– Levaria muito tempo para contar. É um homem de muitos contatos. Gente com quem joga golfe, que utiliza seu carro, firmas de corretores da Bolsa que operam para ele. Encontramos também algumas empresas de negócios irrepreensíveis em sua ficha. As coisas estão ficando mais claras, mas sua participação nisso tudo não está tão clara, exceto que se ausenta de um modo conspícuo em certas ocasiões. Um grande assalto a banco muito bem-arquitetado (sem gastos, veja bem), com plano de fuga e tudo, e onde está o sr. Eccles quando o roubo acontece? Monte Carlo, Zurique ou talvez pescando salmão na Noruega. Pode ter certeza de que nunca será encontrado num raio de cento e cinquenta quilômetros do local do crime.

– Ainda assim vocês suspeitam dele?

– Claro. Tenho certeza, mas se vamos conseguir agarrá-lo já não sei. O homem que cavou um túnel no banco, o sujeito que nocauteou o vigia noturno, o caixa que estava lá desde o início, o gerente que passou as informações, ninguém conhece o sr. Eccles, provavelmente jamais o viram. Existe toda uma quadrilha... e ninguém conhece mais do que um elo da cadeia.

– O velho plano da célula?

– Sim, mais ou menos. Mas há um pensamento inicial. Algum dia surgirá uma oportunidade. Alguém que não devia saber de *nada* saberá *alguma coisa*. Algo simples e trivial, talvez, mas que possa servir de prova.

– Ele é casado? Tem filhos?

– Não, nunca assume riscos como esses. Mora sozinho, com caseiro, jardineiro e mordomo. Recebe as pessoas de forma bastante acolhedora, e posso jurar que todo mundo que vai à sua casa como convidado está acima de qualquer suspeita.

– E ninguém está enriquecendo?

– Uma boa questão, Thomas. Alguém *devia* estar enriquecendo. Devíamos estar *vendo* alguém enriquecendo. Mas está tudo muito bem planejado. Grandes vitórias em corridas de cavalo, investimentos em ações, coisas arriscadas que dão muito dinheiro e, aparentemente, tudo de forma legal. Existe uma quantidade absurda de dinheiro depositada no exterior, em países e cidades diferentes. Um grande esquema de fazer dinheiro... e o dinheiro sempre em movimento... indo de um lugar para outro.

– Bem – disse Tommy –, boa sorte para vocês. Espero que encontrem quem estão procurando.

– Acho que vamos encontrar mesmo, algum dia. Talvez se conseguirmos tirá-lo de sua rotina.

– Tirá-lo como?

– Com perigo – respondeu Ivor. – Fazendo-o sentir que está em perigo, que tem alguém no seu rastro. Deixando-o constrangido. Quando conseguimos isso, o sujeito é capaz de qualquer besteira. Acaba cometendo um erro. É assim que os pegamos. Mesmo os mais inteligentes, que não dão um passo em falso. Basta se amedrontar um pouquinho que já mete os pés pelas mãos. Tenho esperança. Agora, me conte sua história. Você pode saber de algo útil.

– Nada relacionado a crimes... só bobagem.

– Quero ouvir.

Tommy contou sua história sem desculpas indevidas pela trivialidade. Sabia que Ivor não era homem de desprezar bagatelas. Ao contrário, foi direto ao ponto que trouxera Tommy ali.

– E a sua mulher desapareceu, é isso?

– É atípico dela.

– Isso é sério.

– Bota sério nisso.

– Imagino. Só encontrei sua esposa uma vez. Ela é viva.

– Quando sai atrás de algo é pior do que cão farejador – disse Thomas.

– Já foi à polícia?

– Não.

– Por que não?

– Bem, primeiro porque acredito que ela esteja bem. Tuppence sempre está bem. É que ela tem a mania de correr atrás de qualquer lebre que lhe apareça pela frente. Não deve ter tido tempo de ligar.

– Humm. Não gosto nada disso. Ela está procurando uma casa, é isso? Interessante, porque entre todas as pistas que seguimos – que não nos levaram muito longe, a propósito –, nos deparamos com uma rede de corretoras imobiliárias.

– Corretoras imobiliárias? – Tommy parecia surpreso.

– Sim. Imobiliárias honestas, comuns e quase sem projeção em cidades provincianas de diferentes partes da Inglaterra, mas nenhuma muito longe de Londres. A empresa do sr. Eccles trabalha muito com agentes imobiliários. Às vezes, ele é o advogado dos compradores, e às vezes está do lado dos vendedores. Além disso, utiliza diversas imobiliárias, em nome de seus clientes. Chegamos a nos perguntar por quê. Nada disso parece muito lucrativo, sabe como é.

– Mas acham que pode significar alguma coisa ou levar a algum lugar?

– Bem, lembra do grande roubo do Banco de Londres alguns anos atrás? Havia uma casa no campo... uma casa isolada. Era o esconderijo dos ladrões. Ninguém os via muito, mas era lá que escondiam o produto do roubo. Os moradores da região começaram a desconfiar, perguntando-se quem eram aqueles indivíduos que entravam e saíam em horários tão estranhos. Vários carros chegavam no meio da noite e depois iam embora. Os habitantes da província ficam curiosos em relação à vida de seus vizinhos. Como era de se esperar, a polícia deu uma batida na casa, apreendeu parte do que havia sido roubado e prendeu três homens, inclusive um que foi reconhecido e identificado.

– E isso não os ajudou em nada?

– Na verdade, não. Os bandidos não falaram nada. Estavam bem representados, tinham bons advogados. Foram condenados a muitos anos de prisão, mas um ano e meio depois estavam em liberdade de novo. Uma fuga e tanto.

– Acho que li algo a respeito. Um sujeito desapareceu da corte penal para onde havia sido levado por dois carcereiros.

– Isso. Tudo muito bem-planejado e com muito dinheiro envolvido. Mas achamos que a pessoa responsável pelo esconderijo acabou se dando conta de que havia cometido um erro ao manter uma casa por tanto tempo, a ponto de despertar o interesse dos vizinhos. Alguém, talvez, achou melhor ter auxiliares que morassem, digamos, em cerca de *trinta* casas em *lugares diferentes.* As pessoas vêm e compram a casa, mãe e filha, por exemplo, uma viúva, ou um militar aposentado junto com a esposa. Gente pacata, de bom caráter. Fazem alguns reparos na casa, contratam um pedreiro local para dar um jeito na parte hidráulica e talvez alguma empresa em Londres para cuidar da decoração, e então, um ano e meio depois, por qualquer motivo, decidem vender a propriedade e vão morar no exterior. Algo assim. Tudo muito natural. Durante a locação, a casa talvez tenha sido usada para propósitos bastante insólitos! Mas ninguém suspeita muito. Os amigos vêm visitá-los, sem muita frequência. Só de vez em quando. Uma noite, digamos, acontece uma espécie de festa de aniversário para um casal de meia-idade ou de idosos. Um grande movimento de carros. Imagine que acontecem cinco grandes roubos em seis meses, mas o dinheiro fica passando de casa em casa ou é guardado não só em uma, mas em cinco casas diferentes em cinco lugares diferentes da região. Ainda é apenas uma suposição, meu caro Tommy, mas estamos seguindo nessa direção. Digamos que a velhinha da sua história se desfaça de um quadro de uma certa casa, e se trate de um local *significativo.* Sua mulher reconhece a casa em algum lugar e começa a investigá-la. Suponha que alguém não queira que a casa seja investigada... Tudo pode ter ligação.

– Não faz muito sentido.

– Eu sei, mas estamos vivendo em tempos absurdos... Acontecem coisas incríveis neste mundo.

II

Um tanto cansado, Tommy desceu do quarto táxi que pegava no mesmo dia e olhou em volta, avaliando o local. O táxi o havia deixado num pequeno beco sem saída, dissimulado timidamente sob uma das protuberâncias de Hampstead Heath, e que parecia ter sido exposto a "melhoramentos" artísticos. Cada casa era totalmente diferente uma da outra. Essa, em particular, consistia em um grande estúdio com claraboias e ligado a uma espécie de minúsculo conjunto de três quartos, cujo acesso era feito por uma escada verde-clara. Tommy abriu o pequeno portão, seguiu até a porta e, não encontrando nenhuma campainha, utilizou a aldrava. Como não obteve resposta, parou um momento e voltou a bater, um pouco mais forte dessa vez.

A porta se abriu tão de repente que Tommy quase caiu para trás. Uma mulher.

À primeira vista, a mais feia que já tinha visto. Rosto largo e achatado, dois olhos enormes de cores absurdamente díspares, um verde e um castanho, uma testa generosa coroada por um tufo de cabelos eriçados. Vestia um macacão roxo com manchas de argila. Tommy reparou que a mão que segurava a maçaneta era linda na estrutura.

– Oh – exclamou ela. Sua voz era profunda e muito bonita. – O que foi? Estou ocupada.

– Sra. Boscowan?

– Sim. O que deseja?

– Meu nome é Beresford. Gostaria de falar com a senhora.

– Não sei se vai dar. Precisa mesmo? O que é... é sobre algum quadro? – perguntou, olhando para o pacote embaixo do braço de Tommy.

– Sim. Sobre um quadro do seu marido.

– O senhor quer vendê-lo? Já tenho muitos quadros dele. Não quero comprar mais. Tente em uma dessas galerias. Eles estão começando a comprar quadros do meu marido agora. Mas o senhor não parece estar vendendo quadros.

– Não mesmo, não quero vender nada.

Tommy sentiu muita dificuldade em conversar com aquela mulher. Os olhos dela, apesar de diferentes um do outro, eram muito elegantes, e agora olhavam a rua por sobre o seu ombro, com ar de interesse peculiar num ponto à distância.

– Por favor – insistiu Tommy. – Deixe-me entrar. Não é fácil explicar.

– Se for pintor, não quero conversar – avisou a sra. Boscowan. – Acho os pintores chatíssimos, sempre.

– Não sou pintor.

– Não parece pintor mesmo – disse, avaliando-o de cima a baixo. – Parece mais um funcionário público – falou, em tom de desaprovação.

– Posso entrar, sra. Boscowan?

– Não sei. Espere.

Fechou a porta abruptamente. Tommy esperou. Quatro minutos depois, mais ou menos, a porta se abriu de novo.

– Tudo bem – disse ela. – Pode entrar.

Conduziu-o por uma escada estreita ao grande estúdio. Num canto, havia uma escultura e diversos instrumentos ao lado. Martelos e cinzéis. Havia também uma cabeça feita de argila. O lugar todo parecia ter sido recentemente invadido por uma gangue de bárbaros.

– Nunca tem lugar para sentar aqui – disse a sra. Boscowan.

Tirou várias coisas de cima de um banco de madeira e empurrou-o para Tommy.

– Sente-se aqui e fale.

– Muito gentil da sua parte me deixar entrar.

– Sim, mas o senhor parece tão preocupado. Está preocupado, não está, com alguma coisa?

– Estou.

– Sabia. Por quê?

– Minha mulher – respondeu Tommy, surpreendendo-se com a resposta.

– Preocupado com sua mulher? Não há nada de estranho nisso. Os homens sempre se preocupam por causa das mulheres. Qual o problema... ela foi embora com outro cara ou caiu na farra?

– Não. Nada disso.

– Está morrendo? Tem câncer?

– Não – respondeu Tommy. – Apenas não sei onde está.

– E acha que eu sei? Melhor me dizer o nome dela e contar alguma coisa se quiser que eu ajude. Não tenho certeza, veja bem – disse a sra. Boscowan – de que vou querer. Estou avisando.

– Graças a Deus – exclamou Tommy –, conversar com a senhora é mais fácil do que eu tinha imaginado.

– O que o quadro tem a ver com a história? É um quadro, não? Deve ser, pelo tamanho.

Tommy desembalou o pacote.

– É um quadro assinado pelo seu marido – disse Tommy. – Quero que a senhora me diga tudo o que souber.

– Entendo. O que exatamente quer saber?

– Quando ele foi pintado e onde.

A sra. Boscowan olhou para ele, pela primeira vez com algum interesse nos olhos.

– Bem, isso não é difícil – disse. – Posso lhe contar. Esse quadro foi pintado há uns quinze anos... Não, há muito mais tempo do que isso, imagino. É um dos seus primeiros quadros. Vinte anos, eu diria.

– A senhora sabe onde fica esse lugar?

– Sei, claro, lembro muito bem. Esse quadro é lindo. Sempre gostei dele. Essa é a ponte arqueada, com a casa. O nome do lugar é Sutton Chancellor. Fica a uns doze quilômetros de Market Basing. A casa em si fica pertinho de Sutton Chancellor. Um lugar maravilhoso, isolado.

Foi até o quadro, inclinou-se sobre ele e o examinou de perto.

– Engraçado – disse. – Muito estranho, pensando agora.

Tommy não prestou muita atenção.

– Qual o nome da casa? – perguntou.

– Não lembro. Mudou de nome várias vezes. Não sei o que houve lá. Aconteceram algumas tragédias, parece, e então os próximos donos mudaram o nome da casa. Chamava-se "casa do canal", ou "beira do canal". Depois de um tempo, passou a se chamar "casa da ponte" e por fim Meadowside... ou Riverside.

– Quem morava lá... ou quem mora lá agora, a senhora sabe?

– Ninguém que eu conheça. Um casal tinha alugado a casa quando a vi pela primeira vez. Vinham nos fins de semana. Não eram casados, acho. A menina era bailarina. Devia ser atriz... não, acho que era bailarina mesmo. Dançava balé. Muito bonita, mas meio burra. Simples, quase necessitada. William tinha uma queda por ela, lembro.

– Ele a pintou?

– Não. Não costumava pintar retratos. Dizia que tinha vontade de desenhar certas pessoas, mas nunca desenhou muito. Sempre foi meio bobo por meninas.

– Eram eles que moravam lá quando seu marido pintou a casa?

– Acho que sim. De qualquer maneira, não o tempo todo. Só vinham nos fins de semana. Então parece que houve uma briga. Discutiram e ele a deixou... ou vice-versa. Eu não estava lá, estava trabalhando em Coventry na época. Participava de um grupo. Depois disso, acho que ficou apenas uma governanta na casa, com uma criança, filha não sei de quem. Imagino que a mulher cuidava dela. Aí, pelo que me lembro, aconteceu alguma coisa com a criança. A governanta a levou para algum lugar, ou talvez tenha morrido. Mas me diga, por que o interesse em pessoas que moraram na casa há vinte anos?

– Quero que me conte tudo o que puder sobre a casa – disse Tommy. – Minha mulher chegou a viajar para procurá-la. Disse que a tinha visto do trem em algum lugar.

– Isso mesmo – disse a sra. Boscowan –, o trilho do trem margeia o outro lado da ponte. Deve dar para ver a casa muito bem dali. – Depois perguntou: – Por que ela queria encontrar essa casa?

Tommy deu uma explicação resumida... A sra. Boscowan olhou-o desconfiada.

– O senhor não saiu de um hospício ou qualquer coisa do gênero, não, né? – perguntou. – Está de licença, como eles dizem.

– Sei que parece loucura – admitiu Tommy –, mas é sério. Minha mulher queria saber mais sobre a casa, e então planejou uma série de viagens de trem para descobrir onde a tinha visto. Imagino que tenha encontrado. Acho que foi para um lugar chamado... alguma coisa Chancellor.

– Sutton Chancellor, sim. Era um lugar bem insignificante. Claro que deve ter se desenvolvido bastante desde então. Talvez seja até uma dessas novas cidades residenciais de hoje.

– Vai saber – disse Tommy. – Ela ligou avisando que estava voltando, mas não voltou, e eu quero saber o que aconteceu com ela. Talvez tenha começado a investigar e acabou se metendo em perigo.

– Que perigo pode haver?

– Não sei – respondeu Tommy. – Nenhum de nós dois sabia. Nem cheguei a cogitar que poderia haver perigo, mas minha mulher sim.

– Intuição?

– Possivelmente. Ela é um pouco assim. Tem pressentimentos. A senhora já ouviu falar ou conheceu alguma sra. Lancaster há vinte anos ou em qualquer outra época até um mês atrás?

– Sra. Lancaster? Não, acho que não. É o tipo de nome que lembraria. Não mesmo. Qual a questão com a sra. Lancaster?

– Era a dona do quadro. Resolveu dá-lo de presente para uma tia minha. Depois, foi embora de um asilo de forma repentina, levada pelos parentes. Tentei encontrá-la, mas a tarefa é árdua.

– Quem é que tem imaginação fértil mesmo, o senhor ou a sua mulher? Acho que o senhor pensou demais e ficou um pouco perturbado, se me permite dizer.

– Sim, sim, concordo – admitiu Tommy. – Perturbado, e sem motivo nenhum. É isso o que a senhora quer dizer, não é? Acho que tem razão.

– Não – disse a sra. Boscowan, com a voz levemente alterada. – Não disse sem motivo nenhum.

Tommy olhou-a sem entender direito.

– Tem uma coisa estranha nesse quadro – continuou a sra. Boscowan. – Muito estranha. Lembro muito bem dele. Lembro da maioria dos quadros do William, embora tenha pintado muitos.

– A senhora lembra quem comprou o quadro, se é que ele foi vendido?

– Não, isso eu não lembro. Acho que foi vendido sim. William vendeu aos montes numa das exposições. Houve muita procura três ou quatro anos antes deste e mais uns dois anos depois. Foram quase todos vendidos, mas não lembro para quem. Já é querer saber demais.

– Agradeço muito por todas as informações.

– O senhor não perguntou por que eu disse que havia algo estranho nesse quadro.

– Quer dizer que esse quadro não é do seu marido... outra pessoa o pintou?

– Não, não. Esse quadro foi pintado pelo William sim. “A casa do canal”, se chamava no catálogo. Mas não está como era. Está vendo, tem algo de errado no quadro.

– O que há de errado no quadro?

A sra. Boscowan esticou um dedo sujo de argila e apontou para um lugar bem abaixo da ponte sobre o canal.

– Aqui – disse. – Está vendo? Tem um barco amarrado na ponte, não tem?

– Sim – respondeu Tommy, intrigado.

– Então. Esse barco não estava aí na última vez que o vi. William nunca pintou esse barco. Na exposição, *não havia barco nenhum.*

– A senhora está me dizendo que outra pessoa sem ser o seu marido pintou o barco depois?

– Sim. Estranho, né? Por que será? Primeiro, fiquei surpresa de ver o barco aí, onde não havia barco nenhum. Depois, achei estranho o barco não ter sido pintado pelo William. *Ele* não pintou esse barco. Alguém pintou. Mas quem?

Olhou para Tommy.

– E por quê?

Tommy não tinha resposta. Olhou para a sra. Boscowan. Sua tia Ada a teria chamado de cabeça de vento, mas Tommy não a enxergava dessa maneira. Era vaga, com um jeito meio abrupto de mudar de assunto. O que dizia parecia pouco relacionado com o que dissera no minuto anterior. Era o tipo de pessoa, analisou Tommy, que guarda para si a maior parte de suas observações. Será que amara o marido, será que sentira ciúmes dele, será que o desprezara? Não dava para saber pelo seu jeito, nem pelas palavras. Teve a impressão, porém, de que aquele barquinho embaixo da ponte lhe causara desconforto. Não tinha gostado do barco ali. De repente ficou imaginando se o que ela dissera seria verdade. Será que conseguia mesmo se lembrar, depois de tantos anos, se o sr. Boscowan tinha ou não pintado um barco debaixo da ponte? Era um detalhe tão insignificante! Se tivesse visto o quadro um ano antes, ainda vá lá, mas pelo jeito havia sido há muito mais tempo do que isso. E ela ficara desconfortável. Olhou-a de novo e viu que ela estava olhando para ele, não com o olhar desafiante, apenas reflexivo, muito reflexivo.

– O que pretende fazer agora? – perguntou.

Isso era fácil. Tommy não tinha dúvidas do que faria.

– Vou voltar para casa à noite, ver se minha mulher deu notícias. Caso contrário, vou a esse lugar amanhã – disse. – Sutton Chancellor. Espero que ela esteja lá.

– Isso depende – disse a sra. Boscowan.

– Depende de quê? – perguntou Tommy, ríspido.

A sra. Boscowan franziu a testa e murmurou, aparentemente para si mesma.

– Onde será que ela está?

A sra. Boscowan, que tinha o olhar distraído, voltou a olhar para Tommy.

– Ah – disse –, sua mulher, eu queria dizer. – E acrescentou – Espero que ela esteja bem.

– Por que ela não estaria bem? Fale a verdade, sra. Boscowan. Existe algo de errado com aquele lugar, Sutton Chancellor?

– Com Sutton Chancellor? Com o lugar? – Parou para pensar. – Não, não com o *lugar*.

– Eu estava falando da casa, da casa do canal, não da aldeia.

– Ah, a casa – disse a sra. Boscowan. – Era uma boa casa, para falar a verdade. Para casais.

– Algum casal morou lá?

– Às vezes. Não com tanta frequência. Se uma casa é construída para casais, deve ser ocupada por casais.

– Não deve ser usada para outros fins.

– O senhor é rápido – disse a sra. Boscowan. – Entendeu o que eu quis dizer, não? Não podemos dar outro uso a uma casa que foi construída com um propósito. Sai tudo errado.

– O que a senhora sabe sobre as pessoas que moraram lá nos últimos anos?

– Não sei nada. Essa casa nunca foi importante para mim.

– Mas a senhora está pensando em alguma coisa, não está? Em alguém.

– Sim – respondeu a sra. Boscowan. – Tem razão. Eu estava pensando em... alguém.

– Poderia me dizer em quem estava pensando?

– Não há nada a dizer, na verdade – disse a sra. Boscowan. – Às vezes, sabe, nos perguntamos apenas por onde andará determinada pessoa, o que terá acontecido com ela ou que fim teve. Esse tipo de coisa – fez um sinal com a mão. – Aceita um arenque? – perguntou de súbito.

– Um arenque? – repetiu Tommy, surpreso.

– É que comprei uns arenques e pensei que pudesse querer comer antes de pegar o trem. A estação para Sutton Chancellor se chama Waterloo – informou. – Antes, era necessário fazer baldeação em Market Basing. Acho que ainda é assim.

Era uma despedida. Tommy aceitou.

Capítulo 13

Albert detetive

I

Tuppence piscou os olhos, com a visão bastante turva. Tentou erguer a cabeça do travesseiro, mas uma dor aguda lhe fez retroceder. Fechou os olhos, abriu-os logo em seguida e piscou de novo.

Reconheceu onde estava, com sensação de conquista. "Estou numa enfermaria de hospital", pensou. Satisfeita com seu progresso mental até o momento, tentou fazer mais deduções. Estava numa enfermaria e sua cabeça doía. Por que sua cabeça doía, por que ela estava num hospital? Não sabia ao certo. "Acidente?"

Havia enfermeiras rondando por ali. Muito natural. Fechou os olhos e procurou ser cautelosa ao pensar. Uma visão longínqua de uma pessoa idosa com roupa clerical passou pela sua mente. "Pai?", pensou Tuppence, em dúvida. "É o senhor?" Não lembrava. Achava que sim.

"Mas o que estou fazendo num hospital? Sou enfermeira, deveria estar de uniforme, do Destacamento de Ajuda Voluntária. Ai, meu Deus."

Mal terminou de pensar e uma enfermeira apareceu perto de sua cama.

– Está se sentindo melhor agora, querida? – perguntou a enfermeira com tom de falsa animação. – Que bom.

Tuppence não sabia direito se era bom. A enfermeira disse alguma coisa sobre um bom chá.

"Sou uma paciente", concluiu Tuppence com certa irritação. Permanecia deitada, vendo surgir diversos pensamentos e palavras soltas na cabeça.

– Soldados – disse. – Destacamento de Ajuda Voluntária. É isso, claro. Faço parte do Destacamento de Ajuda Voluntária.

A enfermeira trouxe chá numa caneca de hospital e ajudou Tuppence a tomá-lo. A dor na cabeça voltou.

– Destacamento de Ajuda Voluntária, é nisso que eu trabalho – exclamou Tuppence.

A enfermeira olhou-a sem entender nada.

– Minha cabeça está doendo – disse Tuppence.

– Vai melhorar logo – tranquilizou a enfermeira.

Levou a caneca, informando a uma companheira enquanto se retirava: "A paciente 14 acordou. Está um pouco tonta ainda."

– Ela falou alguma coisa?

– Disse que era VIP – respondeu a enfermeira.

Sua companheira deu um risinho indicando sua opinião a respeito de pacientes pouco importantes que se julgavam VIPs.

– Já veremos – disse. – Vamos logo, não vai ficar o dia inteiro com essa caneca.

Tuppence continuava sonolenta, enfiada nos travesseiros. Ainda não havia ultrapassado o estágio de permitir que os pensamentos lhe invadissem a cabeça de forma totalmente desorganizada.

Sentia a falta de alguém, uma pessoa que conhecia intimamente. Havia algo muito estranho naquele hospital. Não era o hospital de antes, o hospital em que trabalhara. "Estava cheio de soldados", disse para si mesma. "O pavilhão cirúrgico... eu ficava nas fileiras A e B." Abriu os olhos e examinou em volta de novo. Chegou à conclusão de que nunca havia estado ali, que aquele lugar não tinha nada a ver com casos cirúrgicos, militares ou não.

– Onde será que estou? – perguntou-se Tuppence. – Que lugar é este? – Tentou lembrar. Os únicos lugares em que conseguia pensar eram Londres e Southampton.

A outra enfermeira apareceu.

– Está se sentindo melhor? Imagino que sim – disse.

– Estou bem – disse Tuppence. – O que aconteceu?

– A senhora bateu a cabeça. Deve estar doendo, não?

– Está doendo sim – respondeu Tuppence. – Onde estou?

– Hospital de Market Basing.

Tuppence considerou a informação. Não significava nada para ela.

– Um sacerdote de idade – disse.

– Como?

– Nada não. Eu...

– Ainda não escrevemos seu nome na folha de controle – disse a enfermeira.

Estava com a caneta na mão, esperando que Tuppence dissesse seu nome.

– Meu nome?

– Sim – respondeu a enfermeira. – Para registrar – explicou, solícita.

Tuppence fez silêncio. Seu nome. Qual era seu nome? "Que bobeira", pensou, "esqueci meu nome. Mas devo ter um nome." De repente, sentiu alívio. O rosto do sacerdote iluminou-se em sua cabeça e ela respondeu, com firmeza:

– Claro. Prudence.

– P-r-u-d-e-n-c-e?

– Isso – confirmou.

– Prudence de quê?

– Cowley. C-o-w-l-e-y.

– Que bom que resolvemos essa questão – disse a enfermeira, saindo com ar de quem não se preocupava mais com aquilo.

Tuppence ficou feliz consigo mesma. Prudence Cowley. Prudence Cowley, do Destacamento de Ajuda Voluntária, seu pai era um sacerdote em alguma igreja, era tempo de guerra e... "Engraçado", pensou Tuppence, "acho que estou entendendo tudo errado. Parece que tudo aconteceu há muito tempo." Murmurou: "A coitadinha era sua filha?" Não sabia se havia acabado de dizer aquilo ou se alguém havia perguntado aquilo para ela.

A enfermeira voltou.

– Seu endereço – pediu – srta... srta. Cowley, ou será sra. Cowley? Perguntou sobre uma criança?

– A coitadinha era sua filha? Alguém me perguntou isso ou eu perguntei isso para alguém?

– Se eu fosse a senhora, dormiria um pouco agora – recomendou a enfermeira.

Saiu e levou a informação que obtivera para o setor responsável.

– Parece ter recobrado os sentidos, doutor – comentou. – Diz que se chama Prudence Cowley, mas não se lembra de seu endereço. Falou alguma coisa sobre uma criança.

– Muito bem – disse o médico, com seu ar casual de costume –, vamos lhe dar mais 24 horas. Ela está se recuperando muito bem do choque.

II

Tommy procurava desajeitado a chave quando Albert veio abrir a porta.

– E aí, ela voltou? – perguntou Tommy.

Albert fez sinal de não com a cabeça.

– Nenhuma notícia, ligação, carta, telegrama?

– Nada, senhor. Nadinha. E de ninguém mais. Eles estão se escondendo... mas estão com ela. É o que eu acho. Estão com ela.

– Que loucura é essa agora? "Eles estão com ela" – exclamou Tommy. – Essas coisas que você lê. Quem está com ela?

– O senhor sabe o que quero dizer. A gangue.

– Que gangue?

– Uma dessas gangues com canivetes automáticos, talvez. Ou uma quadrilha internacional.

– Não fale besteira – disse Tommy. – Sabe o que eu acho?

Albert ficou esperando a resposta.

– Acho que é uma falta de consideração da parte dela não dar nenhuma notícia – declarou.

– Entendo o que o senhor quer dizer – disse Albert. – Talvez seja mais fácil ver as coisas desse ângulo mesmo – acrescentou, resignado. Pegou o pacote da mão de Tommy. – Vejo que trouxe o quadro de volta.

– Sim, trouxe essa maldita tela de volta – falou Tommy. – Não serviu para nada.

– O senhor não descobriu nada com o quadro?

– Estou sendo injusto – disse Tommy. – Descobri algumas coisas sim, mas se isso vai ter alguma utilidade já não sei. O dr. Murray não ligou, imagino, nem a srta. Packard de Sunny Ridge, né? Nada.

– Ninguém ligou, exceto o verdureiro, para dizer que está com umas berinjelas maravilhosas. Ele sabe que a patroa gosta de berinjelas, e sempre avisa. Contei a ele que ela não estava no momento. – Mudando de assunto: – Preparei frango para o jantar.

– Você não consegue pensar em outro prato além de frango, não é, Albert? – disse Tommy, sem tato.

– Dessa vez preparei o chamado *galeto* – informou Albert.

– Tudo bem – disse Tommy.

O telefone tocou. Tommy pulou da cadeira e foi correndo atender.

– Alô... Alô?

Ouvia-se uma voz muito distante.

– Sr. Thomas Beresford? Ligação interurbana de Invergashly. O senhor aceita?

– Sim.

– Aguarde na linha, por favor.

Tommy aguardou. Foi se acalmando. Teve que esperar um tempo. Até que veio uma voz conhecida, firme e decidida. Era sua filha.

– Alô, paizinho?

– Deborah!

– Oi. Por que está tão ofegante? Estava correndo?

Filhas, exclamou Tommy em pensamento, sempre críticas!

– É a idade – foi a desculpa. – Como vai, Deborah?

– Vou bem. Pai, li uma notícia no jornal. Talvez tenha lido também. Fiquei querendo saber o que aconteceu. Uma notícia de um acidente, e que a pessoa estava no hospital.

– É? Acho que não li nada a respeito. Quero dizer, não reparei. Por quê?

– Não parecia tão grave. Acho que foi um acidente de carro, alguma coisa assim. Dizia que a mulher, não sei quem era... uma senhora... se identificou como Prudence Cowley, mas não sabia o endereço de casa.

– Prudence Cowley? Quer dizer...

– É. Fiquei me perguntando. Esse é o nome da mamãe, não é? Quer dizer, era.

– É.

– Sempre esqueço. Nunca a vimos como Prudence, você, eu e o Derek.

– É verdade – disse Tommy. – Não mesmo. Um tipo de nome que não associaríamos à sua mãe.

– Sim, eu sei. Achei apenas... muito estranho. Acha que pode ser algum parente?

– Acho. Onde foi o acidente?

– Parece que a mulher está no hospital de Market Basing. Queriam saber mais sobre ela. Fiquei me perguntando... sei que é besteira, deve haver várias Cowleys e várias Prudences. Mas achei melhor ligar e perguntar, para saber se a mamãe estava em casa e se está tudo bem.

– Entendo – disse Tommy. – Entendo.

– Então, pai, ela está em casa?

– Não – respondeu Tommy –, ela não está em casa, e não sei se está bem ou não.

– Como assim? – perguntou Deborah. – O que a mamãe andou aprontando? Você foi para Londres, para aquele encontro ultrassecreto jogar conversa fora com os amigos, não?

– Isso mesmo – disse Tommy. – Voltei ontem à noite.

– E quando chegou, a mamãe não estava... ou você sabia que ela não estaria? Vamos, pai, conte tudo. Você está preocupado. Sei quando fica preocupado. O que a mamãe andou fazendo? Andou tramando alguma coisa, não é? Adoraria que nessa idade ela aprendesse a sossegar o facho.

– Ela estava preocupada – contou Tommy. – Preocupada com uma coisa que havia acontecido em relação à morte de sua tia-avó Ada.

– Que tipo de coisa?

– Algo que uma das pacientes havia lhe contado na clínica de repouso. Sua mãe ficou preocupada com essa senhora. Ela começou a falar pelos cotovelos, e sua mãe achou estranho certas coisas que ela disse. Aí, quando fomos resolver a questão dos pertences da sua tia-avó, decidimos falar com a velha, mas ela havia ido embora de uma hora para a outra.

– Normal, não?

– Alguns parentes tinham ido buscá-la.

– Sim, normal – disse Deborah. – Por que a mamãe se preocupou?

– Ela cismou – continuou Tommy – que havia acontecido alguma coisa com a velha.

– Hum...

– Sem mais rodeios, como se diz, parece que ela desapareceu mesmo, tudo de forma muito natural... digo, com advogados e bancos de respaldo. Só que não conseguimos saber onde ela está.

– Você está dizendo que a mamãe foi procurá-la?

– Sim. E não voltou quando disse que ia voltar, há dois dias.

– E não deu notícia?

– Não.

– Bem que podia cuidar melhor dela, pai – disse Deborah, com severidade.

– Ninguém jamais conseguiu – disse Tommy. – Nem você, Deborah, já que tocou no assunto. Foi exatamente o que aconteceu durante a guerra, quando ela se meteu num monte de coisas que não eram da sua conta.

– Mas agora é diferente. Mamãe já está mais velha. Precisa ficar em casa e se cuidar. Devia estar entediada. Essa é a questão.

– Hospital de Market Basing, você disse?

– Melfordshire. Fica a mais ou menos uma hora, uma hora e meia de Londres, indo de trem.

– Isso – disse Tommy. – E tem uma aldeia perto de Market Basing que se chama Sutton Chancellor.

– O que isso tem a ver? – perguntou Deborah.

– É uma longa história para te contar agora – disse Tommy. – Tem a ver com um quadro de uma casa perto de uma ponte e um canal.

– Não estou ouvindo direito – disse Deborah. – O que você disse?

– Esquece – falou Tommy. – Vou ligar para o hospital de Market Basing, ver se descubro alguma coisa. Tenho o pressentimento de que é sua mãe. Quando as pessoas têm algum tipo de choque, primeiro elas lembram de acontecimentos da infância. Só depois vão se lembrando do presente. Ela voltou a usar o nome de solteira. Talvez tenha tido um acidente de carro, mas não me surpreenderia se alguém tivesse lhe dado uma pancada na cabeça. É o tipo de coisa que acontece com a sua mãe por se meter onde não é chamada. Aviso o que descobrir.

Quarenta minutos mais tarde, Tommy Beresford olhou para o relógio de pulso e suspirou de cansaço ao desligar o telefone. Albert apareceu.

– E o jantar, senhor? – perguntou. – O senhor não comeu nada até agora, e sinto informar que esqueci o frango no forno... carbonizou.

– Não quero comer nada – disse Tommy. – Prefiro tomar alguma coisa. Me traga um uísque duplo.

– Pois não, senhor – disse Albert.

Um tempo depois, levou a bebida para o canto em que Tommy havia desmoronado... uma cadeira antiga, mas confortável, reservada para uso especial.

– E agora, imagino – disse Tommy – que você queira saber de tudo.

– Para dizer a verdade, senhor – iniciou Albert, meio que se desculpando –, já sei grande parte. Como se tratava da patroa, tomei a liberdade de ouvir na extensão. Espero que o senhor não se zangue. Estou preocupado com ela.

– Não estou zangado – disse Tommy. – Na verdade, sou grato a você. Se tivesse que começar a explicar...

– Chamou todo mundo, né? O hospital, o médico e a enfermeira-chefe.

– Não preciso repetir essa história – disse Tommy.

– Hospital de Market Basing – disse Albert. – Ela nunca falou nada a respeito. Não deixou nenhum endereço, nem nada parecido.

– Ela não pretendia que fosse seu endereço algum dia – disse Tommy. – Até onde consigo deduzir, levou uma pancada na cabeça, foi levada de carro até a estrada e deixada lá, ao lado do carro, para parecer acidente. – Acrescentou: – Me chame às seis e meia, amanhã de manhã. Quero começar cedo.

– Desculpe-me pelo frango ter queimado de novo, senhor. Coloquei-o no forno para esquentar e esqueci.

– Não estou nem aí para frangos! – exclamou Tommy. – Sempre me pareceram aves idiotas, correndo de um lado para o outro e cacarejando. Enterre o corpo amanhã de manhã e organize um funeral decente.

– Ela não está às portas da morte não, né, senhor? – perguntou Albert.

– Você e sua imaginação fértil! – exclamou Tommy. – Se tivesse escutado direito, saberia que ela já recobrou os sentidos, sabe quem é – ou era –, onde está, e que eles juraram que vão segurá-la na cama até eu chegar. Ela está proibida de sair sozinha dando uma de detetive.

– Falando em detetive – disse Albert, com aquele pigarro de quem hesita em falar.

– Não quero falar sobre isso – disse Tommy. – Esqueça, Albert. Vá aprender contabilidade, jardinagem ou algo do gênero.

– Bem, é que eu estava pensando... quer dizer, como pista...

– Como assim "pista"?

– Fiquei pensando.

– É daí que surgem todos os problemas da vida. Porque pensamos.

– Pistas – repetiu Albert. – Aquele quadro, por exemplo. É uma pista, não?

Tommy reparou que Albert havia pendurado o quadro da casa na parede.

– Se esse quadro é uma pista, é uma pista para quê? – corou pela deselegância da frase que acabara de cunhar. – Ou seja, qual o sentido? Deve ter algum sentido. O que eu estava pensando – continuou Albert –, se o senhor me permite dizer...

– Pode falar, Albert.

– Estava pensado na escrivaninha.

– Escrivaninha?

– É. A escrivaninha que veio na mudança, junto com a mesinha, as duas cadeiras e as outras coisas. Bens de família, o senhor disse.

– Eram da minha tia Ada – comentou Tommy.

– Era isso que eu dizia, senhor. É o tipo de objeto em que podemos encontrar pistas. Escrivaninhas antigas.

– Talvez – disse Tommy.

– Não é da minha conta, eu sei, e sei também que não devo me intrometer, mas enquanto o senhor estava fora, não consegui não olhar.

– Olhar o quê? A escrivaninha?

– É, só para ver se havia alguma pista ali. O senhor sabe, escrivaninhas como essa costumam ter gavetas secretas.

– Sei – disse Tommy.

– Então. Deve haver uma pista, escondida, guardada na gaveta secreta.

– Faz sentido – disse Tommy. – Mas, até onde sei, minha tia Ada não tinha nenhum motivo para esconder o que quer que seja em gavetas secretas.

– Nunca se sabe. As velhinhas adoram guardar coisas. Como as gralhas-de-nuca-cinzenta ou as gralhas-do-campo, não lembro direito qual. Pode haver um testamento secreto ali ou algo escrito com tinta invisível. Algum tesouro. O lugar perfeito para se encontrar um tesouro oculto.

– Sinto desapontá-lo, Albert, mas tenho certeza de que não existe nada disso nessa escrivaninha de família, que pertenceu ao meu tio William, outro que ficou rabugento com a idade, além de ser surdo como uma porta e ter um temperamento terrível.

– O que eu pensei – continuou Albert – é que não custava nada olhar, né? A escrivaninha precisava mesmo de uma limpeza, de qualquer maneira. O senhor sabe como ficam os objetos antigos nas mãos de mulheres idosas. Não mexem muito neles... principalmente quando sofrem de reumatismo e têm dificuldade de locomoção.

Tommy parou para refletir um momento. Lembrou-se de que Tuppence e ele haviam olhado rapidamente as gavetas da escrivaninha, colocado seu conteúdo, exatamente como estava, em dois envelopes grandes e retirado alguns novelos de lã, dois casaquinhos, um cachecol de veludo preto e três fronhas das gavetas de baixo, que juntaram com as outras roupas e bugigangas para doação. Também haviam examinado os envelopes que encontraram após voltar para casa e não viram nada de extraordinário.

– Examinamos tudo, Albert – disse. – Passamos algumas noites mexendo nisso, na verdade. Encontramos uma ou duas cartas interessantes, algumas receitas de presunto cozido, outras para conservar frutas, algumas cadernetas de racionamento e outras coisas da época da guerra. Nada de especial.

– Sei – disse Albert –, mas são só papéis e coisas comuns, que as pessoas costumam guardar em escrivaninhas e gavetas. Estou falando de coisas realmente secretas. Quando eu era criança, trabalhei seis meses com um vendedor de antiguidades... a maior parte do tempo ajudando a falsificar coisas. Acabei sabendo de gavetas secretas assim. Em geral, sempre usam o mesmo tipo de esconderijo. Três ou quatro espécies conhecidas e algumas variações aqui e ali. Não acha melhor dar uma olhada? Não quis mexer em nada com o senhor ausente. Iria ficar imaginando coisas. – Olhou para Tommy com ar de cão pedinte.

– Tudo bem, Albert – disse Tommy, aceitando. – Vamos lá, imaginar coisas.

“Um móvel muito bonito”, pensou Tommy, ao lado de Albert, inspecionando aquele exemplar da herança da tia Ada. “Muito bem-conservado, lindo lustre, excelente trabalho de carpintaria. Não se fazem mais carpinteiros como antigamente.”

– Vá em frente, Albert – disse. – Sei que você adora isso. Mas cuidado para não forçar nada.

– Tive muito cuidado. Não fiz nenhuma racha, nem enfiei facas ou qualquer ferramenta. Primeiro, deixamos cair a tampa, prendendo essas duas chapinhas que saem, está vendo? A tampa desce por aqui e abre lugar para a mesa. Aí que sua tia Ada sentava. Bonito estojinho de madrepérola para mata-borrões da sua tia. Estava na gaveta da esquerda.

– Tem essas duas coisas – disse Tommy.

Puxou duas gavetas verticais, de pouca profundidade.

– Claro. São para guardar papéis, mas não tem nada de secretas. O lugar mais comum é o pequeno armário do meio... Geralmente, na parte de baixo, tem uma entradinha. Deslizamos a tampa e tem um lugar. Mas existem outras formas de esconder coisas. Essa escrivaninha é do tipo que tem uma espécie de vão por baixo.

– Não é um compartimento muito secreto, concorda? É só abrir...

– A questão é que aparenta não conter mais nada além daquilo que vemos. Abrimos a porta do armário e guardamos nesse compartimento o que não queremos que peguem. Mas não é só isso. Aqui, está vendo? Tem um pedacinho de madeira na frente, uma pequena saliência. Dá para puxar.

– É verdade – disse Tommy –, estou vendo. Dá para puxar.

– E encontramos um compartimento secreto aí, bem atrás do armário do meio.

– Mas não tem nada aí.

– Não – disse Albert –, infelizmente. Mas deslizando a mão pelo compartimento, tanto para a esquerda quando para a direita, encontramos duas pequenas gavetas fininhas, uma de cada lado. Tem um corte em semicírculo na parte de cima, e dá para puxar por aí. – Enquanto falava, Albert se contorcia para mostrar. – Às vezes fica preso. Um momento... está saindo.

Puxou com o dedo indicador, até a pequena gaveta aparecer na abertura. Tirou-a do móvel e colocou-a na frente de Tommy, como um cão que traz o osso para o dono.

– Espere um minuto, senhor. Tem alguma coisa aqui, algo enrolado num envelope comprido. Vamos ver do outro lado.

Trocou de mão e continuou o contorcionismo. Logo em seguida, uma segunda gaveta apareceu e foi colocada ao lado da primeira.

– Tem uma coisa aqui também – informou Albert. – Outro envelope lacrado que alguém escondeu aqui algum dia. Não tentei abrir nenhum dos dois... não faria uma coisa dessas – disse com tom de extrema honestidade. – Deixei isso para o senhor... Mas o que eu digo é que esses envelopes devem ser *pistas*...

Juntos, ele e Tommy retiraram o que havia nas gavetas empoeiradas. Tommy tirou primeiro um envelope lacrado, com um elástico enrolado na longitudinal, que arrebentou ao primeiro toque.

– Parece valioso – disse Albert.

Tommy olhou para o envelope. Estava escrito "Confidencial" na parte superior.

– Viu? "Confidencial". Isso é uma pista – insistiu Albert.

Tommy tirou o que havia dentro, metade de um papel de carta, escrito em letra cursiva meio apagada... um garrancho, a propósito. Desdobrou o papel. Albert inclinou-se sobre seu ombro, respirando alto.

– Receita de creme de salmão da sra. MacDonald – leu Tommy. – Recebida por deferência especial. Ingredientes: 1 kg de salmão, 500 ml de creme de leite, um cálice de conhaque e um pepino cru. – Tommy parou de ler. – Desculpe-me, Albert, mas essa pista vai nos levar é para a cozinha.

Albert emitiu sons de decepção e indignação.

– Tudo bem – disse Tommy. – Tem outra aqui.

O próximo envelope lacrado não parecia tão antigo quanto o outro. Havia dois sinetes de cera cinza, representando rosas silvestres.

– Bonito – disse Tommy –, bem extravagante para a tia Ada. Como preparar um bolo de carne, imagino.

Rasgou o envelope e se surpreendeu. Dez notas de cinco libras dobradas caíram de dentro.

– Legal. Fininhas – observou. – São as antigas, da época da guerra. Papel de qualidade. Hoje não devem valer mais.

– Dinheiro! – exclamou Albert. – Para que ela queria todo esse dinheiro?

– É o pé-de-meia de uma velha senhora – explicou Tommy. – A tia Ada sempre teve um pé-de-meia. Anos atrás, ela me disse que toda mulher que se preze devia ter sempre cinquenta libras em notas de cinco na bolsa, para o que chamava de emergências.

– Acho que ainda deve valer alguma coisa – opinou Albert.

– Não acho que tenham se tornado totalmente obsoletas. Talvez eles troquem no banco.

– Tem outro envelope – lembrou Albert. – O da outra gaveta.

O outro envelope era mais volumoso. Parecia ser mais importante, pelo peso e pelos três grandes lacres vermelhos afixados. Na parte da frente estava escrito com o mesmo garrancho da receita: “Na ocasião de minha morte, este envelope deverá ser remetido fechado para o meu advogado, Sr. Rockbury, da Rockbury & Tomkins, ou para meu sobrinho, Thomas Beresford. Não poderá ser aberto por pessoa não autorizada."

Havia várias folhas de papel escritas de maneira compacta. A letra era ruim, muito irregular e, em alguns trechos, ilegível. Tommy leu em voz alta, com certa dificuldade.

> *"Eu, Ada Maria Fanshawe, registro aqui alguns assuntos que vieram ao meu conhecimento e que me foram passados por pessoas que vivem na clínica de repouso Sunny Ridge. Não tenho como comprovar nada do que está escrito aqui, mas tudo leva a crer que atividades suspeitas – provavelmente criminosas – estejam ocorrendo ou tenham ocorrido na clínica. Elizabeth Moody, uma mulher boba, mas não mentirosa, declara que reconheceu aqui um criminoso conhecido. Pode ser que exista alguém administrando veneno entre nós. Da minha parte, prefiro não julgar, mas vou ficar atenta. Pretendo escrever aqui tudo o que for acontecendo. Talvez seja tudo um engano. De qualquer maneira, solicito a meu advogado ou meu sobrinho, Thomas Beresford, para fazer uma investigação mais apurada."*

– Eu falei – exclamou Albert, triunfante. – Isso é uma PISTA!

Parte 4

Eis a igreja, eis o campanário, ora é só abrir as portas, para ver gente lá fora

Capítulo 14

Exercício de raciocínio

– Acho que o que devemos fazer é pensar – disse Tuppence.

Após um feliz reencontro no hospital, Tuppence acabou recebendo alta.

O inseparável casal comparava anotações agora no The Lamb and Flag, em Market Basing.

– Esquece essa história de pensar – disse Tommy. – Lembra do que o médico disse antes de lhe dar alta. Nada de preocupações, nada de forçar a mente, muito pouca atividade física... você precisa de repouso.

– E o que estou fazendo agora? – perguntou Tuppence. – Estou com os pés para cima e a cabeça no travesseiro, não estou? E pensar nem sempre significa forçar a mente. Não estou fazendo contas ou estudando economia. Pensar é descansar confortavelmente, deixando as antenas em alerta para o caso de captar algo interessante flutuando no ar. De qualquer maneira, não é melhor que eu pense um pouco com os pés para cima e a cabeça no travesseiro do que procurar ação de novo?

– Não quero de jeito nenhum que você procure ação – disse Tommy. – Isso está fora de cogitação. Entende? Você precisa ficar parada, Tuppence. Não vou sair do seu lado, na medida do possível, porque não confio em você.

– Tudo bem – disse Tuppence. – Fim da aula. Agora vamos pensar juntos. Esqueça o que os médicos disseram. Se você soubesse de médicos tanto quanto eu...

– Não importam os médicos – disse Tommy –, você vai fazer o que *eu* mandar.

– Combinado. Não tenho vontade mesmo de me exercitar, pode ficar tranquilo.

"A questão é que precisamos comparar anotações. Ficamos sabendo de várias coisas. Esse negócio está mais enrolado que carretel de linha."

– O que você quer dizer com "coisas"?

– Fatos. Todo o tipo de fatos. Fatos e mais fatos. E não só isso... boatos, insinuações, lendas, fofoca. A coisa toda é como uma caixinha de surpresas com diferentes embrulhos perdida em meio à serragem.

– "Serragem" é perfeito – disse Tommy.

– Não sei muito bem se você está sendo irônico ou modesto – disse Tuppence. – De qualquer forma, você concorda comigo, não concorda? Sabemos *demais* de tudo. Existem coisas certas e erradas, importantes e sem importância, tudo misturado. Não sabemos por onde começar.

– Eu sei – afirmou Tommy.

– Ótimo – disse Tuppence. – Por onde?

– Quero começar pelo fato de você ter levado uma pancada na cabeça – disse Tommy.

Tuppence pensou um momento.

– Não acho que esse seja um bom ponto de partida. Foi a última coisa que aconteceu, não a primeira.

– Para mim, é a primeira – disse Tommy. – Não quero ninguém batendo na minha mulher. E é um ponto *real*, não suposição. É um *fato*, realmente aconteceu.

– Concordo – admitiu Tuppence. – Aconteceu, e aconteceu comigo. Jamais vou esquecer. Fiquei pensando nisso... desde que recuperei a força para pensar, claro.

– Você tem alguma ideia de quem possa ter feito isso?

– Infelizmente não. Eu estava inclinada sobre um túmulo e de repente "tum"!

– Quem pode ter sido?

– Imagino que alguém de Sutton Chancellor. Mesmo assim, é improvável. Mal falei com as pessoas de lá.

– O padre?

– Não pode ter sido o padre – disse Tuppence. – Primeiro porque é um bom sujeito. Segundo porque não tem essa força toda. E terceiro porque é asmático. Eu teria ouvido sua respiração atrás de mim.

– Então, se tirarmos o padre...

– Não concorda?

– Concordo – disse Tommy. – Como lhe contei, fui falar com ele. Ele é padre aqui há anos, e todo mundo o conhece. É possível que o próprio capeta fosse capaz de encarnar o padre bondoso, mas não por mais de uma semana. Imagine dez ou doze anos.

– Bem – disse Tuppence –, o próximo suspeito então é a srta. Bligh. Nellie Bligh. Só Deus sabe por quê. Será que ela pensou que eu estava roubando uma lápide?

– Você acha que pode ter sido ela?

– Não. Claro, ela é competente. Se quisesse me seguir para ver o que eu estava fazendo e decidisse me golpear na cabeça, conseguiria. E, como o padre, ela estava lá... no local... Estava em Sutton Chancellor, entrando e saindo de casa para fazer coisas. Talvez tenha me visto nos túmulos, resolveu espiar de curiosidade, me viu examinando uma tumba, se opôs àquilo por algum motivo e decidiu me golpear com um vaso de metal ou qualquer objeto que estivesse à mão. Mas não me pergunte *por quê*. Não acho que tenha um motivo.

– Quem mais, Tuppence? A sra. Cockerell, é esse o nome?

– Sra. Copleigh – corrigiu Tuppence. – Não, a sra. Copleigh não faria isso.

– Por que você tem tanta certeza? Ela mora em Sutton Chancellor. Pode ter visto você saindo de casa e decidido segui-la.

– Claro, mas ela é muito tagarela – disse Tuppence.

– E?

– Se você tivesse conversado com ela quase uma noite inteira como eu conversei – disse Tuppence –, perceberia que alguém que fala pelos cotovelos como ela não tem como ser uma pessoa de ação! Ela jamais teria conseguido me seguir sem falar.

Tommy teve que concordar.

– Tudo bem – disse. – Você tem um bom discernimento para esse tipo de coisa, Tuppence. Cortamos a sra. Copleigh. Quem mais?

– Amos Perry – disse Tuppence. – O homem que mora na casa do canal (chamo de casa do canal, porque o lugar teve tantos outros nomes esquisitos que prefiro o nome original). O marido da bruxa boazinha. Ele é meio estranho... ingênuo e muito forte. Poderia golpear qualquer um se quisesse, e acho até que poderia querer em algumas circunstâncias, só não sei por que iria querer bater na *minha* cabeça. É uma possibilidade muito mais real do que a srta. Bligh, uma dessas mulheres caxias, que vai de paróquia em paróquia metendo o nariz onde não é chamada. Não é do tipo que chegaria ao ponto de um ataque físico, a não ser que tivesse uma razão emocional. – Acrescentou, com certo estremecimento: – Sabe, fiquei com medo do Amos Perry a primeira vez que o vi. Ele me mostrou o jardim. Senti, de repente, que eu... que eu não gostaria de ter um homem desses como inimigo. Imagine encontrá-lo numa rua deserta à noite? Senti que é um sujeito que não se irrita com frequência, mas que pode ficar violento se algo o tirar do sério.

– Certo – disse Tommy. – Amos Perry. Número um.

– E tem a mulher – disse Tuppence, devagar. – A bruxa boazinha. Ela foi legal e eu gostei dela... não gostaria que fosse ela... não acho que *tenha sido* ela, mas ela se enrola um pouco, em relação àquela casa. Esse é outro ponto, Tommy... Não sabemos o que há de tão importante nessa história toda... Comecei a me perguntar se tudo não gira em torno daquela casa... se a *casa* não é o ponto central. O quadro... Aquele quadro tem algum significado, não acha, Tommy? Deve ter.

– Sim – respondeu Tommy. – Deve ter.

– Vim aqui atrás da sra. Lancaster, mas ninguém ouviu falar dela. Fiquei me perguntando se não inverti as coisas... que a sra. Lancaster estava em perigo (ainda tenho certeza disso) *porque possuía aquele quadro.* Acho que *ela* nunca esteve em Sutton Chancellor... mas recebeu ou comprou um quadro de uma casa daqui. E esse quadro significa alguma coisa... talvez uma ameaça para alguém. A sra. Cacau... a sra. Moody... disse para a tia Ada que reconheceu alguém em Sunny Ridge... alguém envolvido em "atividades criminosas". Suponho que as atividades criminosas tenham relação com o quadro, com a casa do canal e com uma criança que talvez tenha sido assassinada lá. A tia Ada admirava o quadro da sra. Lancaster... e a sra. Lancaster lhe deu o quadro. Talvez tenha falado sobre ele... onde comprou, de quem ganhou, onde ficava a casa... A sra. Moody foi morta à sangue frio certamente porque reconheceu alguém "envolvido em atividades criminosas". Conte de novo sua conversa com o dr. Murray – pediu Tuppence. – Depois de falar sobre a sra. Cacau, ele falou sobre certos tipos de assassinos, dando exemplos reais. Um foi a enfermeira de um asilo... Lembro de ter lido sobre isso na época, mas não lembro o nome da mulher. A história é que lhe entregavam todo o dinheiro que tinham para poderem morar lá até a morte, bem-alimentados e bem-cuidados, sem preocupações financeiras. E todos *viviam* muito felizes... o problema é que morriam em menos de um ano... tranquilamente, durante o sono. No final, as pessoas desconfiaram. Ela foi julgada e condenada por homicídio... mas, sem nenhum peso na consciência, alegou que tinha feito aquilo como um ato de bondade em relação aos velhinhos.

– Isso – confirmou Tommy. – Não lembro o nome da mulher agora.

– Não importa – disse Tuppence. – E ele citou outro caso, o caso de uma mulher, empregada doméstica, cozinheira, algo assim, que trabalhava para várias famílias. Às vezes, não acontecia nada, mas outras vezes acontecia uma espécie de envenenamento em massa. Veneno na comida, ao que consta. Os sintomas indicavam isso. Algumas pessoas conseguiram se recuperar.

– Ela preparava os sanduíches para os piqueniques – lembrou Tommy. – Era uma boa pessoa, muito religiosa. Nos casos de envenenamento em massa, chegava a apresentar alguns sintomas também, provavelmente exagerando nos efeitos. Depois, ia embora e começava a trabalhar em outra parte da Inglaterra. Isso continuou por alguns anos.

– Exato. Ninguém nunca descobriu *por que* ela fazia isso. Será que era um vício, um hábito? Uma diversão? Não se sabe. Ao que tudo indica, ela não tinha nada contra as pessoas que matou. Será que não batia muito bem da bola?

– Talvez, mas parece que um psiquiatra, depois de muita análise, descobriu que tudo estava relacionado a um canário pertencente a uma família que ela conhecera muitos anos antes, na infância, que lhe causou algum tipo de choque ou trauma.

– O terceiro exemplo foi ainda mais esquisito – continuou Tommy. – Uma mulher francesa, que havia sofrido terrivelmente pela morte do marido e do filho. Diante de tanto sofrimento, passou a cuidar dos outros.

– Isso – disse Tuppence –, me lembro. O pessoal a chamava de anjo alguma coisa, o nome do povoado. *Givon*, acho que era. Ela ia na casa dos vizinhos cuidar deles quando adoeciam, principalmente crianças. Dedicava-se integralmente. A questão era que, cedo ou tarde, após uma breve recuperação, as crianças pioravam e morriam. A francesa passava horas chorando, ia para o funeral chorando, e todos diziam que não sabiam o que seria deles se não fosse tal anjo, que tinha cuidado tão bem de seu filhinho e feito tudo o que podia.

– Por que você quer falar disso tudo de novo, Tuppence?

– Porque fiquei me perguntando se o dr. Murray não tinha um motivo para mencionar esses casos.

– Você quer dizer uma conexão...

– Creio que ele relacionou três casos clássicos bastante conhecidos para ver se algum se adaptava em Sunny Ridge. De certa forma, qualquer um serviria. A srta. Packard se encaixa no primeiro, a enfermeira-chefe de um asilo.

– Você realmente implicou com essa mulher. Sempre gostei dela.

– Atrevo-me a dizer que as pessoas gostam de assassinos – disse Tuppence, com sensatez. – Como os trapaceiros e vigaristas, que sempre parecem tão honestos. Eu diria que os assassinos são sempre muito simpáticos e especialmente compassivos. Sabe como é. De qualquer forma, a srta. Packard *é* muito eficiente e tem à disposição todos os meios necessários para produzir uma morte bastante natural sem levantar suspeitas. E somente alguém como a sra. Cacau seria capaz de desconfiar dela, porque também é meio biruta e consegue entender pessoas birutas, ou talvez a tenha conhecido antes.

– Não acho que a srta. Packard se beneficiaria financeiramente da morte de suas internas.

– Não dá para saber – disse Tuppence. – Seria uma forma inteligente de agir, *não* se beneficiar de todas, só de uma ou outra, por exemplo, as ricas, mas também ter algumas mortes naturais, em que ninguém ganha nada. Por isso acho que o dr. Murray deve ter desconfiado da sra. Lancaster e dito a si mesmo "Não faz sentido". Mas não conseguiu tirar aquilo da cabeça. O segundo caso que ele mencionou se encaixa numa empregada doméstica, cozinheira ou até mesmo enfermeira. Alguém que trabalha no local, uma mulher de meia-idade, confiável, mas um tanto perturbada. Talvez guardasse rancor de algumas pacientes dali. Não dá para saber, pois acho que não conhecemos ninguém o suficiente...

– E o terceiro caso?

– O terceiro é mais difícil – admitiu Tuppence. – Alguém devoto, dedicado.

– Talvez ele tenha acrescentado esse caso de bônus – disse Tommy. – Fico me perguntando sobre aquela enfermeira irlandesa.

– A que achamos legal, a quem demos o cachecol de pele?

– Sim, aquela de quem tia Ada gostava, muito simpática. Parecia tão carinhosa com todo mundo, sofria tanto quando alguém morria. Estava muito preocupada quando conversou conosco, lembra? Você disse isso... ela estava indo embora e não nos contou por quê.

– Devia ser do tipo neurótico. As enfermeiras não devem ser sentimentais. É ruim para os pacientes. Elas devem ser frias, eficientes e inspirar confiança.

– Falou a enfermeira Beresford – disse Tommy, com um sorriso galhofeiro.

– Mas voltando ao quadro – disse Tuppence. – Precisamos nos concentrar apenas nesse quadro. Muito interessante o que você contou sobre a sra. Boscowan, do seu encontro com ela. Ela parece... parece *interessante*.

– E era mesmo – confirmou Tommy. – Uma das pessoas mais interessantes que encontramos nessa história bizarra. O tipo de pessoa que parece *saber* das coisas, mas não porque pensa. Como se ela soubesse de algo que eu não saiba, e que você também não. Mas ela sabe.

– Estranho o que ela disse sobre o barco – comentou Tuppence. – Que o quadro não tinha um barco quando foi pintado. Por que terá um barco agora?

– Vai saber – respondeu Tommy.

– Havia algum nome pintado no barco? Não lembro de ter visto nada... mas nunca olhei de perto.

– Havia. *Waterlily*.

– Um nome muito apropriado para um barco... O que isso lembra?

– Não tenho a menor ideia.

– Ela tinha certeza de que seu marido não havia pintado o barco... Talvez ele tenha pintado mais tarde.

– Ela garante que *não*... foi muito clara.

– Óbvio – lembrou Tuppence –, existe outra possibilidade da qual não falamos. Em relação à pancada que levei na cabeça, digo... a pessoa de fora... alguém talvez tenha me seguido de Market Basing para ver o que eu estava tramando. Afinal, eu estive lá fazendo perguntas, indo a várias imobiliárias, à Blodget & Burgess e às outras. Ninguém falou direito sobre a casa. Desconversavam, mostravam-se esquivos, mais esquivos do que o normal. O mesmo tipo de evasiva que recebemos quando tentamos descobrir aonde a sra. Lancaster tinha ido. Advogados e bancos, um proprietário incomunicável no exterior. O mesmo *padrão*. Mandaram seguir meu carro, para ver o que eu estava fazendo, e no momento certo, me apagaram. O que nos leva à lápide do cemitério da igreja. Por que não queriam que eu examinasse as lápides antigas? Estavam todas destruídas mesmo... Um bando de moleques, já cansados de destruir cabines telefônicas, resolveu cometer sacrilégio no pátio da igreja para se divertir.

– Você disse que havia palavras pintadas... ou gravadas de maneira tosca.

– Sim... escritas com um cinzel, imagino. Por alguém que acabou desistindo daquele trabalho. O nome... Lily Waters... e a idade... sete anos. Isso estava bem claro... e depois, outros pedaços de palavras... "Quem... maltratar essas..."... e... "Mó"...

– Parece familiar.

– Sim. Bíblico... mas escrito por alguém que não lembrava direito das palavras...

– Muito estranho...

– E por que alguém seria contra... Eu estava apenas tentando ajudar o padre... e o coitado que estava procurando a filha desaparecida... Aqui estamos... de volta ao tema da criança desaparecida... A sra. Lancaster falou de uma criança presa atrás de uma lareira, e a sra. Copleigh divagou sobre freiras confinadas, crianças assassinadas, uma mãe que havia matado a filha, um amante, uma filha ilegítima e uma suicida... Tudo histórias, boatos, lendas... que confusão! De qualquer forma, Tommy, houve um *fato*... que não era boato ou lenda...

– Qual?

– A boneca que caiu pela chaminé da casa do canal... uma boneca de criança. Estava lá há muito tempo, toda coberta de fuligem e cascalho.

– Pena que você não pegou – disse Tommy.

– Eu peguei – falou Tuppence, triunfante.

– Você trouxe a boneca com você?

– Trouxe. Aquela boneca me impressionou, sabe? Achei melhor trazê-la para examinar. Ninguém a queria. Os Perry iam jogá-la direto na lata de lixo, imagino. Estou com ela aqui.

Levantou-se do sofá, foi até a mala procurar e voltou com um pacote embrulhado em folha de jornal.

– Aqui. Dê uma olhada, Tommy.

Com certa curiosidade, Tommy desembrulhou o pacote e encontrou restos de uma boneca... pernas e braços desprendidos do corpo, pedaços de roupa que se desfaziam. O corpo era de camurça, com enchimento de serragem, mas agora já estava fininho, porque a serragem tinha saído por alguns pontos. Quando Tommy pegou a boneca na mão – e ele foi muito cuidadoso –, o corpo se desintegrou, abrindo um grande buraco por onde saiu bastante serragem junto com pequenas pedrinhas que rolaram no chão. Tommy catou-as.

– Meu Deus! – exclamou Tommy para si mesmo – Meu Deus!

– Que estranho – disse Tuppence –, está cheio de pedrinha. Será que é da chaminé? Do gesso?

– Não – disse Tommy. – Estava *dentro* da boneca.

Depois de juntar tudo, enfiou o dedo na carcaça da boneca, e saíram mais algumas pedras. Levou uma até a janela para examiná-la de perto. Tuppence o olhava, sem entender direito.

– Curioso isso de encher uma boneca com pedrinha – comentou.

– Bem, não é qualquer pedrinha – disse Tommy. – Deve haver um bom motivo para isso, imagino.

– O que você está querendo dizer?

– Dê uma olhada.

Tuppence pegou algumas pedras de sua mão, ainda sem entender.

– São apenas pedras – disse. – Algumas grandes, outras pequenas. Por que você está tão empolgado?

– Porque estou começando a entender as coisas, Tuppence. O que temos aqui não são apenas pedras, minha querida, são *diamantes*!

Capítulo 15

Uma noite no vicariato

I

– Diamantes! – exclamou Tuppence, olhando para Tommy.

Desviando o olhar para as pedras que ainda segurava na mão, disse:

– Essas pedrinhas empoeiradas são *diamantes*?

Tommy confirmou.

– Está começando a fazer sentido agora, Tuppence. Está tudo relacionado. A casa do canal, o quadro. Espere até Ivor Smith saber dessa boneca. Ele já tem um buquê à sua espera, Tuppence...

– Para quê?

– Para ajudar a prender uma grande quadrilha do crime!

– Você e seu Ivor Smith! Imagino que foi lá que você passou toda a semana, me abandonando nos meus últimos dias de convalescência naquele hospital tenebroso... bem quando eu precisava de conversa e ânimo.

– Fui nos horários de visita quase todos os dias.

– Você não me contou muito.

– Aquela enfermeira mal-humorada me avisou para não a estimular muito. Mas o próprio Ivor está vindo aqui depois de amanhã, e marcamos um encontro à noite na paróquia.

– Quem vai?

– A sra. Boscowan, um dos grandes proprietários de terras local, sua amiga srta. Nellie Bligh, o padre, claro, você e eu...

– E o sr. Ivor Smith... qual o nome verdadeiro dele?

– Até onde sei é Ivor Smith mesmo.

– Você é sempre tão cauteloso – disse Tuppence, rindo de repente.

– O que há de tão engraçado?

– Queria ter visto você e Albert descobrindo gavetas secretas na escrivaninha da tia Ada.

– O crédito é todo do Albert. Deu uma aula sobre o assunto. Aprendeu tudo na infância, com um comerciante de antiguidades.

– Curioso sua tia Ada realmente deixar um documento secreto como esse, todo lacrado. Não sabia de nada, mas acreditava que havia alguém perigoso em Sunny Ridge. Imagina se ela soubesse que era a srta. Packard.

– Isso é ideia sua.

– Uma ideia muito boa para quem procura uma quadrilha do crime. Eles precisariam de um lugar como Sunny Ridge, conhecido, bem administrado, com um criminoso competente na gerência, alguém que tivesse acesso às drogas. E que aceitasse todas as mortes como naturais, influenciando um médico a acreditar que não tinham nada de mais.

– Você pensou em cada detalhe, mas o verdadeiro motivo pelo qual começou a desconfiar da srta. Packard foi que não gostou dos dentes dela.

– "Para te comer melhor" – disse Tuppence, pensativa. – Uma coisa, Tommy... Imagine que esse quadro, o quadro da casa do canal, *nunca tenha pertencido à sra. Lancaster.*

– Mas sabemos que pertenceu. – Tommy olhava fixo para Tuppence.

– Não sabemos não. Sabemos apenas o que a srta. Packard disse... Foi a srta. Packard que disse que a sra. Lancaster tinha dado o quadro de presente para a tia Ada.

– Mas por que a... – Tommy interrompeu-se.

– Talvez seja por isso que a sra. Lancaster tenha sido levada embora... para não nos dizer que o quadro não lhe pertencia e que ela não o deu para a tia Ada.

– Acho uma ideia desbaratada.

– Talvez. Mas o quadro foi pintado em Sutton Chancellor. A casa do quadro fica em Sutton Chancellor. Temos motivo para acreditar que a casa é... ou foi... esconderijo de uma associação criminosa. O sr. Eccles parece estar por trás da quadrilha. Foi o responsável por mandar a sra. Johnson levar a sra. Lancaster. Acho que a sra. Lancaster nunca esteve em Sutton Chancellor, nunca visitou a casa do canal e nunca teve um quadro da casa... ela deve ter ouvido alguém em Sunny Ridge falando a respeito do quadro... a sra. Cacau, de repente? Aí começou a falar do quadro e, como isso representava uma ameaça para alguém, teve que ser retirada de cena. Mas um dia vou encontrá-la! Pode escrever o que estou lhe dizendo, Tommy.

– A busca da sra. Tuppence Beresford.

II

– A senhora está muito bem, sra. Beresford, se me permite dizer – falou o sr. Ivor Smith.

– Estou me sentido maravilhosamente bem de novo – disse Tuppence. – Bobeira minha ter me exposto dessa forma.

– Merece uma medalha, principalmente por essa história da boneca. Como se envolve com essas coisas, não sei.

– O próprio perdigueiro – disse Tommy. – Sai farejando tudo o que vê pela frente.

– Vocês não vão me deixar de fora da reunião de hoje à noite não, né? – Tuppence levantou a questão, desconfiada.

– Claro que não. Muitas coisas se esclareceram. Vocês não imaginam como sou grato a vocês dois. Veja bem, estávamos na direção certa em relação a essa quadrilha de criminosos... responsável por uma enorme quantidade de roubos nos últimos cinco, seis anos. Como contei para o Tommy quando ele veio me perguntar se eu sabia algo a respeito do nosso esperto advogado, o sr. Eccles, já suspeitávamos dele há muito tempo, mas ele é do tipo de homem difícil de incriminar. Muito cauteloso. Advogado, né? Um trabalho legítimo com clientes legítimos. Como falei para o Tommy, um ponto importante foi essa série de casas. Casas decentes com pessoas direitas morando nelas. Moravam lá por pouco tempo e depois iam embora. Agora, graças à senhora, sra. Beresford, e sua investigação sobre chaminés e pássaros mortos, achamos uma dessas casas, a casa em que grande parte do material roubado estava escondida. Um sistema bastante inteligente, falando nisso, colocar joias e coisas do gênero em pacotes de diamante bruto, escondê-las e, no momento certo, enviá-las para fora, de avião ou barco, depois que o alarido do roubo já amainou.

– E os Perry? Eles...? Espero que não estejam envolvidos.

– Não dá para ter certeza – ponderou o sr. Smith. – Acho que a sra. Perry sabe alguma coisa, ou pelo menos já soube.

– Quer dizer que ela faz parte da quadrilha?

– Pode ser que não. Pode ser que eles a tenham como custódia.

– Como assim custódia?

– Bem, esse assunto é confidencial, mas sei que vocês não vão sair por aí espalhando. A polícia local sempre suspeitou que o marido, Amos Perry, podia ser o homem responsável pela onda de assassinatos de crianças anos antes. Ele não é normal da cabeça. A opinião médica era a de que ele *podia* muito bem ter tido uma compulsão por matar crianças. Nunca houve provas concretas, mas sua mulher talvez estivesse preocupada e quisesse arranjar álibis para o marido. Uma oportunidade perfeita para uma gangue de bandidos inescrupulosos. Eles teriam custódia, e ela entraria como moradora de parte de casa, onde manteria o bico fechado. Talvez eles realmente tivessem alguma prova decisiva contra seu marido. A senhora os conheceu... O que sentiu em relação a eles, sra. Beresford?

– Gostei *dela* – respondeu Tuppence. – Achei a sra. Perry... Bem, costumo chamá-la de bruxa bozinha, de magia branca, não negra.

– E ele?

– Ele me deu medo – comentou Tuppence. – Não o tempo todo. Em alguns momentos. Parecia grande, aterrador. Mas só às vezes. Não sabia o que me assustava, mas fiquei com medo. Acho que é porque senti, como o senhor disse, que ele não batia muito bem da cabeça.

– Tem muita gente assim – disse o sr. Smith. – E normalmente não são pessoas perigosas. Mas não dá para saber.

– O que vamos fazer na paróquia hoje à noite?

– Algumas perguntas. Ver algumas pessoas. Investigar para obter mais informações.

– O Major Waters vai estar lá? O homem que escreveu para o padre sobre a filha.

– Parece que não existe essa pessoa! Havia um caixão enterrado lá, no lugar de onde retiraram a antiga lápide... um caixão de criança, forrado de chumbo. E estava cheio de material roubado... joias e objetos de ouro de uma joalheria de St. Albans. A carta para o padre era para saber o que tinha acontecido com o túmulo. O vandalismo dos meninos da região complicou tudo.

III

– Sinto muito, minha querida – disse o padre, estendendo as mãos para Tuppence. – Sabe, fiquei tão chateado que isso tenha acontecido com a senhora, que sempre foi tão gentil comigo, que estava fazendo aquilo só para me ajudar. Fiquei muito mal, fiquei mesmo, porque foi tudo culpa minha. Eu não deveria ter deixado a senhora ir lá fuçar aquelas lápides, apesar de que realmente não temos motivo para acreditar... motivo nenhum... que algum bando de vândalos...

– Não se preocupe, padre – disse a srta. Bligh, aparecendo de repente atrás dele. – A sra. Beresford com certeza sabe que o acontecido não tem nada a ver com *o senhor*. Sem dúvida, foi muita gentileza se oferecer para ajudá-lo, mas essa história já acabou e ela já está bem de novo. Não está, sra. Beresford?

– Estou sim – respondeu Tuppence, um tanto irritada que a srta. Bligh tenha falado de sua saúde com tanta propriedade.

– Sente-se aqui. Tem uma almofada aí para colocar nas costas – informou a srta. Bligh.

– Não preciso de almofada – declarou Tuppence, recusando-se a aceitar a cadeira que a srta. Bligh lhe empurrava. Em vez disso, preferiu sentar-se numa cadeira bastante desconfortável, do outro lado da lareira.

Ouviu-se uma forte pancada na porta. Todos pularam. A srta. Bligh foi correndo atender.

– Não se preocupe, padre – disse. – Eu vou.

– Por favor.

Lá fora, falavam baixo. A srta. Bligh voltou junto com uma mulher grande de vestido brocado e, atrás dela, um sujeito muito alto e magro, de aparência cadavérica. Tuppence ficou olhando para ele. Vestia uma capa preta e seu rosto esquelético parecia de outro século. "Saiu direto de uma pintura de El Greco", pensou ela.

– Prazer em vê-los – disse o padre, e se virou. – Deixe-me apresentá-los. Sir Philip Starke, sr. e sra. Beresford. Sr. Ivor Smith. Ah! Sra. Boscowan. Não vejo a senhora há tantos anos... Sr. e sra. Beresford.

– Já conheço o sr. Beresford – informou a sra. Boscowan. Olhou para Tuppence. – Como vai? – perguntou. – Prazer em conhecê-la. Ouvi dizer que sofreu um acidente.

– É. Mas já estou bem agora.

As apresentações foram feitas e Tuppence voltou para sua cadeira. Sentiu o cansaço abater-lhe o corpo, agora com mais frequência do que antes, possivelmente por causa da pancada na cabeça. Sentada em silêncio, com os olhos semicerrados, analisava atentamente todos os presentes. Não ouvia a conversa, apenas observava. Tinha o pressentimento de que alguns personagens daquele drama... o drama em que acabou se envolvendo... estavam reunidos ali, como num palco. As peças estavam se encaixando, formando pequenos núcleos. Com a vinda de sir Philip Starke e da sra. Boscowan, era como se dois personagens até agora não revelados de repente se apresentassem. Estiveram lá o tempo todo, por assim dizer, na coxia, e agora entraram em cena. De certa forma, tomavam parte, comprometidos. Vieram aqui esta noite... "por quê?", perguntou-se Tuppence. Será que alguém os chamou? Ivor Smith? Será que ele exigiu sua presença ou simplesmente pediu que viessem? Talvez nem se conhecessem. Tuppence não parava de pensar. "Tudo começou em Sunny Ridge, mas Sunny Ridge não é o ponto principal. A questão sempre foi aqui, em Sutton Chancellor. As coisas aconteceram aqui, há muito tempo. Coisas que não tiveram nada a ver com a sra. Lancaster... mas a sra. Lancaster acabou se envolvendo, sem saber. Onde será que ela está agora?"

Tuppence estremeceu.

"Talvez", pensou, "talvez esteja *morta...*"

Se estivesse certa, disse a si mesma, teria fracassado. Havia decidido encontrar a sra. Lancaster, sentindo que ela corria perigo. Queria protegê-la.

"E se ela não estiver morta", continuou, "vou encontrá-la!"

Sutton Chancellor... Foi onde tudo começou. Algo significativo e perigoso aconteceu nesse lugar. A casa do canal fazia parte. Talvez fosse o centro, ou será que era a própria aldeia? As pessoas foram morar lá, depois partiram, fugiram, desapareceram e mais tarde reapareceram. Como sir Philip Starke.

Sem virar a cabeça, os olhos de Tuppence voltaram-se para sir Philip Starke. Não sabia nada dele, a não ser o que a sra. Copleigh mencionara em seu monólogo sobre os habitantes da região. Um homem tranquilo, instruído, especialista em botânica, dono de indústria, ou pelo menos com grande participação no setor. Um homem rico, portanto... e um homem que amava crianças. Ali estava ela, às voltas com aquele assunto de novo... crianças. A casa do canal, o pássaro na chaminé, a boneca que caiu ali e foi escondida por alguém, uma boneca cheia de diamantes no forro... produto do crime. A casa era uma das sedes de um grande empreendimento criminal. Mas aconteceram crimes mais sinistros do que roubos. A sra. Copleigh havia dito: "Sempre achei que poderia ser *ele*."

Sir Philip Starke, um assassino? Por trás das pestanas entreabertas, Tuppence o observava atentamente. Queria determinar se ele se enquadrava, de alguma forma, em sua concepção de assassino... assassino de crianças, diga-se de passagem.

Quantos anos teria, perguntou-se Tuppence. Uns setenta, no mínimo, talvez mais. Um rosto ascético e cansado. Sim, bastante ascético. Um rosto torturado. Aqueles olhos escuros, olhos de El Greco. O corpo macilento.

Tinha vindo aqui essa noite. "Por quê?", indagou-se Tuppence. Olhou para a srta. Bligh, sentada em sua cadeira, levantando-se o tempo todo para empurrar uma mesa para alguém, oferecer uma almofada, mexer na posição do cigarro ou dos fósforos. Pouco à vontade. Não parava quieta. Olhava para Philip Starke. Toda vez que relaxava, seus olhos pousavam nele.

"Devoção canina", pensou Tuppence. "Deve ter sido apaixonada por ele em algum momento. Talvez ainda seja. Não deixamos de amar alguém só porque envelhecemos. Pessoas como Derek e Deborah dizem que sim. Não conseguem imaginar ninguém apaixonado que não seja jovem. Mas, para mim, ela ainda está apaixonada por ele, perdidamente apaixonada. Não disseram... será que foi a sra. Copleigh ou o padre... que a srta. Bligh havia sido sua secretária na juventude e que ela ainda cuidava de seus negócios aqui?

"Bem", pensou Tuppence, "muito natural. É comum as secretárias se apaixonarem pelo chefe. Então, digamos que Gertude Bligh amasse Philip Starke. Seria essa uma informação importante? Será que a srta. Bligh sabia ou suspeitava que por trás da personalidade pacífica e austera de Philip Starke escondia-se um pavio horripilante de loucura? *Sempre gostou tanto de criança.*

Alguns acontecimentos são irremediáveis. Talvez fosse esse o motivo de sua aparência tão torturada.

"A não ser que sejamos patologistas, psiquiatras ou algo do gênero, não sabemos nada sobre assassinos loucos", pensou Tuppence. "*Por que* eles matam crianças? O que lhes causa esse impulso? Será que se arrependem depois? Será que aquilo os repugna, os apavora? Será que são infelizes?"

Nesse momento, Tuppence reparou que o olhar dele voltou-se para ela. Philip Starke parecia dizer alguma coisa para a srta. Bligh.

"Agora está pensando em mim", dizia seu olhar. "Sim, tem toda a razão. Sou um homem atormentado."

Descrição perfeita... ele era um homem atormentado.

Tuppence desviou o olhar para o padre. Gostava dele. Um amor de pessoa. Será que sabia alguma coisa? Talvez estivesse envolvido numa trama maligna sem saber.

As coisas aconteciam à sua volta, mas ele não tomava conhecimento, por possuir a qualidade inquietante da ingenuidade.

A sra. Boscowan? Mas sobre ela seria difícil dizer algo ao certo. Senhora de meia-idade, personalidade forte, como Tommy dissera, mas isso não parecia suficiente. Como que obedecendo a uma ordem de Tuppence, a sra. Boscowan levantou-se de repente.

– Não se importam de eu subir para tomar um banho? – indagou.

– Claro que não. – A srta. Bligh ficou de pé. – Vou lhe mostrar onde fica. Tudo bem, padre?

– Sei ir sozinha – disse a sra. Boscowan. – Não se preocupe... sra. Beresford?

Tuppence levou um pequeno susto.

– Não quer vir comigo? – perguntou-lhe a sra. Boscowan – Venha.

Tuppence foi como uma criança obediente. Não pensou isso com palavras, mas sabia que havia sido chamada, e quando a sra. Boscowan chamava, era impossível desobedecer.

Nesse momento, a sra. Boscowan passou pela porta do hall e Tuppence a seguiu. A sra. Boscowan subiu a escada... Tuppence foi atrás.

– O quarto de hóspedes fica lá em cima, no final – disse a sra. Boscowan. – Está sempre pronto. Comunica com um banheiro.

Abriu a porta no final da escada, entrou, acendeu a luz e Tuppence entrou também.

– Fico muito feliz de tê-la encontrado aqui – disse a sra. Boscowan. – Contava com isso. Estava preocupada. Seu marido lhe contou?

– Sim, me falou qualquer coisa – comentou Tuppence.

– Eu estava preocupada. – Fechou a porta, para poderem conversar em privado. – Nunca lhe pareceu – perguntou Emma Boscowan – que Sutton Chancellor é um lugar perigoso?

– Foi um lugar perigoso para mim – disse Tuppence.

– Eu sei. Ainda bem que não passou disso. Mas eu a entendo.

– A senhora sabe alguma coisa – arriscou Tuppence. – Sabe alguma coisa sobre tudo isso, não sabe?

– De certa forma, sim – respondeu Emma Boscowan – e de certa forma não. Tenho intuição, pressentimentos, sabe? Quando esses pressentimentos se mostram justificáveis, é preocupante. Essa história de quadrilha e crimes parece tão absurda. Não parece ter nenhuma relação com... – parou de falar abruptamente.

– Digo, é apenas mais uma coisa acontecendo, que sempre aconteceu, na verdade. Mas eles são muito organizados agora, como uma empresa. Não há nada de perigoso, não no aspecto criminal. Refiro-me ao *outro*. Saber onde está o perigo e a maneira de se defender dele. A senhora precisa tomar cuidado, sra. Beresford, muito cuidado. É uma dessas pessoas impulsivas, e isso não é muito seguro. Não aqui.

Tuppence falou devagar:

– Minha tia... na verdade, tia do Tommy, não minha... alguém lhe disse, na clínica onde ela morreu, que havia um assassino.

Emma concordou com a cabeça, num gesto lento.

– Houve duas mortes naquele asilo – disse Tuppence –, e o médico não sabe direito por quê.

– Foi isso que a instigou?

– Não – respondeu Tuppence –, foi antes.

– Se tiver tempo – pediu Emma Boscowan –, me conte... o mais rápido que puder, porque alguém pode nos interromper... O que aconteceu naquela clínica de repouso, lar de idosos, sei lá, que a instigou?

– Sim, posso lhe contar rapidamente – concordou Tuppence. E resumiu a história.

– Entendo – disse Emma Boscowan. – E não sabe onde essa senhora, a sra. Lancaster, está agora?

– Não.

– Acha que está morta?

– Pode ser.

– Porque sabia de alguma coisa?

– É. Ela sabia de alguma coisa. Um assassinato. Uma criança assassinada.

– Acho que se enganou quanto a isso – disse a sra. Boscowan. – Ela misturou as coisas. Sua tia, digo. Confundiu o assassinato da criança com algum outro assassinato.

– Possivelmente. Os velhos costumam se confundir. Mas *houve* um assassino de crianças aqui, não houve? Pelo menos, foi o que disse a mulher em cuja casa estive hospedada.

– Houve diversos assassinatos de criança nesta parte do país sim. Mas isso foi há muito tempo. Não sei muito bem quando. O padre não tem como saber, porque não estava aqui na época. Mas a srta. Bligh estava. Sim, ela devia estar aqui. Devia ser bem novinha naqueles tempos.

– Imagino que sim.

Perguntou:

– Ela sempre foi apaixonada pelo sir Philip Starke?

– Reparou, não? Acho que sim. Completamente apaixonada. Mais do que idolatria. Percebemos isso na primeira vez que viemos, William e eu.

– Por que vieram para cá? Vocês moraram na casa do canal?

– Não, nunca moramos lá. Ele queria pintar a casa. Pintou-a várias vezes. O que aconteceu com o quadro que seu marido me mostrou?

– Tommy levou-o de volta para casa – explicou Tuppence. – Ele me contou sobre o barco... que seu marido não o pintou... um barco chamado *Waterlily.*

– É verdade. Esse barco não foi pintado pelo meu marido. Na última vez que o vi, não havia barco nenhum. Alguém pintou depois.

– E batizou-o de *Waterlily*... e um homem que não existe, o Major *Waters*... escreveu perguntando sobre o túmulo de uma criança... uma criança chamada Lilian... mas não havia nenhuma criança enterrada lá, apenas um caixão de criança, cheio de material de um grande roubo. O barco deve ter sido uma mensagem... uma mensagem para dizer que o material do roubo estava escondido. Tudo parece estar associado com crime...

– Parece sim, mas não temos como saber ao certo o que...

Emma Boscowan interrompeu-se:

– Ela está vindo. Vá para o banheiro.

– Quem?

– Nellie Bligh. Vá correndo para o banheiro. Tranque a porta.

– Que mulher intrometida – exclamou Tuppence, obedecendo.

– Antes fosse só isso – falou a sra. Boscowan.

A srta. Bligh abriu a porta e entrou, alegre e prestativa.

– Espero que a senhora tenha encontrado tudo o que queria – disse. – Havia toalhas limpas e sabonete? A sra. Copleigh sempre vem arrumar a casa, mas preciso me certificar de que ela está fazendo as coisas direito.

A sra. Boscowan e a srta. Bligh desceram juntas. Tuppence alcançou-as na sala de visitas. Sir Philip Starke levantou-se à sua chegada, arrumou sua cadeira e sentou-se ao seu lado.

– Está bom assim, sra. Beresford?

– Sim, obrigada – agradeceu Tuppence. – Muito confortável.

– Sinto muito... – sua voz possuía um vago encanto, embora apresentasse um tom fantasmagórico, longínquo, sem ressonância e no entanto estranhamente profundo – pelo acidente. É tão triste... todos esses desastres que acontecem.

Seus olhos percorriam-lhe o rosto e ela pensou: "Está me analisando da mesma forma como fiz com ele". Olhou rapidamente para Tommy, mas viu que ele estava conversando com Emma Boscowan.

– Por que a senhora resolveu vir para Sutton Chancellor, sra. Beresford?

– Estávamos procurando uma casa de campo – respondeu Tuppence. – Meu marido estava fora, num congresso, e decidi dar uma volta pelo interior, só para ver o que havia, quanto custava, esse tipo de coisa, sabe?

– Ouvi dizer que a senhora visitou a casa perto da ponte do canal.

– Visitei. Uma vez, quando passava de trem, reparei nessa casa. Muito bonita, vista do lado de fora.

– É. Imagino, porém, que mesmo por fora precisa de uma boa reforma, no telhado e coisas assim. Não é tão bonita do outro lado, né?

– Não. Me pareceu uma forma estranha de dividir uma casa.

– Pois é – concordou Philip Starke. – Cada ideia, né?

– O senhor nunca morou lá, morou? – perguntou Tuppence.

– Não, nunca. Minha casa pegou fogo há muitos anos. Sobrou uma parte. A senhora deve ter visto. Fica acima deste vicariato, no alto da colina. Pelo menos é o que chamam de colina nesta parte do mundo. Não é nada especial. Meu pai a construiu por volta de 1890. Uma mansão imponente, com coberturas góticas, um toque de Balmoral. Nossos arquitetos atuais voltaram a admirar esse estilo, embora há quarenta anos fosse considerado horrível. Possuía tudo o que uma casa que se preze devia possuir. – Sua voz era ligeiramente irônica. – Sala de bilhar, solário, recanto para senhoras, um refeitório colossal, salão de baile, cerca de quatorze quartos. Antigamente, chegou a ter, segundo meus cálculos, uma equipe de quatorze empregados para cuidar de tudo.

– Pelo visto, o senhor nunca gostou muito dessa casa.

– Nunca mesmo. Fui uma decepção para o meu pai. Ele era um industrialista próspero e esperava que eu seguisse seus passos, o que não aconteceu. Me tratava muito bem. Me dava uma boa mesada, ou pensão... como se dizia na época... e me deixou fazer o que eu queria.

– Soube que o senhor é especialista em botânica.

– Bem, esse é um dos meus grandes passatempos. Eu costumava viajar em busca de flores silvestres, principalmente nos Bálcãs. A senhora já foi aos Bálcãs atrás de flores silvestres? É um lugar maravilhoso para isso.

– Parece muito sedutor. E depois voltava a morar aqui?

– Faz séculos que não moro mais na aldeia. Na verdade, jamais voltei a morar aqui desde que minha mulher faleceu.

– Ah – exclamou Tuppence, um pouco sem graça. – Sinto muito.

– Faz tempo. Faleceu antes da guerra. Em 1938. Uma mulher muito bonita – disse.

– Ainda guarda retratos dela em casa?

– Não, está tudo vazio. Mandei guardar toda a mobília, quadros etc. num depósito. Só ficou um quarto de dormir, um gabinete e uma sala de estar, ocupados pelo meu agente ou por mim mesmo, quando preciso vir para cá cuidar dos negócios imobiliários.

– Nunca foi vendida?

– Não. Houve rumores de que iriam incentivar o desenvolvimento agrícola. Não sei. Não que eu tenha vocação para esse tipo de trabalho. Meu pai julgava estar fundando uma espécie de domínio feudal. Eu devia sucedê-lo e meus filhos a mim. E assim por diante. – Fez uma pausa e depois acrescentou: – Mas Julia e eu nunca tivemos filhos.

– Ah – murmurou Tuppence –, entendo.

– Portanto, não me resta nada a fazer aqui. Aliás, quase nunca venho. Tudo o que precisa ser feito, Nellie Bligh faz para mim. – Dirigiu-lhe um sorriso. – Tem sido uma secretária maravilhosa. Continua tratando dos meus assuntos.

– O senhor nunca vem para cá e no entanto não pretende vender a casa? – indagou Tuppence.

– Existe um excelente motivo para isso – explicou Philip Starke.

Um leve sorriso passou-lhe pelos traços austeros.

– Talvez eu tenha herdado um pouco do espírito comercial de meu pai. A terra está aumentando enormemente de valor. Representa melhor investimento do que o dinheiro que obteria com a venda. Valoriza cada dia mais. No futuro, quem sabe, vão construir uma enorme cidade residencial nesta região.

– Aí o senhor vai ficar rico?

– Aí vou ficar ainda mais rico do que já sou – corrigiu sir Philip. – E olha que já sou bastante rico.

– O que o senhor faz na maior parte do tempo?

– Viajo e trato de negócios em Londres. Tenho uma galeria de arte lá. Estou me convertendo num vendedor de quadros. Todas essas coisas são interessantes. Ocupam o nosso tempo... até o momento em que uma mão pousa no nosso ombro e entendemos: “Chegou a hora”.

– Não diga isso – pediu Tuppence. – Me dá arrepios.

– Não vejo por quê, sra. Beresford. A senhora ainda deve viver muitos anos, cheios de alegria.

– Bem, estou muito feliz no presente – retrucou. – Mas vou acabar ficando com todas as dores, achaques e problemas que afligem a velhice. Surda, cega, reumática e uma série de outras coisas.

– Provavelmente não vão lhe incomodar tanto quanto imagina. Desculpe o comentário, sem querer ser rude, mas a senhora dá a impressão de ser muito feliz com seu marido.

– Sou mesmo – afirmou Tuppence. – Acho que no fundo não existe nada que se compare a uma boa vida conjugal, né?

Mal concluiu a frase, teve vontade de desaparecer. Quando olhou para o homem à sua frente, que sofrera tantos anos e possivelmente ainda continuava pranteando a perda da esposa amada, sentiu-se ainda mais furiosa consigo mesma.

Capítulo 16

A manhã seguinte

I

Foi na manhã seguinte à reunião.

Ivor Smith e Tommy pararam a conversa e olharam um para o outro, virando depois para Tuppence, que fitava a lareira, distraída.

– Aonde chegamos? – perguntou Tommy.

Com um suspiro, Tuppence voltou do lugar a que fora levada por suas cogitações e contemplou os dois.

– Para mim, continua tudo confuso ainda – disse. – A reunião de ontem à noite. Qual era o propósito? O que significou tudo aquilo? – Olhou para Ivor Smith. – Imagino que significou alguma coisa para vocês dois. Vocês sabem em que ponto estamos?

– Não iria tão longe – respondeu Ivor. – Não estamos atrás da mesma coisa, estamos?

– Realmente não – confirmou Tuppence.

Os dois homens a fitaram, perplexos.

– Muito bem – continuou Tuppence. – Sou uma mulher com uma ideia fixa. *Quero encontrar a sra. Lancaster.* Quero me certificar de que esteja sã e salva.

– Primeiro vai ter que achar a sra. Johnson – advertiu Tommy. – Você nunca vai encontrar a sra. Lancaster se não conseguir localizar a sra. Johnson.

– Sra. Johnson – repetiu Tuppence. – Sim, me pergunto... Mas acho que não estão interessados nesta parte – disse a Ivor Smith.

– Estamos interessados sim, sra. Beresford, muito interessados.

– E o sr. Eccles?

Ivor sorriu.

– Acho que em breve ele vai receber sua recompensa. No entanto, não me fiaria nisso. É um homem que destrói o próprio rastro com tanta habilidade que chegamos a duvidar de que tenha havido algum. – Acrescentou, pensativo: – Um grande administrador. Um gênio do planejamento.

– Ontem à noite – começou Tuppence e hesitou. – Posso fazer perguntas?

– Claro – respondeu Tommy. – Mas não espere respostas satisfatórias de nosso velho Ivor.

– Sir Philip Starke – começou Tuppence – Onde é que ele entra? Não tem aspecto de criminoso... a não ser que fosse do tipo que...

Parou a tempo de evitar alguma referência às conjeturas da sra. Copleigh sobre os infanticídios.

– Sir Philip Starke representa uma valiosa fonte de informações – explicou Ivor Smith. – É o maior latifundiário local... e de outras regiões da Inglaterra também.

– Em Cumberland?

Ivor Smith olhou vivamente para Tuppence.

– Cumberland? Por que a senhora menciona Cumberland? O que a senhora sabe sobre esse lugar, sra. Beresford?

– Nada – respondeu Tuppence. – Por algum motivo, me passou pela cabeça. – Franziu a testa, perplexa. – E uma rosa listrada de vermelho e branco ao lado de uma casa... uma dessas rosas antigas.

Sacudiu a cabeça.

– Sir Philip Starke é o dono da casa do canal?

– A terra é dele, como quase todas as da região.

– Sim, ele me contou ontem à noite.

– Por seu intermédio, soubemos um monte de coisas a respeito de arrendamentos e locações que estavam habilmente embaralhados em complexidades legais...

– Aqueles corretores de imóveis que fui procurar em Market Basing... Há qualquer coisa duvidosa neles ou é imaginação minha?

– Não é imaginação não. Vamos visitá-los hoje de manhã e fazer umas perguntinhas.

– Ótimo! – exclamou Tuppence.

– Estamos indo muito bem. Esclarecemos o grande roubo do correio de 1965, os assaltos em Albury Cross e o caso do trem irlandês. Localizamos boa parte do material roubado. Arrumavam bons esconderijos nessas casas. Um banheiro novo numa, dependências de serviço noutra... alguns quartos um pouco menores para caber um nicho interessante. Descobrimos muita coisa.

– Mas e as *pessoas*? – perguntou Tuppence. – Digo, as que tiveram a ideia, que comandavam o negócio... além do sr. Eccles. Deve haver outros que saibam de alguma coisa.

– Sim. Pelo menos mais dois... O dono de uma boate, convenientemente localizada perto da estrada M1. Foi apelidado de "Felizardo". Um velhaco. E uma mulher chamada Killer Kate... mas isso foi há muito tempo... uma de nossas criminosas mais interessantes. Uma menina bonita, mas de saúde mental duvidosa. Livraram-se dela... podia se converter num perigo para eles. Era um negócio rigorosamente comercial... só queriam saber de lucro... não de crimes.

– E a casa do canal era um dos esconderijos?

– Numa época, Ladymead, chamava-se. A casa teve um monte de nomes diferentes.

– Só para dificultar ainda mais as coisas, imagino – comentou Tuppence. – Ladymead. Será que tem relação com outro fato qualquer?

– Por que haveria de ter?

– Bem, na verdade não tem – respondeu Tuppence. – Só que me deixou de novo com a pulga atrás da orelha. O problema – continuou – é que já nem sei o que quero dizer. O quadro, também. Boscowan pintou a paisagem e depois alguém pintou um barco, com um nome...

– *Tiger Lily.*

– Não, *Waterlily.* E sua mulher garante que não foi o marido.

– Como é que ela sabe?

– Deve saber. Quem casa com um pintor, e ainda mais sendo artista também, deve reconhecer o estilo. Ela é bastante assustadora, a meu ver – disse Tuppence.

– Quem, a sra. Boscowan?

– É. Entende o que eu quero dizer? Enérgica. Opressiva, até.

– Talvez.

– Ela sabe de alguma coisa – continuou Tuppence –, mas não tenho certeza de que seja conscientemente, entende?

– Não – afirmou Tommy, decidido.

– Ora, estou dizendo que há uma maneira de saber as coisas. A outra é uma espécie de pressentimento.

– É o seu caso, Tuppence.

– Vocês podem dizer o que quiserem – continuou Tuppence, sem perder a linha de raciocínio. – A coisa toda gira em torno de Sutton Chancellor. De Ladymead, ou casa do canal, como preferirem. E de todas as pessoas que moraram aqui, tanto hoje quanto no passado. Certos acontecimentos datam de muito tempo atrás.

– Está falando da sra. Copleigh.

– De um modo geral – continuou Tuppence –, acho que a sra. Copleigh misturou um monte de coisas que só complicaram ainda mais a situação. Acho também que fez confusão com a ordem cronológica.

– Normal com quem mora no campo – lembrou Tommy.

– Eu sei – disse Tuppence. – Afinal de contas, fui criada num vicariato do interior. Eles marcam as datas pelos acontecimentos, não pelos anos. Não dizem "isso aconteceu em 1930" ou "aquilo foi em 1925". Dizem "isso aconteceu no ano em que o moinho pegou fogo" ou "depois que o raio derrubou o carvalho e matou o fazendeiro James" ou "no ano em que houve a epidemia de paralisia infantil". De modo que, naturalmente, as coisas de que se lembram não obedecem a uma sequência particular. Fica tudo muito difícil – concluiu. – Existem apenas alguns detalhes isolados. Claro que o problema – disse Tuppence com o ar de alguém que de repente faz uma descoberta importante –, o problema é que estou ficando velha.

– A senhora vai ser eternamente jovem – declarou Ivor, galanteador.

– Não seja bobo – retrucou Tuppence, em tom cáustico. – Estou velha porque me lembro das coisas da mesma forma que eles. Voltei a ser primitiva no meu uso da memória.

Levantou-se e caminhou pela sala.

– Que hotel mais sem graça – comentou.

Foi até o quarto de dormir e voltou contrariada.

– Não tem nenhuma Bíblia.

– Bíblia?

– É. Nos hotéis antigos, sempre tem uma Bíblia na mesa de cabeceira. Acho que é para nos salvar a qualquer hora do dia ou da noite. Pois aqui não tem.

– Quer uma?

– Até quero. Fui criada como se deve e conhecia a Bíblia muito bem, como toda filha de clérigo que se preze. Mas hoje a tendência é esquecer. Sobretudo porque não ensinam mais direito nas igrejas. Dão uma versão moderna, com fraseado correto e boa tradução, só que não parece o texto de antigamente. Enquanto vocês dois vão falar com os corretores, vou até Sutton Chancellor de carro – acrescentou.

– Para quê? Está proibida – advertiu Tommy.

– Besteira... Não vou bancar a detetive. Só quero ir à igreja e olhar a Bíblia. Se for alguma versão moderna, peço para o padre. Ele deve ter uma, não? Do tipo correto, digo. Versão Autorizada.

– Para que você quer uma Versão Autorizada?

– Quero apenas refrescar a memória em relação àquelas palavras rabiscadas no túmulo da menina... Me interessaram.

– Tudo bem... mas não confio em você, Tuppence... sabe lá se não vai se meter em confusão assim que a perder de vista.

– Palavra de honra que não vou perambular mais por cemitérios. A igreja numa manhã ensolarada e o gabinete do padre... apenas isso... o que pode ser mais inofensivo?

Tommy olhou-a com ar de dúvida e viu-se obrigado a concordar.

II

Depois de deixar o carro na entrada, Tuppence olhou com cuidado em volta antes de entrar no recinto da igreja. Agia com a desconfiança natural de quem sofrera sérios danos corporais num determinado ponto geográfico. Parecia não haver nenhum agressor emboscado atrás dos túmulos.

Entrou na igreja. Uma mulher idosa, ajoelhada, lustrava metais. Tuppence foi na ponta dos pés até o atril e pôs-se a examinar o volume colocado ali. A lustradora de metais ergueu a cabeça, com olhar de reprovação.

– Não vou roubar nada – disse Tuppence para tranquilizá-la e, fechando o livro, saiu da igreja sem fazer barulho.

Sentiu-se tentada a visitar o lugar onde haviam aberto as recentes escavações, mas prometera-se que não cederia.

"*Quem maltratar*", murmurou. "Talvez fosse isso, mas nesse caso se referia a alguém."

Percorreu de carro a curta distância até o vicariato, desceu e subiu a senda que conduzia à porta de entrada. Tocou a campainha, mas não escutou nenhum som lá dentro. "Deve estar quebrada", disse, conhecendo as campainhas de vicariato. Empurrou a porta, que se abriu.

Permaneceu imóvel no hall. Em cima da mesa, um envelope grande com selo estrangeiro, ocupava boa parte do espaço. Trazia a inscrição impressa de uma sociedade missionária da África.

"Ainda bem que não sou missionária", pensou.

Havia qualquer coisa por trás desse pensamento vago, algo relacionado a uma certa mesa de vestíbulo em algum lugar, e que devia se lembrar... Flores? Folhas? Alguma carta ou pacote?

Nesse momento, o padre apareceu pela porta da esquerda.

– Estava me procurando? Eu... Ah, é a sra. Beresford, não é?

– Sou eu sim – respondeu Tuppence. – Vim perguntar se por acaso o senhor não teria uma Bíblia.

– Bíblia – repetiu o padre, numa expressão inesperadamente dubitativa. – Uma Bíblia.

– Imaginei que tivesse – disse Tuppence.

– Claro – afirmou o padre. – Aliás, acho que tenho várias. Possuo um Testamento Grego – lembrou, esperançoso. – Mas não é isso que a senhora quer, é?

– Não. Procuro – declarou com firmeza – a Versão Autorizada.

– Nossa – exclamou o padre. – Lógico, deve haver diversos exemplares na casa. Vários, mesmo. Não usamos mais essa versão na igreja, sinto lhe dizer. Seguimos as ideias do bispo, e ele insiste muito em modernizar, para os jovens, sabe como é. Acho uma pena. Tenho tantos livros na estante que alguns ficam por trás. Mas *acho* que dá para encontrar o que a senhora quer. *Acho.* Se não conseguir, peço à srta. Bligh. Ela anda por aí, tratando dos vasos para as crianças arrumarem flores silvestres no Recanto Infantil da igreja. – Deixou Tuppence no hall e voltou a entrar na sala de onde saíra.

Tuppence não o seguiu. Permaneceu ali, franzindo a testa e pensando. Ergueu a cabeça de repente. A porta do fundo do corredor se abriu e a srta. Bligh apareceu, com um pesado vaso de metal nas mãos.

Teve um *insight.*

– Mas é claro! – exclamou –, *claro*!

– Posso ajudá-la?... Eu... ah, é a sra. Beresford.

– Sim – respondeu Tuppence, acrescentando em seguida: – E a senhora é a *sra. Johnson, não?*

O vaso pesado caiu no chão.Tuppence se abaixou para pegá-lo. Avaliou o peso com a mão.

– Arma bem pesada – comentou, largando-o. – O objeto ideal para bater na cabeça de alguém pelas costas – prosseguiu. – Foi o que a senhora fez comigo, não foi, *sra. Johnson?*

– Eu... Eu... Como disse? Eu... Eu... Eu nunca...

Mas Tuppence não precisava dizer mais nada. Tinha visto o efeito de suas palavras. Na segunda vez que mencionou o nome da sra. Johnson, a srta. Bligh se entregara de modo inconfundível. Estava trêmula e apavorada.

– Havia uma carta em cima da mesa de entrada outro dia – disse Tuppence – dirigida a uma tal de sra. Yorke, num endereço em Cumberland. Foi para onde a senhora a levou, não foi, sra. Johnson, quando tirou-a de Sunny Ridge? É lá que ela está agora. Sra. Yorke ou sra. Lancaster... usava ambos os nomes... York e Lancaster, como a rosa listrada de vermelho e branco no jardim dos Perry...

Virou-se rapidamente e saiu da casa, deixando a srta. Bligh lá, ainda apoiada no corrimão da escada, boquiaberta, de olhos arregalados. Tuppence desceu correndo ao portão, entrou no carro e partiu. Olhou de novo para a porta de entrada, mas ninguém apareceu. Passou pela igreja, a caminho de Market Basing, mas de repente mudou de ideia. Deu meia volta, percorreu o mesmo trajeto anterior e tomou a estrada à esquerda, que levava à ponte da casa do canal. Abandonou o carro, espiou pela cancela para ver se um dos Perry estava no jardim, mas não viu ninguém. Atravessou o portão e seguiu a trilha até a porta dos fundos, que também estava fechada, assim como as janelas.

Tuppence ficou chateada. Talvez Alice Perry tivesse ido a Market Basing fazer compras. Era quem mais queria encontrar. Bateu na porta, primeiro delicadamente, depois mais forte. Ninguém atendeu. Girou a maçaneta, mas a porta não abriu. Estava trancada. Ficou ali parada, sem saber o que fazer.

Precisava fazer algumas perguntas a Alice Perry. Devia estar em Sutton Chancellor. Talvez fosse melhor voltar lá. A dificuldade da casa do canal era que nunca parecia ter ninguém por perto e praticamente nenhum tráfego pela ponte. Não havia ninguém para informar onde os Perry poderiam estar naquela manhã.

Capítulo 17

Sra. Lancaster

I

Tuppencc estava lá parada, de cenho franzido, quando, de repente, a porta se abriu. Deu um passo para trás, assustada. A pessoa à sua frente era a última criatura deste mundo que esperava encontrar. No umbral, vestida exatamente como em Sunny Ridge, e sorrindo da mesma maneira, com aquele ar de vaga amabilidade, encontrava-se a sra. Lancaster em carne e osso.

– Oh! – exclamou Tuppence.

– Bom dia. Queria falar com a sra. Perry? – perguntou a sra. Lancaster. – É dia de feira hoje. Sorte que pude atendê-la. Não conseguia achar a chave. Creio que deve ser uma cópia, não? Mas entre, por favor. Gostaria de uma xícara de chá?

Como num sonho, Tuppence atravessou o limiar. A sra. Lancaster, com gestos corteses de hospitalidade, conduziu-a à sala de visitas.

– Tome assento – disse. – Não sei direito onde guardam xícaras e tudo mais. Cheguei há uns dois dias. Agora... deixe-me ver... Mas... claro... já nos encontramos antes, não?

– Sim – confirmou Tuppence –, quando a senhora estava em Sunny Ridge.

– Sunny Ridge, Sunny Ridge. Isso me lembra alguma coisa. Ah, claro, a nossa querida srta. Packard. Sim, um lugar muito bom.

– A senhora foi embora um pouco às pressas, não foi? – indagou Tuppence.

– As pessoas são tão autoritárias – comentou a sra. Lancaster. – Vivem nos afobando. Não nos dão tempo para *arrumar* as coisas ou *fazer as malas* direito ou *seja lá o que for*. Não por mal, claro. É evidente que eu gosto muito da nossa querida Nellie Bligh, mas é um tipo de mulher bastante dominadora. Às vezes acho – continuou a sra. Lancaster, inclinando-se para Tuppence – que não regula muito bem... – disse dando um tapa na testa. – É óbvio que isso acontece, principalmente com solteironas. Mulheres que não se casam. Dedicadas a boas obras e tudo mais, mas que às vezes pegam uma manias esquisitas. Os clérigos sofrem à beça. Essas coitadas, às vezes, teimam em dizer que o padre lhes pediu em casamento quando na verdade isso nunca aconteceu. Coitada da Nellie. Tão sensata para certas coisas. Tem sido maravilhosa na paróquia. E me parece que sempre foi uma excelente secretária. Mesmo assim, às vezes tem umas ideias muito estranhas. Como me tirar de uma hora para a outra do ótimo Sunny Ridge e me levar para Cumberland... uma casa bastante sombria, e de repente, me trazer de volta aqui...

– A senhora está morando aqui? – perguntou Tuppence.

– Bem, se é que se pode *chamar* disso. É um arranjo muito peculiar. Cheguei há dois dias apenas.

– Antes disso, a senhora esteve em Rosetrellis Court, em Cumberland?

– Sim, acho que o nome era esse. Não é tão bonito quanto Sunny Ridge, né? Para falar a verdade, nem tive tempo de me instalar. E também não era bem administrado. O serviço não era tão bom e usavam uma marca de café bastante inferior. Mesmo assim, já estava me acostumando e cheguei a fazer umas amigas lá. Uma delas havia conhecido uma tia minha, anos atrás, na Índia. É tão bom, sabe, quando encontramos vínculos.

– Deve ser – disse Tuppence.

A sra. Lancaster continuou, animada.

– Agora, deixe-me ver, a senhora foi a Sunny Ridge, mas não para ficar. Tinha ido para visitar uma hóspede.

– A tia de meu marido – contou Tuppence –, a srta. Fanshawe.

– Claro. Estou lembrando agora. E não houve uma história a respeito de uma filhinha sua atrás da lareira?

– Não – respondeu Tuppence –, não era minha filha.

– Mas foi por esse motivo que a senhora veio aqui, não foi? Andaram tendo problemas com a chaminé daqui. Um pássaro caiu lá dentro, pelo que me contaram. Este lugar precisa de reforma. Não gosto *nem um pouco* de ficar aqui. Não, de jeito nenhum, e vou dizer para a Nellie assim que a encontrar.

– Está hospedada na casa da sra. Perry?

– Mais ou menos. Posso lhe contar um segredo?

– Claro – respondeu Tuppence –, pode confiar em mim.

– Não é realmente aqui que estou, nesta parte da casa. Esta pertence aos Perry. – Inclinou-se para frente. – Existe outra, lá em cima. Venha comigo. Vou lhe mostrar.

Tuppence se levantou. Sentia-se como num sonho doido.

– Melhor trancar a porta primeiro. É mais seguro – disse a sra. Lancaster.

Subiu na frente de Tuppence por uma escada estreita que conduzia ao andar superior. Passaram por um quarto de casal com sinais de uso – possivelmente o quarto dos Perry – e atravessaram uma porta que comunicava com outra peça contígua. Continha um lavatório e um grande guarda-roupa de madeira. Só isso. A sra. Lancaster dirigiu-se ao armário, tateou o fundo e depois, com súbita facilidade, deslocou-o para um lado. Parecia ter rodinhas por baixo e separou-se da parede com muita rapidez.

Atrás, para espanto de Tuppence, havia uma lareira. Em cima, via-se um espelho com uma pequena prateleira, onde havia pequenos pássaros de porcelana.

Para surpresa de Tuppence, a sra. Lancaster pegou o que se achava bem no meio e puxou-o com toda força. Aparentemente, o pássaro era colado, porque todos os outros estavam presos, verificou Tuppence. Mas como resultado da ação da sra. Lancaster, ouviu-se um clique, e a lareira toda se afastou da parede, girando para trás.

– Engenhoso, não? – disse a sra. Lancaster. – Foi feito há muito tempo, quando reformaram a casa. A toca do padre, era como chamavam este quarto, mas não acho que fosse realmente isso. Não, não tinha nada a ver com padres. Nunca me pareceu. Vamos entrar. Estou morando aqui agora.

Deu um novo empurrão. A parede em frente também recuou, e pouco tempo depois se encontraram numa enorme sala, maravilhosa, com janelas que se abriam sobre o canal e a colina oposta.

– Um lindo ambiente, não? – perguntou a sra. Lancaster. – Uma vista tão bonita. Sempre gostei daqui. Morei nesta casa por um tempo na juventude.

– Compreendo.

– Pena que dá azar – comentou. – Sempre disseram que esta casa tinha mau-olhado. Acho melhor – acrescentou – fechar isso de novo. Todo cuidado é pouco, né?

Estendeu a mão e empurrou a porta por onde haviam entrado. Ouviu-se um forte clique quando o mecanismo voltou ao lugar.

– Imagino – disse Tuppence – que essa foi uma das alterações que fizeram para transformar a casa num esconderijo.

– Eles fizeram um monte de alterações – disse a sra. Lancaster. – Mas sente-se. Prefere uma cadeira alta ou baixa? Eu gosto de alta, por causa do reumatismo.

– A senhora deve ter imaginado que houvesse um cadáver de criança lá – acrescentou. – Uma ideia absurda, não acha?

– Sim, talvez.

– Polícia e ladrão – comentou a sra. Lancaster, com ar indulgente. – Somos tão bobas na mocidade. Todas essas histórias. Quadrilhas... grandes assaltos... a atração é tão forte para quem é jovem. Achamos que ser a mulher de um pistoleiro é a coisa mais maravilhosa do mundo. Eu achava. Acredite – curvou-se para frente e deu um tapinha no joelho de Tuppence –, *não é verdade*. Não mesmo. Eu também achei que fosse, mas queremos mais do que isso. Não há nenhuma emoção em apenas roubar e conseguir fugir. Requer boa organização, isso sim.

– Quer dizer que a sra. Johnson ou a srta. Bligh – seja lá o nome que lhe dá...

– Bem, para mim sempre foi Nellie Bligh. Mas por um motivo ou outro – para facilitar as coisas, diz ela –, de vez em quando se intitula sra. Johnson. Só que nunca foi casada. É solteirona.

Ouviu-se um som de batidas vindo lá de baixo.

– Nossa – exclamou a sra. Lancaster –, devem ser os Perry. Não achei que fossem voltar tão cedo.

As batidas continuaram.

– Melhor abrir – sugeriu Tuppence.

– Não, querida, não vamos fazer isso – disse a sra. Lancaster. – Não tolero gente intrometida. A conversa está tão boa, não acha? Vamos ficar aqui... Ai, meu Deus, agora estão chamando embaixo da janela. Vá ver quem é.

Tuppence foi até a janela.

– É o sr. Perry – informou.

Lá de baixo, o sr. Perry começou a gritar:

– Julia! Julia!

– Que impertinência – reclamou a sra. Lancaster. – Não permito que pessoas como Amos Perry me chamem pelo nome. De jeito nenhum. Não se preocupe, querida

– acrescentou – estamos bem seguras aqui. E podemos continuar conversando. Vou lhe contar tudo sobre mim... levei uma vida muito interessante... Agitada... Às vezes acho que deveria escrevê-la. Estive envolvida, sabe? Era uma desmiolada e me meti com... bem, no fundo não passava de uma quadrilha de criminosos vulgar. Não existe outro termo. Alguns eram *muito* indesejáveis. Veja bem, havia gente boa entre eles, gente de classe.

– A srta. Bligh?

– Não, não. A srta. Bligh nunca teve nada a ver com crime. Imagine, Nellie Bligh! Ela é toda certinha. Religiosa. Essas coisas. Só que existem diferentes tipos de religião, como a senhora deve saber.

– Suponho que existam várias seitas diferentes – sugeriu Tuppence.

– Sim, tem que haver, para pessoas comuns. Mas existem outras, além das comuns. Algumas pessoas especiais, que obedecem ordens específicas. Legiões de elite. Entende o que eu quero dizer, querida?

– Acho que não – respondeu Tuppence. – Não acha que devíamos deixar os Perry entrarem na própria casa? Eles estão ficando um pouco irritados...

– Não, não vamos deixar os Perry entrarem. Não até... bem, não antes de eu terminar de lhe contar tudo. Não precisa ter medo, querida. É tudo muito... muito natural, muito inofensivo. Não há nenhum tipo de dor. É como adormecer. Exatamente.

Tuppence fitou-a, depois deu um salto e correu até a porta.

– Não dá para sair por aí – advertiu a sra. Lancaster. – Precisa saber onde está o trinco. Não é onde pensa. Só eu sei. Conheço todos os segredos deste lugar. Morei aqui com os criminosos quando era jovem, até que me separei deles e consegui a salvação. Uma salvação especial. Foi o que recebi... para expiar meu pecado... A criança, sabe... Eu a matei. Eu era bailarina... não queria ter filhos... Ali, na parede... um retrato meu... de bailarina...

Tuppence olhou na direção que o dedo apontava. Na parede, havia uma pintura a óleo, de corpo inteiro, de uma menina num traje de folhas brancas, com a legenda "Waterlily".

– Waterlily foi um dos meus melhores papéis. Todos disseram.

Tuppence recuou devagar e sentou-se. Não tirava os olhos da sra. Lancaster. Algumas palavras não saíam de sua cabeça, palavras que tinha ouvido em Sunny Ridge. "*A coitadinha era sua filha?*" Na ocasião, tinha ficado assustada. Como agora. Ainda não sabia direito o que temia, mas o medo se repetia. Olhando aquele rosto benevolente, aquele sorriso sincero.

– Tive que obedecer ordens que recebera... É necessário haver agentes de destruição. Fui designada para isso. Aceitei a missão. Partem livres de pecado. Digo, as crianças. Não tinham idade suficiente para pecar. Então eu as mandava para a Glória, como me haviam ordenado. Ainda inocentes. Sem conhecer o mal. Pode ver que grande honra era ser escolhida. Ser uma das eleitas. Sempre adorei crianças. Nunca tive filhos. Isso foi muito cruel, não acha? Ao menos, parecia. Mas serviu de punição pelo que eu havia feito. Talvez saiba o que foi.

– Não – afirmou Tuppence.

– A senhora dá a impressão de saber tanto. Pensei que talvez soubesse isso também. Havia um médico. Fui procurá-lo. Tinha apenas dezessete anos na época e estava assustada. Ele falou que não teria problema tirar a criança, para ninguém ficar sabendo. Mas teve problema sim. Comecei a ter pesadelos. Sonhava que a criança estava sempre ali, me perguntando por que nunca tinha tido vida. Disse que queria companheiras. Era uma menina, sabe? Sim, tenho certeza de que era uma menina. Vinha e pedia outras crianças. Então recebi a ordem. *Eu* não podia mais ter filhos. Havia casado e achei que fosse ter, já que meu marido adorava criança, mas nunca tivemos, porque eu estava amaldiçoada. A senhora entende, não entende? Mas havia uma saída, uma forma de expiação. Para consertar o que eu tinha feito. Eu tinha cometido um crime, não tinha? A única maneira de expiar um crime é cometer outros, porque esses não seriam propriamente crimes, mas *sacrifícios*. Oferecidos a Deus. Percebe a diferença? As crianças iam fazer companhia à minha filha. De todas as idades, mas pequenas. A ordem vinha e aí – inclinou-se para frente e tocou em Tuppence –, era uma alegria. A senhora entende, né? Era tão bom livrar aquelas crianças, para que nunca soubessem o que era pecado, como eu sabia. Não poderia contar para ninguém, claro, ninguém poderia ficar sabendo. Precisava tomar cuidado. Mas às vezes desconfiavam ou acabavam se inteirando. Aí, naturalmente... bem, quer dizer, essas pessoas também tinham que morrer, para que *eu* me salvasse. Assim, sempre me salvei. A senhora entende?

– Não... não muito.

– Mas a senhora *sabe*. Foi por isso que veio aqui, não foi? Porque sabia. Descobriu no dia em que lhe perguntei, em Sunny Ridge. Vi no seu rosto. Perguntei: "A coitadinha era sua filha?" Pensei que tivesse ido lá por ser uma das mães cuja filha eu tinha matado. Esperava que a senhora voltasse, para tomarmos um copo de leite juntas. Em geral, era leite. Às vezes, com chocolate. Quem soubesse.

Atravessou a sala a passos lentos e abriu um armário num canto da sala.

– A sra. Moody – perguntou Tuppence – foi uma?

– Ah, então sabe dela... não era uma das mães... tinha sido camareira no teatro. Me reconheceu, por isso tive que dar um fim nela. – Virando-se de repente, veio em direção à Tuppence segurando um copo de leite com um sorriso persuasivo.

– Beba – ordenou. – Beba tudo num gole só.

Tuppence ficou imóvel por um instante, depois saltou e correu à janela. Pegando uma cadeira, quebrou os vidros. Colocou a cabeça para fora e gritou:

– Socorro! Socorro!

A sra. Lancaster soltou uma gargalhada. Largou o copo de leite numa mesa, recostou-se na cadeira e ficou rindo.

– Como é burra. Quem acha que vai vir? Quem *pensa* que pode vir? Teriam que arrombar as portas, atravessar a parede, e a essa hora... Bom, não precisa ser leite. Leite é mais fácil. Leite, chocolate e até chá. Para a pequena sra. Moody, coloquei no achocolatado... ela amava.

– A morfina? Como conseguiu?

– Ora, fácil. Um homem com quem eu morei há anos... tinha câncer... o médico me deu um estoque para ele... para eu guardar... outras drogas também... Mais tarde eu disse que tinha jogado tudo fora... mas guardei, com outros remédios e sedativos... Achei que pudessem ser úteis algum dia... e foram mesmo... Ainda tenho uma parte... Nunca tomei nada disso... Não acredito que sejam eficazes. – Empurrou o copo de leite para Tuppence. – Beba, vai ser mais fácil assim. A outra forma... o problema é que não sei direito onde coloquei.

Levantou-se da cadeira e começou a andar pela sala.

– Onde *foi* que eu coloquei? Cadê? Esqueço tudo, agora que estou envelhecendo.

Tuppence soltou outro grito.

– Socorro! – mas a margem do canal continuava deserta. A sra. Lancaster andava de um lado para o outro.

– Pensei... com certeza pensei... ah, claro, está na minha bolsa de tricô.

Tuppence virou-se da janela. A sra. Lancaster vinha em sua direção.

– Que mulher idiota – resmungou –, preferir dessa forma.

Estendeu o braço esquerdo e agarrou Tuppence pelo ombro. Tirou a mão direita das costas. Empunhava uma lâmina comprida e fina de estilete. Tuppence se debatia. Pensou: "Posso detê-la com facilidade. Não passa de uma velha. Fraca. Não tem como..."

De repente, numa fria rajada de medo, lembrou: "Mas *eu* também sou velha. Não sou tão forte quanto imagino. Não tanto quanto ela. Suas mãos, sua forma de segurar, seus dedos. Talvez porque seja louca, e os loucos, sempre ouvi dizer, são fortes".

A lâmina reluzente aproximava-se. Tuppence berrou. Lá embaixo, ouviu gritos e batidas. Bateram na porta, como se alguém quisesse arrombá-la ou entrar pela janela. "Mas nunca vão conseguir entrar", pensou. "Nunca vão conseguir. A não ser que conheçam o mecanismo."

Lutou bravamente. Ainda mantinha a sra. Lancaster à certa distância. Mas a outra era maior. Uma mulher enorme e corpulenta. O rosto tinha o mesmo sorriso, mas o olhar já não aparentava benevolência. Era o olhar de quem se divertia com aquilo.

– Killer Kate – disse Tuppence.

– Sabe meu apelido? Isso mesmo, mas o purifiquei. Me tornei um anjo exterminador. É por vontade de Deus que devo matá-la. Por isso está tudo certo. Entende como é, não? Está tudo certo.

Tuppence viu-se comprimida contra o encosto de uma grande poltrona. Com um braço, a sra. Lancaster a prendia, aumentando a pressão... não dava mais para recuar. Em sua mão direita, o aço afiado do estilete se aproximava.

"Não posso entrar em pânico... Não posso entrar em pânico...", pensava. Porém logo lhe vinha outro pensamento: "*Mas o que é que eu posso fazer?*" Era inútil lutar.

Então sentiu medo... O mesmo pavor que lhe dera o primeiro pressentimento em Sunny Ridge...

"A coitadinha era sua filha?"

Havia sido o primeiro aviso... só que o interpretara mal... não percebera que era uma advertência.

Seus olhos observavam a aproximação do aço, mas por incrível que pareça não era o metal brilhante nem a ameaça que representava que a paralisavam de terror.

Era aquele rosto... o rosto sorridente e benigno da sra. Lancaster... sorriso alegre, cheio de contentamento... uma mulher cumprindo a tarefa designada, com serena sensatez.

"Não *parece* louca", pensou Tuppence. "É isso que é assustador... Claro que não dá essa impressão, porque se julga sã. É um ser humano perfeitamente normal e razoável... é o que *pensa*... Oh, Tommy, Tommy, no que é que eu fui me meter desta vez?"

Sentiu vertigem e moleza. Os músculos se afrouxaram... em alguma parte houve um grande estrondo de vidro quebrado. Tuppence submergiu numa onda de escuridão e inconsciência.

II

– Muito bem... está voltando a si... beba isso, sra. Beresford.

Um copo pressionado contra seus lábios... resistiu como pôde... Leite envenenado... quem tinha dito isso... algo a respeito de "leite envenenado"? Não tomaria leite envenenado... Não, não era leite... um cheiro bem diferente...

Acalmou-se, abriu a boca... tomou um gole...

– Conhaque – disse, identificando o sabor.

– Isso! Continue... beba mais um pouco...

Tuppence deu outro gole. Recostou-se nas almofadas, olhando em volta. Na janela, via-se a ponta de uma escada. Em frente, uma grande quantidade de cacos de vidro no chão.

– Ouvi o vidro quebrando.

Afastou a taça de conhaque e seu olhar passou da mão e do braço para o rosto do homem que o segurava.

– El Greco – disse Tuppence.

– Como?

– Nada.

Olhou em volta.

– Onde ela está... digo, a sra. Lancaster?

– Está... descansando... no quarto ao lado...

– Compreendo. – Mas não tinha certeza se compreendia mesmo. Compreenderia melhor em seguida. No momento, só conseguia pensar em uma coisa de cada vez...

– Sir Philip Starke – disse devagar, sem saber direito. – Não é isso?

– Sim... Por que disse El Greco?

– Sofrimento.

– Não entendo.

– O quadro... Em Toledo... Ou no Prado... Achei isso há muito tempo... não, não faz tanto tempo. – Pensou um pouco... fez uma descoberta. – Noite passada. Numa reunião... No vicariato...

– Está melhorando – encorajou.

Parecia tão natural, de certa forma, estar sentada ali, naquela sala, com cacos de vidro no chão, conversando com aquele homem... de rosto obscuro...

– Cometi um erro... em Sunny Ridge. Me enganei totalmente sobre ela... Fiquei com medo na hora... Mas senti errado... Não estava com medo *dela*... Estava com medo *por* ela... Imaginei que ia lhe acontecer algo... Quis protegê-la... salvá-la... Eu... – Olhou-o com dúvida. – Entende? Ou parece besteira?

– Ninguém entende melhor do que eu... ninguém neste mundo.

Tuppence fitou-o fixamente... franzindo a testa.

– Quem... quem era ela? Digo, a sra. Lancaster... Sra. Yorke... esse nome não é verdadeiro... foi tirado de uma roseira... quem era ela... ela mesma?

Philip Starke respondeu duramente:

– "*Quem era ela? Ela mesma? A verdadeira, a autêntica. Quem era ela... com o sinal divino na testa?*" Já leu Peer Gynt, sra. Beresford?

Foi até a janela. Ficou ali um momento, olhando para fora. Depois, virou-se abruptamente.

– Era minha mulher, Deus me perdoe.

– Sua mulher? Mas ela morreu... a placa na igreja...

– Morreu no exterior... foi o boato que espalhei... E coloquei uma placa em sua memória na igreja. Ninguém gosta de fazer muitas perguntas a um viúvo sofrido. Deixei de morar lá.

– Disseram que o senhor tinha sido abandonado.

– Também era uma história aceitável.

– O senhor a levou embora quando descobriu... sobre as crianças...

– Então a senhora sabe das crianças?

– Ela me contou... inacreditável.

– Na maior parte do tempo, era bastante normal... ninguém teria desconfiado. Mas a polícia começou a suspeitar... Tive que agir... Precisava salvá-la... protegê-la... Entende... consegue entender... um pouco, pelo menos?

– Sim – respondeu Tuppence. – Entendo muito bem.

– Ela era... tão linda antes... – Sua voz falhou. – Está vendo ali? – apontou para o quadro na parede. – Waterlily... Era uma menina encantadora... sempre foi. A mãe era a última descendente da família Warrender... uma família antiga... cruzamento sanguíneo... Helena Warrender... fugiu de casa. Acabou nas mãos de um mau sujeito... um salafrário... A filha entrou para o teatro... era dançarina... Waterlily foi seu papel mais conhecido... Aí se envolveu com uma quadrilha de criminosos... para se divertir... pelo prazer do risco... Vivia se decepcionando... Quando casou comigo, tinha largado aquela vida... queria sossegar... viver tranquila... construir uma família... ter filhos. Eu era rico. Podia lhe dar tudo o que quisesse. Mas não tivemos filhos. Era uma tristeza para nós dois. Ela começou a ter obsessões de culpa... Talvez tivesse sido sempre um pouco desequilibrada... Não sei... O que importa a causa? Ela era...

Fez um gesto de desespero.

– Eu a amava... sempre a amei... não importa como era... o que fazia... Queria que ela se salvasse... que ficasse segura... não presa... prisioneira pelo resto da vida, sofrendo. E nós a mantivemos segura... por muitos e muitos anos.

– Nós?

– Nellie... a fiel Nellie Bligh. Minha querida Nellie Bligh. Foi maravilhosa... planejou e arrumou tudo. Os lares de idosos... todo conforto e luxo. E nada de tentações... *nenhuma* criança... tinham que permanecer longe... Parecia dar certo... esses asilos situados em lugares distantes... Cumberland... Gales do Norte... ninguém deveria reconhecê-la... ao menos era o que achávamos. Foi sugestão do sr. Eccles... um advogado muito arguto... cobrava caro... mas eu precisava dele.

– Chantagem? – insinuou Tuppence.

– Nunca encarei dessa forma. Era um amigo e um conselheiro...

– Quem pintou o barco no quadro, o barco chamado *Waterlily*?

– Eu. Ela adorou. Lembrava o triunfo no palco. Foi um dos quadros de Boscowan. Ela gostava dos quadros dele. Um dia, escreveu um nome em tinta preta embaixo da ponte, o nome de uma criança morta... Por isso, pintei um barco para dissimular e o intitulei *Waterlily*...

A porta na parede se abriu... A bruxa boazinha entrou.

Olhou para Tuppence e em seguida para Philip Starke.

– Tudo tranquilo de novo? – perguntou num tom casual.

– Sim – respondeu Tuppence. O legal da bruxa boazinha, observou, era que não fazia estardalhaço.

– Seu marido está lá embaixo, esperando no carro. Eu disse que vinha buscar a senhora, se a senhora quiser.

– Quero sim – disse Tuppence.

– Foi o que pensei. – Olhou em direção à porta que dava para o quarto. – Ela está... lá dentro?

– Está – respondeu Philip Starke.

A sra. Perry entrou no quarto. Tornou a sair...

– Entendo... – Olhou para ele com ar de quem não entendia.

– Ela ofereceu à sra. Beresford um copo de leite... A sra. Beresford não aceitou.

– E então ela mesma tomou?

Ele hesitou.

– Sim.

– Mais tarde ligo para o dr. Mortimer – disse a sra. Perry.

Foi ajudar Tuppence a se levantar, mas não precisou.

– Não estou ferida – informou. – Foi apenas um susto... Estou bem agora.

Ficou em pé, olhando para Philip Starke... nenhum dos dois parecia ter mais nada a dizer. A sra. Perry ficou ao lado da porta na parede.

Tuppence falou, por fim.

– Não há nada que eu possa fazer, né? – perguntou, embora não fosse bem uma pergunta.

– Só uma coisa... Foi Nellie Bligh quem lhe deu aquela pancada no cemitério outro dia.

– Imaginei – disse Tuppence.

– Ela perdeu a cabeça. Achou que a senhora fosse descobrir nosso segredo. Ela... Me arrependo amargamente de todas as exigências que lhe impus todos esses anos. É mais do que qualquer mulher pode suportar...

– Ela o amava muito, suponho – disse Tuppence. – Mas não acho que vou continuar procurando a sra. Johnson, se é isso o que o senhor queria.

– Obrigado... Fico muito agradecido.

Fez-se silêncio de novo. A sra. Perry esperava, pacientemente. Tuppence olhou em volta. Foi até a janela sem vidro e contemplou o tranquilo canal lá embaixo.

– Acho que nunca mais vou ver esta casa de novo. Estou olhando bem, para me lembrar depois.

– A senhora quer lembrar?

– Quero. Alguém me falou que era uma casa que tinha sido mal utilizada. Agora entendo o que queriam dizer.

Philip Starke fitou-a com ar interrogativo, mas não falou nada.

– Quem o mandou aqui à minha procura? – indagou Tuppence.

– Emma Boscowan.

– Eu sabia.

Foi até a bruxa boazinha e as duas desceram juntas.

Uma casa para amantes, Emma Boscowan lhe dissera. Bem, era assim que a deixava... de posse de dois apaixonados... uma morta e o outro que sofria, vivo...

Saiu ao encontro de Tommy, que a esperava no carro.

Despediu-se da bruxa boazinha e entrou.

– Tuppence – disse Tommy.

– Eu sei – retrucou Tuppence.

– Não faça mais isso – pediu Tommy. – Nunca mais.

– Não vou fazer.

– Isso é o que você está dizendo agora, mas depois faz.

– Não vou fazer mais. Estou muito velha.

Tommy ligou o motor. Partiram.

– Coitada da Nellie Bligh – comentou Tuppence.

– Por que diz isso?

– Tão perdidamente apaixonada por Philip Starke. Dedicando-se a ele por todos esses anos... tanta fidelidade canina desperdiçada.

– Bobagem! – disse Tommy. – Aposto que aproveitou cada minuto. Existem mulheres assim.

– Seu bruto sem coração – disse Tuppence.

– Aonde você quer ir... ao The Lamb and Flag, em Market Basing?

– Não – respondeu Tuppence. – Quero ir para casa. PARA CASA, Thomas. E ficar por lá.

– Amém – disse o sr. Beresford. – *E se o Albert nos receber com um frango queimado, eu o mato!*

Livros de Agatha Christie publicados pela **L&PM** EDITORES

O homem do terno marrom
O segredo de Chimneys
O mistério dos sete relógios
O misterioso sr. Quin
O mistério Sittaford
O cão da morte
Por que não pediram a Evans?
O detetive Parker Pyne
É fácil matar
Hora Zero
E no final a morte
Um brinde de cianureto
Testemunha de acusação e outras histórias
A Casa Torta
Aventura em Bagdá
Um destino ignorado
A teia da aranha (com Charles Osborne)
Punição para a inocência
O Cavalo Amarelo
Noite sem fim
Passageiro para Frankfurt
A mina de ouro e outras histórias

MEMÓRIAS

Autobiografia

MISTÉRIOS DE HERCULE POIROT

Os Quatro Grandes
O mistério do Trem Azul
A Casa do Penhasco
Treze à mesa
Assassinato no Expresso Oriente
Tragédia em três atos
Morte nas nuvens
Os crimes ABC
Morte na Mesopotâmia
Cartas na mesa
Assassinato no beco
Poirot perde uma cliente
Morte no Nilo
Encontro com a morte
O Natal de Poirot
Cipreste triste
Uma dose mortal
Morte na praia
A Mansão Hollow
Os trabalhos de Hércules
Seguindo a correnteza
A morte da sra. McGinty
Depois do funeral
Morte na rua Hickory
A extravagância do morto
Um gato entre os pombos
A aventura do pudim de Natal
A terceira moça
A noite das bruxas
Os elefantes não esquecem
Os primeiros casos de Poirot
Cai o pano: o último caso de Poirot
Poirot e o mistério da arca espanhola e outras histórias
Poirot sempre espera e outras histórias

MISTÉRIOS DE MISS MARPLE

Assassinato na casa do pastor
Os treze problemas

Um corpo na biblioteca
A mão misteriosa
Convite para um homicídio
Um passe de mágica
Um punhado de centeio
Testemunha ocular do crime
A maldição do espelho
Mistério no Caribe
O caso do Hotel Bertram
Nêmesis
Um crime adormecido
Os últimos casos de Miss Marple

MISTÉRIOS DE TOMMY & TUPPENCE

O adversário secreto
Sócios no crime
M ou N?
Um pressentimento funesto
Portal do destino

ROMANCES DE MARY WESTMACOTT

Entre dois amores
Retrato inacabado
Ausência na primavera
O conflito
Filha é filha
O fardo

TEATRO

Akhenaton
Testemunha de acusação e outras peças
E não sobrou nenhum e outras peças

ANTOLOGIAS DE ROMANCES E CONTOS

Mistérios dos anos 20
Mistérios dos anos 30
Mistérios dos anos 40
Mistérios dos anos 50
Mistérios dos anos 60
Miss Marple: todos os romances v. 1
Poirot: Os crimes perfeitos
Poirot: Quatro casos clássicos

GRAPHIC NOVEL

O adversário secreto
Assassinato no Expresso Oriente
Um corpo na biblioteca

IMPRESSÃO:

PALLOTTI
GRÁFICA

Santa Maria - RS | Fone: (55) 3220.4500
www.graficapallotti.com.br